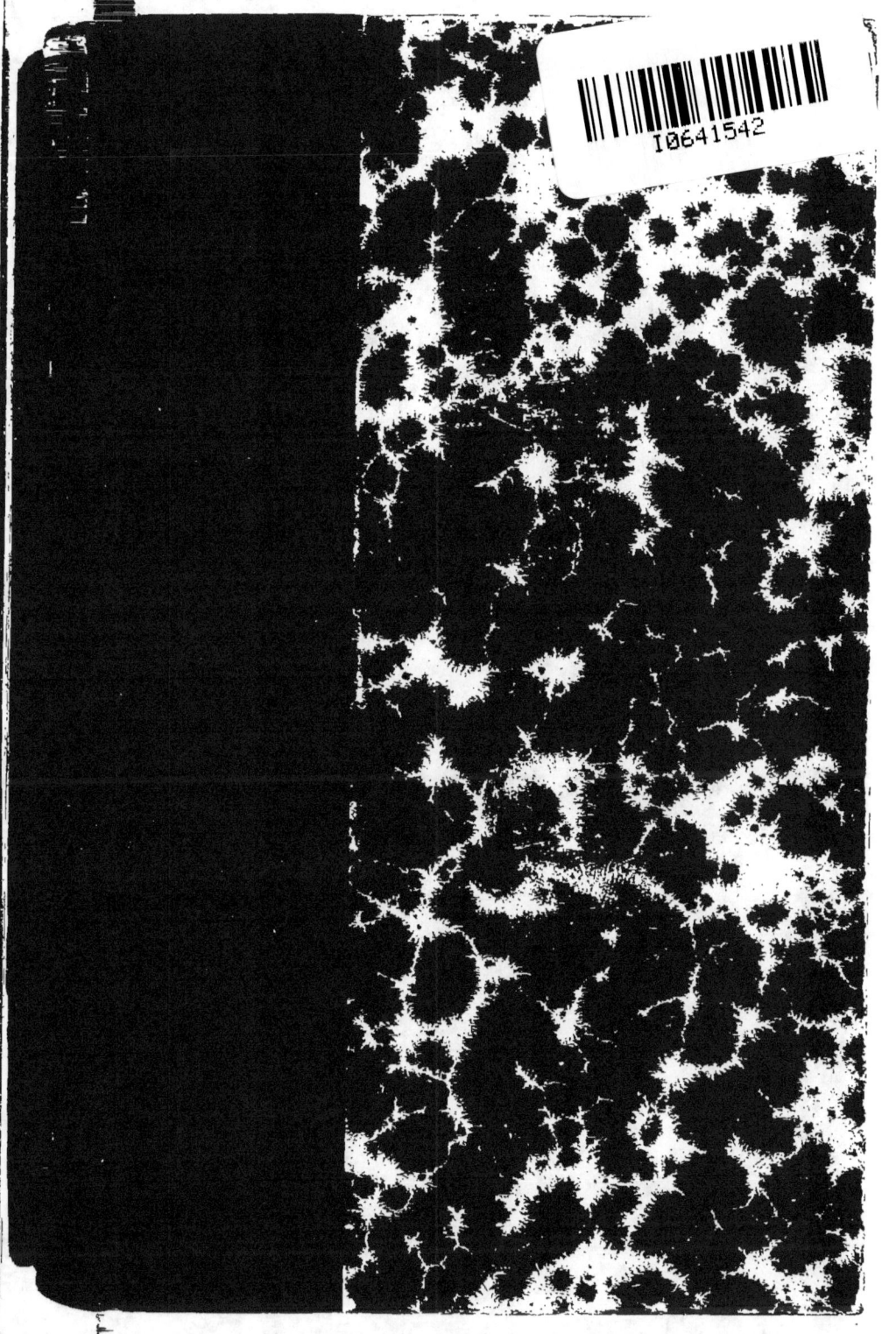

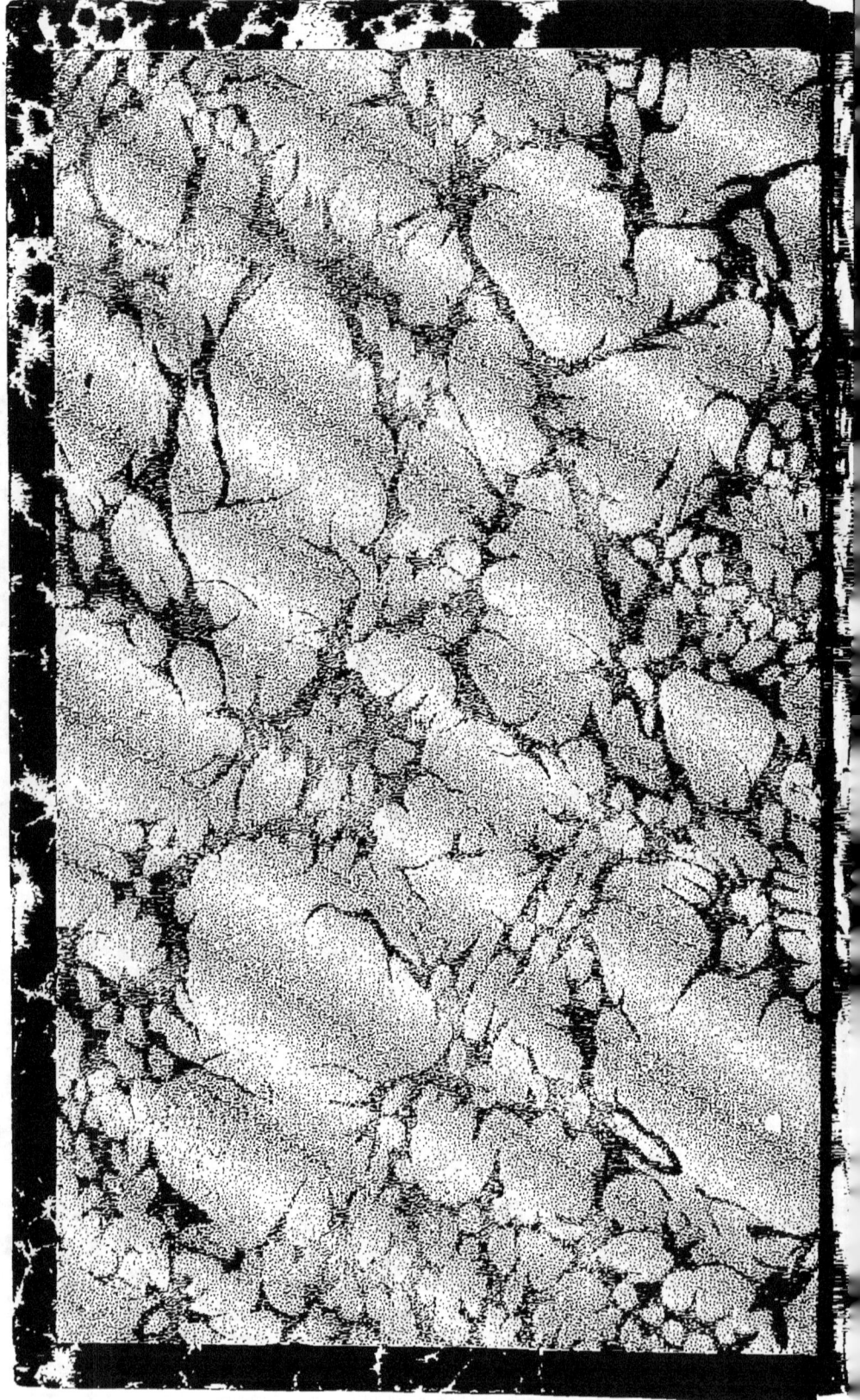

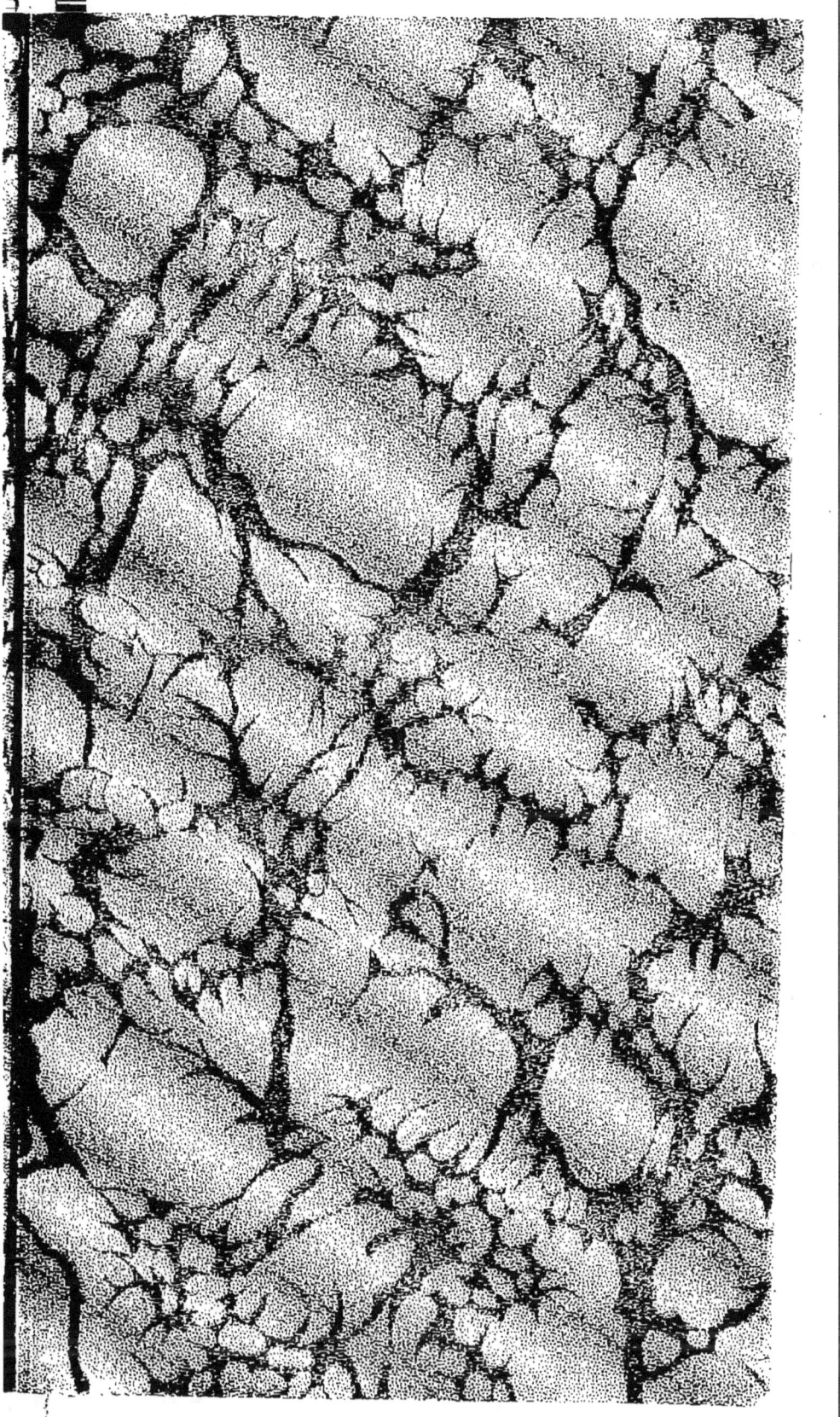

C. Delavigne.

THÉATRE.

2.

OEUVRES

DE

C. DELAVIGNE.

IMPRIMERIE DE LAURENT FRÈRES.

OEUVRES

DE

C. DELAVIGNE,

MEMBRE DE L'ACADÉMIE FRANÇAISE.

THÉATRE, TOME II.

BRUXELLES.

LOUIS HAUMAN ET COMP^e.

1832.

LE PARIA,

TRAGÉDIE EN CINQ ACTES,

AVEC DES CHŒURS;

REPRÉSENTÉE SUR LE SECOND THÉATRE-FRANÇAIS,
LE 1ᵉʳ DÉCEMBRE 1821.

TOME III.

1

À mon Père.

Je t'offre aujourd'hui celui de mes ouvrages que je crois le moins imparfait. Puisses-tu trouver dans cet hommage public une nouvelle preuve de la reconnaissance et du respectueux attachement

De ton Fils

CASIMIR DELAVIGNE.

PERSONNAGES.

AKEBAR , grand-prêtre , chef de la tribu des brames. — M. Eric Bernard.

IDAMORE, chef de la tribu des guerriers–M. Joanny.

ZARES , père d'Idamore. — M. Lafargue.

ALVAR , Portugais. — M. David.

EMPSAEL , brame. — M. Provost.

NEALA , fille d'Akébar. — Mlle Brocard.

ZAIDE, jeune prêtresse. — Mlle Dutertre.

MIRZA , jeune prêtresse. — Mlle Falcoz.

BRAMES , GUERRIERS , PRÊTRESSES , PEUPLE.

La scène se passe dans un bois sacré près de Bénarès.

LE PARIA.

ACTE PREMIER.

>—◦◦◦—<

SCÈNE PREMIÈRE.

IDAMORE, ALVAR.

ALVAR.

Tout repose dans l'ombre, et le seul Idamore
Des murs de Bénarès s'échappe avant l'aurore !
Quel est ce bois antique où vos pas m'ont conduit ?
Mais j'entrevois un temple, et l'astre de la nuit,
Dont les faibles rayons nous guident sous l'ombrage,
Du dieu de l'Indostan me découvre l'image...
Sans répondre à ma voix, d'où vient que vous errez
Sous ces palmiers épais à Brama consacrés ?

IDAMORE.

Bientôt du jour naissant les clartés vont éclore,
Et pourtant Néala ne paraît point encore.

1.

ALVAR.

Dieu ! quel nom vénérable osez-vous proférer ?
Néala !... Près de vous quel soin peut l'attirer ?
La fille d'Akébar, d'un prêtre, d'un bramine !

IDAMORE.

Oui, cet unique fruit d'une tige divine,
Cette beauté cachée à l'ombre des autels,
Qui n'éblouit nos yeux qu'en des jours solennels,
Et qui, des lis du Gange au temple couronnée,
Fut à l'hymen du fleuve en naissant destinée,
Je l'adore...

ALVAR.

Ah ! qu'entends-je ?

IDAMORE.

Et mon amour jaloux
Prétend la disputer à son céleste époux.
Le message secret que ses mains m'ont fait rendre
Dans ce lieu redouté m'ordonne de l'attendre ;
Elle y doit devancer l'instant où le soleil
Voit le peuple en prière adorer son réveil ;
Mais, si j'en crois les fleurs dont le triste assemblage
Du cœur de Néala m'a transmis le langage,
Si mes yeux ont bien lu dans leurs sombres couleurs,
Je dois me préparer à d'étranges malheurs.
Sans t'avoir consulté, ma tendresse importune

Par un danger nouveau t'enchaîne à ma fortune ;
Pardonne : en ces climats, quel autre qu'un chrétien
Eût protégé le cours d'un semblable entretien ?
Mais ta raison, Alvar, instruite aux bords du Tage,
Des dogmes de Brama repousse l'esclavage,
Et conçoit qu'une vierge, infidèle à ses dieux,
Leur préfère un guerrier qui triompha pour eux.

ALVAR.

Ne vous assurez point dans vos pieux trophées ;
Les clameurs des soldats, par la crainte étouffées,
Sont un faible rempart au chef audacieux
Qui brave le courroux d'un ministre des cieux.
De ce danger moi-même utile et triste exemple,
J'avais vengé mon roi, mon pays et mon temple ;
Malheureux ! j'éveillai par un seul jour d'erreur
D'un tribunal sacré l'ombrageuse fureur.
Du ciel pour me punir descendit l'anathème ;
Il sécha sur mon front l'eau pure du baptême ;
Convive rejeté de la table de Dieu,
Je vis devant mes pas se fermer le saint lieu.
J'errais loin de l'asile où le crime s'expie ;
Le pain de la pitié fuyait ma bouche impie ;
Que devenir ? Alors, aux récits de Gama,
La soif de conquérir sur nos bords s'alluma.
Nos guerriers en espoir dépouillaient votre monde

Des tributs éclatans qu'il recueille à Golconde,
Voguaient vers ces climats où l'Océan pour eux
Sur l'ambre et le corail roulait ses flots heureux.
Alméida, leur chef, me vit d'un œil de frère;
Au fond de ses vaisseaux il cacha ma misère :
Adieu, dis-je, vallons que je ne verrai plus...
Mais la flotte emporta mes regrets superflus,
Toucha le cap terrible, et, nommant sa conquête,
Fit asseoir l'espérance où mugit la tempête.
J'apportais l'esclavage et je reçus des fers.
Vos soins ont adouci les maux que j'ai soufferts :
Ah! prenez en échange une vie agitée,
Que loin du sol natal l'orage a transplantée;
Disposez d'un captif libre par vos bienfaits,
Mais du beau ciel d'Europe exilé pour jamais!

IDAMORE.

Des bouts de l'univers quel destin nous rassemble,
Pour nous aimer, nous plaindre, et pour souffrir en-
                                        [semble!
L'erreur t'a repoussé du milieu des chrétiens...
L'homme est partout le même, et tes maux sont les
Il est sur ce rivage une race flétrie,   [miens.
Une race étrangère au sein de sa patrie;
Sans abri protecteur, sans temple hospitalier,
Abominable, impie, horrible au peuple entier,

Les Parias; le jour à regret les éclaire,
La terre sur son sein les porte avec colère,
Et Dieu les retrancha du nombre des humains
Quand l'univers créé s'échappa de ses mains.
L'Indien, sous les feux d'un soleil sans nuage,
Fuit la source limpide où se peint leur image,
Les doux fruits que leur main de l'arbre a détachés,
Ou que d'un souffle impur leur haleine a touchés.
D'un seul de leurs regards a-t-il reçu l'atteinte,
Il se plonge neuf fois dans les flots d'une eau sainte :
Il dispose à son gré de leur sang odieux;
Trop au-dessous des lois, leurs jours sont à ses yeux
Comme ceux du reptile ou des monstres immondes
Que le limon du Gange enfante sous ses ondes.
Profanant la beauté, si jamais leur amour
Arrache à sa faiblesse un coupable retour,
Anathème sur elle, infamie et misère !
Morte pour sa tribu, maudite par son père,
Promise après la vie au céleste courroux,
Un exil éternel la livre à son époux.
Eh bien!...Mais je frémis ! tu vas me fuir peut-être;
Ami d'un malheureux, tu vas cesser de l'être :
Je foule un sol fatal à mes pas interdit;
Je suis un fugitif, un profane, un maudit;
Je suis un Paria...

ALVAR.

Vous !

IDAMORE.

Encor si ma race

Eût par de grands forfaits mérité sa disgrâce,
Ce fardeau de malheur, qu'en naissant j'ai porté,
N'eût pas de ma raison confondu l'équité.
Je ne t'accuse pas, auteur de la nature :
Mais je les convaincrai d'orgueil et d'imposture,
Ces élus de Brama, dont l'infaillible voix
Explique sa parole et révèle ses lois.
Leur tribu, disent-ils, de son front élancée
Sur le peuple à genoux régna par la pensée ;
La tribu des guerriers, ouvrage de ses bras,
Eut la force en partage et courut aux combats ;
Nous, il nous enfanta dans un jour de vengeance :
La poudre de ses pieds nous donna la naissance.
Je le croyais, ami, quand mon cœur se lassa
De l'éternel printemps des forêts d'Orixa.
Leurs gazons, leurs rochers importunaient ma vue ;
Mes yeux du haut des monts dévoraient l'étendue,
Quand mon père attachait mes esprits enchantés
Aux tableaux fabuleux qu'il traçait des cités :
J'en découvrais de loin les pompeux édifices,
J'en devinais les arts, j'en rêvais les délices,

Je brûlais, consumé du désir curieux

D'admirer ces mortels, ces rois, ces demi-dieux,

Ces êtres inconnus... O Zarès, ô mon père,

Que ton réveil fut triste et ta douleur amère,

Quand ton œil, sur ma couche errant avec effroi,

Lui demanda ton fils qui fuyait loin de toi !

ALVAR.

Quoi ! vous l'avez quitté ?

IDAMORE.

Voilà, voilà mon crime ;

Voilà de mes malheurs la source légitime.

Zarès au doux sommeil s'abandonnait encor :

Je pars ; fuyant sans guide aux champs de Balassor,

Des pieds du voyageur j'interrogeais la trace.

Farouche, étincelant de vigueur et d'audace,

Les tigres des déserts, par mes bras terrassés,

Me couvraient tout entier de leurs poils hérissés.

Ainsi de ma tribu les vêtemens serviles

N'écartaient point mes pas de l'enceinte des villes.

J'y courais ; des clairons les belliqueux accens

Pour la première fois font tressaillir mes sens :

J'écoute... il me sembla qu'ils parlaient un langage

Connu de mon oreille et doux à mon courage.

La plaine se couvrit d'armes et d'étendards :

Je les vis ces mortels qu'appelaient mes regards ;

Je cherchai sur leur front quelque marque divine
Où fut empreint l'éclat de leur noble origine;
Vain espoir! Qu'ai-je vu? des traits efféminés,
Vieillis par les plaisirs, par les pleurs sillonnés,
Sous un faste imposant des corps dont la mollesse
Faisait mentir le fer qui chargeait leur faiblesse.
Je jurai d'asservir ces fantômes guerriers;
Je l'ai fait. Dans leurs rangs, armé pour leurs foyers,
J'ai prodigué ces jours dont leur foule est avare;
J'ai rougi de mon sang les flèches du Tartare;
J'ai livré cent combats, Alvar, et le dernier,
En me créant leur chef, te fit mon prisonnier.
J'entrai dans Bénarès par mes mains délivrée;
Je voulais contempler cette ville sacrée,
L'admirer et la fuir. Insensé, j'espérais
La fuir pour mon vieux père et mes tristes forêts.
D'un peuple adulateur l'ardente idolâtrie,
Ces mots, nouveaux pour moi, de gloire et de patrie,
Ces prodiges des arts, ce bruit des instrumens,
L'encens et l'aloès autour de moi fumans,
D'un essaim de beauté la danse enchanteresse,
Tout pénétra mes sens de langueur et d'ivresse;
Mais Néala parut, et dans ce cœur dompté
Je sentis s'amollir un reste de fierté :
Je fléchis le genou, je vis une immortelle,

Et mon front malgré moi se courba devant elle.

ALVAR.

Oui, ce jour m'est présent; elle vous couronna
Des lauriers suspendus à l'autel de Crisna.
Jamais plus de beauté, jamais plus d'innocence,
N'ont soumis nos respects à leur double puissance.
Hélas! c'était ainsi que, dans des jours plus beaux,
La vierge des chrétiens bénissait mes drapeaux.

IDAMORE.

Je l'aimai; je connus ce premier esclavage
Qu'embrasse avec transport une ame encor sauvage,
Ce tumulte des sens et ces brûlans désirs,
Ces craintes, ces fureurs dont il fait des plaisirs;
Je connus cet amour qui charme et désespère.
Que voulais-tu de moi, vain souvenir d'un père?
Impuissante raison, vertu, respect des lois,
Que vouliez-vous? j'aimais pour la première fois.
Je surpris Néala non loin du sanctuaire
Qui cache aux feux du jour son culte solitaire,
Sous ces bois d'orangers, dont deux fleuves rivaux
Ont consacré les bords en confondant leurs eaux.
J'osai de mes tourmens peindre la violence.
Ah! que la vérité nous donne d'éloquence!
Cet aveu trouva grâce à ses yeux attendris,
Dans sa bouche entr'ouverte il arrêta ses cris:

Que dis-je? elle m'aima; mais tremblante, incertaine,
Triste, et passant pour moi de l'amour à la haine,
Elle oublie à ma voix un époux immortel,
Et court en me quittant embrasser son autel.
De mon sang réprouvé si la source est connue,
Je ne suis plus qu'un monstre exécrable à sa vue.
Que de fois dans ce cœur, honteux de la tromper,
Je retins mon secret qui voulait m'échapper!
Paria! ce nom seul la glace d'épouvante;
La prêtresse frissonne, et je n'ai plus d'amante.
Voilà quel est mon sort : long-temps mon amitié
T'épargna les chagrins d'une vaine pitié;   [mide,
Sans qu'un malheur prochain m'étonne ou m'inti-
J'ai besoin qu'un ami me console et me guide;
Je le sens, et toi seul... Qui porte ici ses pas?...
On s'approche... C'est elle! Alvar, ne vois-tu pas,
A travers l'épaisseur de ce feuillage sombre,
Ce vêtement sacré qui la trahit dans l'ombre?
Ami, si quelque Brame errait autour de nous,
Cours, montre-lui ton glaive, et contiens son cour-
Force-le de rentrer dans sa sainte demeure : [roux;
Qu'il vive, s'il se taît; s'il pousse un cri, qu'il meure.
Reviens pour la sauver.

SCÈNE II.

NEALA, IDAMORE.

NÉALA.

Idamore ! ah ! parlez.
Idamore, est-ce vous ?

IDAMORE.

Néala ?... vous tremblez.
e craignez plus.

NÉALA.

O Dieux !

IDAMORE.

Que ma voix vous rassure.

NÉALA.

Quoi ! j'ai percé l'horreur de cette nuit obscure !
Où suis-je, et qu'ai-je fait ? Venez, quittons ces lieux...

IDAMORE.

Vous les avez choisis.

NÉALA.

Moi ! j'outrageais les cieux !
Venez... divinités de ce bois formidable,
épargne à votre oreille un entretien coupable.

Ne me punissez pas !... Où fuir, et quels chemins
Déroberaient ma honte aux regards des humains ?

IDAMORE.

Demeurez, Néala : pouvez-vous craindre encore,
Quand vous vous appuyez sur le bras d'Idamore ?

NÉALA.

Mes yeux n'ont rencontré que présages de deuil :
Du temple, en m'échappant, j'avais heurté le seuil,
La flamme des trépieds jetait des feux sinistres,
J'ai frémi !... Si quelqu'un de nos pieux ministres,
Si mon père...

IDAMORE.

Tout dort, bannissez votre effroi.

NÉALA.

Eh ! dorment-ils ces dieux que je trahis pour toi ?
Va, leur voix empruntait, pour troubler mon courage,
Le murmure des vents et le bruit du feuillage ;
Et quand dans ces rameaux, qui m'accusaient tout bas,
Mes voiles arrêtés ralentissaient mes pas,   [bas,
C'était la main des dieux, oui, leur main vengeresse,
Qui, prête à la punir, arrêtait leur prêtresse.

IDAMORE.

Eh bien, retournez donc au pied de votre autel,
Portez-lui vos terreurs. Offrez à l'Éternel
Mes soupirs dédaignés, mes feux en sacrifice ;

Du crime sur moi seul détournez le supplice.
Allez, près de l'époux qu'ici vous regrettez,
Chercher d'un autre amour les saintes voluptés.
Soyez heureuse : allez.

NÉALA.

Il est vrai, je t'offense :
Que puis-je redouter? tu prendrais ma défense.
Pardonne, je suis faible; et si je l'étais moins,
Me viendrais-je à ta foi remettre sans témoins?
Aurais-je enfreint les lois que j'observais sans peine,
Avant qu'un fol amour m'en fît sentir la chaîne?
Aussi le juste ciel, qui veillait sur mes jours,
D'un œil impitoyable a regardé leur cours :
Ces purs ravissemens, cette divine extase
D'une ame sans remords que la ferveur embrase,
Cette ineffable paix que donne la vertu,
M'ont punie, en fuyant, d'avoir mal combattu;
Mais je ne me plains pas, non, je les abandonne
Pour ce bonheur amer que la crainte empoisonne,
Pour te voir, te parler, pour entendre ta voix,
Et j'ai voulu l'entendre une dernière fois.

IDAMORE.

Achève, Néala; parle, quelle puissance
Veut rompre de nos cœurs la secrète alliance?
Quelle autre que la mort nous pourrait séparer?

2.

NÉALA.

Celle que mon enfance apprit à révérer,
Celle que la nature a commise au grand prêtre.

IDAMORE.

Ah! c'est lui!...

NÉALA.

C'est mon père et mon souverain maître.
Le Gange, où du soleil brillaient les derniers feux,
Recevait en tribut mon offrande et mes vœux;
Sans fixer mes esprits qui les suivaient à peine,
Mes lèvres murmuraient une prière vaine,
Et dans ce trouble heureux dont j'aimais l'abandon,
Mêlaient aux mots sacrés tes aveux et ton nom.
Le grand-prêtre parut; je pâlis, insensée,
Comme s'il eût pu lire au fond de ma pensée!
« Néala, me dit-il, apprenez par ma voix
» Qu'un oracle du Gange a révoqué son choix.
» Avant qu'à ses autels le serment vous engage,
» Il veut vous affranchir d'un éternel veuvage.
» A l'hymen d'un mortel il vous cède aujourd'hui.
» Quand ce mortel viendra, vous quitterez pour lui
» Cet asile de paix dont l'ombre et le silence
» Des conseils corrupteurs gardaient votre innocence.
» Recevez cet époux avec un cœur pieux,
» Comme le don d'un père et le présent des cieux. »

IDAMORE. [dace,

Eh quoi! dans mon orgueil, quoi! dans ma folle au-
J'étais jaloux d'un Dieu dont j'usurpais la place;
Mortel, je m'indignais qu'un Dieu fût mon rival,
Et d'un homme aujourd'hui je ne suis plus l'égal!
Et ce Dieu, lui livrant mon amante ravie,
Lui transporte d'un mot mon bonheur et ma vie!
Tu ne m'appartiens plus, tu veux m'abandonner,
Dans le fond d'un sérail ils vont t'emprisonner!
Non! quel est cet époux? est-il prince ou bramine?
Oh! qu'il a dû vanter son illustre origine!
Quel est son sang, son nom? où le faut-il chercher?
Quel temple ou quel palais peut encor le cacher?

NÉALA.

Calmez-vous, je l'ignore; hélas! je crains mon père;
Je ne sais point braver sa majesté sévère.
Par un soin curieux je pourrais l'outrager;
J'écoute, je réponds, et n'ose interroger.

IDAMORE.

Alors c'est donc à moi d'écarter le nuage
Où se cache des dieux cette invisible image.
Il s'arroge une part dans leur divinité;
Il voit comme un néant la faible humanité;
Il se trouble à l'éclat de sa grandeur suprême;

Il s'impose, il s'adore, il a foi dans lui-même.
J'irai le détromper.

NÉALA.

        Parlez plus bas ; les vents
Peut-être à son oreille ont porté vos accens.

IDAMORE.   [sente,

C'est mon vœu, mon espoir ! eh bien, qu'il se pré-
Qu'il vienne de mes bras arracher mon amante.
Déjà contre le mien son pouvoir s'est heurté.
Il crut, dans ses complots contre ma liberté,
Me trouver à ses dons une vertu facile,
Ou briser mon orgueil comme un roseau fragile ;
J'ai repoussé les dons que présentait sa main,
Et son joug s'est rompu contre ce front d'airain.

NÉALA.

Quel triomphe pour vous ! quelle vertu sublime,
D'insulter aux objets d'un culte légitime !
De la nature au moins n'outragez pas les lois.
Parlez, si votre père eût réclamé ses droits,
Auriez-vous méconnu sa voix auguste et chère ?
S'il respirait encore...

IDAMORE.

        Il vit ! ah ! je l'espère !
Il vit !... de quel malheur viens-tu m'épouvanter ?
Excuse des transports que je n'ai pu dompter.

J'ignore l'art trompeur, inventé dans les villes,

D'enchaîner à son gré ses passions dociles.

Les lois, les vains égards, les devoirs convenus,

M'ont chargé de liens jusqu'alors inconnus.

Jeté, farouche encore, à travers ces entraves,

Je frémis sous leur poids, léger pour des esclaves.

Oui, jusque dans tes fers ton amant a porté

Des monts qui l'ont nourri la sauvage âpreté.

Si tu me connaissais, si jamais ma naissance...

Ah! je dois respecter ta juste obéissance :

Poursuis, affranchis-toi d'un sacrilége amour.

NÉALA.

Qui que tu sois, mon cœur est à toi sans retour.

IDAMORE.

Sais-tu, fille d'un brame, à qui ton cœur se donne?

NÉALA.

Le trône de Delhi que la gloire environne,

Dût-il de mes splendeurs rendre les rois jaloux,

Un désert avec toi m'aurait semblé plus doux.

IDAMORE.

Un désert! Ah! qu'entends-je? ah! vierge infortunée,

Dans le fond des déserts pourquoi n'es-tu pas née,

Ou pourquoi les destins, contre nous irrités,

Ne m'ont-ils pas fait naître au milieu des cités?

C'est trop me déguiser sous l'éclat qui t'abuse,

A tromper plus long-temps ma fierté se refuse :
Connais-moi tout entier..

NÉALA.

Idamore, écoutez;
On s'avance vers nous à pas précipités;
C'en est fait ! sauvez-moi.

IDAMORE.

Quel mortel las de vivre,
Te voyant sous ma garde, osera te poursuivre.
Viens... Mais c'est un ami, c'est un guerrier chétien,
A qui j'ai révélé mon secret et le tien,
Qui veillait sur tes jours.

SCÈNE III.

LES PRÉCÉDENS; ALVAR.

ALVAR.

Fuyez. L'aube nouvelle
Ramène à sa clarté tout un peuple fidèle.
Ces bois vont retentir des hymnes du matin,
Et du concert pieux j'entends le bruit lointain.
(Ici les premières mesures du chœur.)

IDAMORE.

Quoi! sitôt!...

NÉALA.

Ah! fuyez.

IDAMORE.

Vous reverrai-je encore?

NÉALA.

Peut-être.

IDAMORE.

Accordez-moi la faveur que j'implore,
Et je pars.

NÉALA.

Eh bien!... oui.

IDAMORE.

Demain, au même lieu.

NÉALA.

Demain.

IDAMORE.

Vous le jurez.

NÉALA.

Oui, mais fuyez...

IDAMORE.

Adieu!

SCÈNE IV.

NÉALA *seule, tombant à genoux.*

O toi ! dont la puissance éclata la première,
Quand Brama de la nuit sépara la lumière,
Soleil, dieu créateur, tes rayons bienfaisans
Aux plus vils des humains prodiguent leurs présens.
Entends du haut des cieux, entends ma voix timide.
Au laurier qui t'est cher si j'offre une eau limpide,
Des couleurs de ton choix si mon front s'est paré
A la fête où ton nom se plaît d'être honoré,
Permets que sous son voile une ombre favorable
Dérobe au châtiment la fuite d'un coupable.
Respecte le secret d'un amant malheureux,
Dont ton œil vigilant a surpris les aveux.
Mais si contre son sang ta clarté s'est armée,
S'il est puni, s'il meurt pour m'avoir trop aimée,
Adieu, soleil, adieu, demain tu reviendras,
Et mes yeux pour te voir ne se rouvriront pas !

SCÈNE V.

CHOEUR.

BRAMES, *portant des instrumens;* GUERRIERS,
PEUPLE.

PREMIER BRAME.

Du soleil qui renaît bénissez la puissance;
 Chantez, peuples heureux, chantez :
Couronné de splendeur, il se lève, il s'avance.
 Chantez, peuples heureux, chantez
Du soleil qui renaît les dons et les clartés.

LE PEUPLE.

 Il se lève, il s'avance;
 Publions sa puissance,
 Adorons ses clartés.

SECOND BRAME.

Sept coursiers, qu'en partant le Dieu contient à peine,
Enflamment l'horizon de leur brûlante haleine :
 O soleil fécond, tu parais !
Avec ses champs en fleurs, ses monts, ses bois épais
Sa vaste mer de tes feux embrasée,

L'univers, plus jeune et plus frais,
Des vapeurs du matin sort brillant de rosée !

PREMIER BRAME.

Disparaissez, démons enfantés par la nuit,
    Du meurtrier sinistres guides ;
   Vous qui trompez par des lueurs perfides
Le voyageur charmé dont l'erreur vous poursuit,
Tombez, disparaissez sous ses flèches rapides !

CHOEUR DES BRAMES.

   Et vous, peuples heureux, chantez
Les démons dispersés par ses flèches rapides ;
    Et vous, peuples heureux, chantez
L'astre victorieux qui vous rend ses clartés.

LE PEUPLE.

    Publions sa victoire,
    Adorons ses clartés.

UN BRAME.

Sous douze noms divers les mois chantent sa gloire.

UN AUTRE.

Douze palais égaux, ou l'entraîne le temps,
Reçoivent tour à tour ses coursiers haletans.

PREMIER BRAME.

Chaque saison lui doit les attraits qu'elle étale ;
Le printemps les parfums que son haleine exhale,
    L'été ses fruits et ses moissons ;

Il gonfle de ses feux les trésors dont l'automne
    En riant se couronne;
Chantons en lui le père des saisons.

LE PEUPLE.

Chantons, chantons en lui le père des saisons,
    Qui doivent à ses dons
L'éclat changeant de leur couronne.

UNE VOIX, *parmi le peuple.*

Ce doux pays, agréable à ses yeux,
Est un jardin paré de ses largesses;
Ce doux pays reçoit du haut des cieux
De ses rayons les premières caresses.

UNE AUTRE.

Sous une forme humaine il habita nos monts,
Des fureurs du serpent délivra nos campagnes;
Il apprit aux bergers de divines chansons,
Que répétaient en chœur neuf vierges ses compagnes.

CHOEUR.

Ce doux pays, agréable à ses yeux,
Répète encor ses vers mélodieux.

SECOND BRAME.

Eh! comment garder le silence?
Le réveil de la terre est un hymne d'amour:
Dans les forêts, que leur souffle balance,
Les brises du matin célèbrent son retour;

La mer, qui se soulève, en grondant le salue ;
Tourné vers l'orient, où brille un nouveau jour,
Le lion se prosterne et rugit à sa vue ;
Pour lui porter ses vœux au céleste séjour,
　　L'aigle, en poussant des cris, s'élance...
　　Eh ! comment garder le silence ?
Le réveil de la terre est un hymne d'amour.

UN GUERRIER.

Je viens d'armer mon fils ; soleil, de ton passage
Que, féconde en bienfaits, sa gloire offre l'image :
Qu'on admire l'éclat de ses exploits naissans,
　Que le midi de sa noble carrière
Brille, comme le tien, de feux éblouissans ;
Qu'il meure comme toi dans des flots de lumière.

UNE JEUNE FILLE.

　Ma mère aux portes du tombeau
　Languit dans une nuit épaisse,
　Les doux rayons de ton flambeau
　N'écartent plus le noir bandeau
　Dont l'ombre sur ses yeux s'abaisse.
　Si je la perds, que puis-je aimer ?
　Elle seule était ma famille ;
　Sous mes baisers viens rallumer
　Ses yeux que la mort va fermer ;
　Permets-lui de revoir sa fille.

UN BRAME.

Dieu des divins accords, souris à nos accens.

UN GUERRIER.

Ma main, Dieu des guerriers, te consacre ces armes.

UN PASTEUR.

Reçois, Dieu des pasteurs, mes fruits et mon encens.

LA JEUNE FILLE.

Dieu de tous, je suis pauvre, et je t'offre mes larmes.

CHOEUR DES BRAMES.

Chantez, peuples heureux, chantez
Du soleil qui renaît les dons et les clartés.

CHOEUR GÉNÉRAL.

Eh ! comment garder le silence ?
Avec tout l'univers célébrons son retour.
Couronné de splendeur, il se lève, il s'élance ;
Et comment garder le silence ?
Le réveil de la terre est un hymne d'amour.

FIN DU PREMIER ACTE.

3.

ACTE DEUXIÈME.

SCÈNE I.

EMPSAEL; LE CHOEUR.

EMPSAEL.

L'astre, dont vos concerts ont publié la gloire,
De vos vœux dans son cours gardera la mémoire.
Dans le sein des sillons, à ses feux présenté,
Il répandra la vie et la fécondité.
Peuple, offrez-lui toujours d'abondans sacrifices,
Et de riches moissons en paîront les prémices.
Prêtres, persévérez dans vos austérités;
Vos maux ont un témoin, vos soupirs sont comptés.
Sous le fer, sous le feu, qui creusent vos blessures,
De la chair et du sang réprimez les murmures;
Dieu vous garde une place auprès de vos aïeux;
La vie est un combat dont la palme est aux cieux.

Sous vos ombrages frais Akébar va descendre.
Ecartez l'imprudent qui le pourrait surprendre.
Le temple s'ouvre, il vient : à ses pieds prosternés,
Ne levez point vos yeux vers la terre inclinés :
Gardez-vous d'altérer par leur coupable atteinte
Cette paix des élus sur son visage empreinte.
Qu'on se retire, allez.

(Les brames et le peuple se retirent sans regarder Akébar.)

SCÈNE II.

EMPSAEL, AKEBAR.

AKÉBAR. *Il descend lentement les degrés du temple et s'approche d'Empsaël, qui se prosterne devant lui.*
                  Levez-vous, Empsaël.
Ne puis-je redouter l'abord d'aucun mortel?
Ces accens, dont Brama daigne emprunter l'organe,
N'iront-ils point frapper une oreille profane?

EMPSAEL.

Quand tu veux te cacher, flambeau de vérité,
Quel souffle ternirait ton éclat respecté?
Nul n'osera mêler un regard infidèle
A ce commerce auguste où ta bonté m'appelle;
Sois sans crainte.

AKÉBAR.

O bonheur de se voir adoré,
Qu'avec emportement mon cœur t'a désiré,
Et, pour livrer ma vie à tes pompeux spectacles,
Combien j'ai surmonté de chagrins et d'obstacles!
Je te possède... Hélas!

EMPSAEL.

     Quoi! voulez-vous toujours
De vos prospérités empoisonner le cours,
Souffrir avec ennui que le peuple vous voie,
Respirer sans plaisir l'encens qu'il vous envoie?
N'aimez-vous plus ce trône où de lointains climats
Les rois viennent baiser la trace de vos pas?

AKÉBAR.

Je l'aimais quand un autre y siégeait à ma place,
Entre nous à regret je mesurais l'espace;
A ses débiles mains j'enviais l'encensoir.
Le voilà donc ce trône où j'ai voulu m'asseoir!
Composer ses regards, veiller sur son visage,
Affecter la froideur d'une insensible image;
O tourment! que mon front, lassé de ses splendeurs,
Se courbe avec dégoût sous le poids des grandeurs!
Que le temple et sa pompe, et sa triste harmonie,
Ont fatigué mes sens de leur monotonie!

           (Il tombe assis sur un banc de gazon.)

EMPSAEL.

Contre l'ennui secret qui consume vos jours
Dans l'étude autrefois vous cherchiez un secours.

AKÉBAR.

Oui , j'ai long-temps pâli sur ces tables antiques,
Des quatre âges du monde infaillibles chroniques,
Et tant d'écrits savans , entassés dans nos murs,
Ont chargé mon esprit de leurs dogmes obscurs ;
Après trente ans d'efforts, j'ai percé dans les ombres
Des caractères saints , des figures , des nombres ;
Les éclats de la foudre et le cri des oiseaux
Ont d'oracles certains payé mes longs travaux.
Qui , d'un vol plus hardi consultera les astres
Sur des succès futurs ou de prochains désastres ,
Et d'un songe équivoque envoyé par les dieux
Lira d'un œil plus sûr l'avis mystérieux ?
Science que j'aimais , séduisante chimère,
Ta coupe inépuisable à ma bouche est amère ;
Tes charmes sont trompeurs, et tu m'as enivré.
Sans étancher la soif dont je suis dévoré !
Quoi ! tout est vain ?...

EMPSAEL.

Jamais vos misères passées
N'ont d'un chagrin plus sombre obscurci vos pensées.

Quel est ce mal cuisant pour vous seul réservé,
Dont vous cachez la plaie à mon zèle éprouvé?

AKÉBAR, *il se lève.*

Quel bonheur, Empsaël, quelle volupté pure
D'abandonner ses sens au vœu de la nature!
Par ces chemins de fleurs, dont j'ai fui les appas,
Qu'il est doux d'égarer ses désirs et ses pas!
Ce bonheur est le tien, ô fougueux Idamore!

EMPSAEL.

Son triomphe importun vous poursuit-il encore!

AKÉBAR, *avec violence.*

Il osa me braver : sans fléchir les genoux,
De mon œil menaçant il soutint le courroux!
On l'admire pourtant, on l'exalte, on l'encense;
L'amour qui l'environne impose à ma puissance.
Il règne, et qu'a-t-il fait? le devoir d'un soldat.
Un misérable sang qu'il verse pour l'état
L'emporte sur celui dont mon pieux courage
De Brama sur l'autel vient arroser l'image.
Quel effort douloureux s'est-il donc imposé?
Par quels jeûnes cruels son corps s'est-il usé?
Sa langue, dont le ciel tolère l'insolence,
N'a pas langui dix ans dans un morne silence.
Il est libre, et son cœur, fier de ses sentimens,
N'en contraignit jamais les heureux mouvemens.

Il se livre au penchant dont l'erreur le caresse,
De la gloire à longs traits il savoure l'ivresse ;
Tandis qu'enseveli dans ma noble prison,
J'arme contre mes sens une froide raison ;
Tandis que, m'exerçant par d'obscurs sacrifices,
Je suis mort à la joie, au monde, à ses délices,
Aux douceurs de l'espoir, aux flammes des désirs.
Pour moi sont les tourmens, et pour lui les plaisirs ;
Et le bien, le seul bien où mon amour s'attache,
Comblé de tous les dons, c'est lui qui me l'arrache :
Ma puissance, il l'outrage, il l'ose mépriser ;
Sous mes foudres sacrés j'hésite à l'écraser !
Dieux ! ma tête a blanchi dans mon saint ministère,
Et vous donnez sa honte en spectacle à la terre !
Vengez-moi : triste objet d'envie et de pitié,
Grands dieux, dans mon exil m'avez-vous oublié ?

EMPSAEL.

Ah ! qu'ils ne privent pas de ce chef intrépide
La tribu des guerriers, qui l'a choisi pour guide.
Qu'importe à vos dégoûts qu'il se soit révolté
Contre les droits divins de votre autorité ?
Elle n'est, dites-vous, qu'un illustre esclavage...

AKÉBAR.

Je n'en puis sans mourir endurer le partage.
Triste effet des grandeurs ! leur amour malheureux

Égare nos esprits en de contraires vœux.
S'il échappe à nos mains ce pouvoir qui nous pèse,
Il nous laisse un regret que nul charme n'apaise,
Un vide, un vide affreux que rien ne peut combler,
De sa vieillesse oisive on se sent accabler;
Un je ne sais quel vague empoisonne l'étude,
Corrompt de nos plaisirs l'innocente habitude;
Alors il faut mourir!... Encor quelques instans,
Je connaîtrai mon sort, il viendra, je l'attends...
Ah! qu'il honore en moi l'autorité suprême,
Et je ne le hais plus, je l'adopte, je l'aime.
Qu'il parle : que veut-il? des biens, des dignités?

EMPSAEL.

Quels dons par vous offerts n'a-t-il pas rejetés?

AKÉBAR.

Peut-être il en est un qui fléchira sa haine :
Par ce lien auguste il faut que je l'enchaîne;
Je le veux. Cet honneur est sans doute inouï,
Et son farouche orgueil en doit être ébloui.
Je le veux...

EMPSAEL.

Pour bannir le soin qui vous tourmente,
Souffrez que devant vous Néala se présente;
Et bientôt à sa voix ce déplaisir mortel
Fera place aux transports de l'amour paternel.

AKÉBAR.

Moi, la voir! ah! demeure. Infortuné! j'évite
Jusqu'aux doux mouvemens dont son aspect m'agite.
Ils troublent ma ferveur; je m'accuse en secret
D'un sentiment humain dont Dieu n'est pas l'objet.
Mais je l'aime, et, soigneux de cacher ma faiblesse,
Je me fais un tourment de ma propre tendresse.
Néala me redoute; en lui tendant les bras
Jamais je n'enhardis son timide embarras;
Je n'adoucis jamais par un tendre sourire
L'austère majesté qui sur mes traits respire.
Quand un père à sa fille ouvre ses bras tremblans,
Lui laisse avec amour baiser ses cheveux blancs,
Je m'indigne, je pleure, et vois d'un œil d'envie
Ce bonheur inconnu dont j'ai privé ma vie.
Ma fille!... et je la perds, le ciel veut qu'à ce prix
Je rachète un pouvoir qu'il m'a trop tôt repris!
Ma mort suivra de près cette épreuve dernière...
Mais j'emporte au tombeau ma grandeur tout en-
[tière.
Eh bien! n'hésitons plus, j'y souscris, c'en est fait!

EMPSAEL.

Ah! sachez vous contraindre : Idamore paraît.
Pourrez-vous déguiser l'horreur qu'il vous inspire?..

4

AKÉBAR, *froidement.* [dire?

Quelle horreur? qu'avez-vous, et que voulez-vous
Voyez, je suis tranquille, et sur mon front serein
Mon trouble n'a laissé ni courroux, ni chagrin.
Sortez.

SCÈNE III.

AKEBAR, IDAMORE.

IDAMORE.

Votre message a droit de me surprendre;
A cet excès d'honneur j'étais loin de m'attendre.
Vous souhaitez me voir, vous, seigneur! et pourquoi?
Pontife du Très-Haut, que voulez-vous de moi?

AKÉBAR, *à part.*

De quel œil ce profane insulte à ma présence!
Contre ma faible voix vous vous armez d'avance;
Vous apportez sans doute à ce grave entretien
Un cœur aigri, blessé, bien différent du mien;
Vous le connaissez mal.

IDAMORE.

Il a changé peut-être.
Pour moi, je suis le même, et je veux toujours l'être
Juste, mais inflexible.

AKÉBAR.

Ainsi votre fierté

Prend le mépris des lois pour l'austère équité.

Ce bras, qui les détruit, met la force à leur place,

N'écoute de conseils que ceux de son audace.

Un vainqueur tel que vous se croirait avili

S'il n'affectait l'horreur de tout ordre établi.

Vous laissez le vulgaire accorder à l'usage

Ses aveugles respects et son servile hommage ;

Mais vous !...

IDAMORE.

De mes avis le sacrilége orgueil

Du temple où vous régnez a-t-il franchi le seuil ?

L'a-t-on vu s'arroger quelques droits despotiques

Sur vos rites secrets, vos pieuses pratiques ?

Content d'y présider, laissez, laissez mes mains

Se charger du fardeau des intérêts humains.

Soyez plus qu'un mortel, j'y consens, si nous sommes,

Vous le dernier des dieux, moi le premier des hom-

AKÉBAR. [mes.

Poursuivez, Idamore ; il est digne de vous

D'accabler un vieillard sans force et sans courroux.

Est-ce là ce guerrier si grand, si magnanime ?

Insensé ! quelle erreur contre moi vous anime ?

Suis-je votre ennemi ?

IDAMORE.

Vous l'êtes, je le sais.
Mon ennemi! qui, vous?... plus que vous ne pensez...
Plus que je ne puis dire.

AKÉBAR.

Eh ! comment? je l'ignore.
Qu'ai-je fait?

IDAMORE.

Mon malheur. Vous qu'un vain peuple adore,
Qui portez saintement d'inévitables coups;
Oui, vous, mon ennemi, le plus cruel de tous;
Oui, ce que n'auraient pu ni Chrétiens ni Tartares,
Vous l'avez fait : c'est vous.. Malheureux, tu t'égares !

AKÉBAR.

Que répondre, Idamore, à ces vagues discours,
Dont la fureur commence et rompt soudain le cours ?
O vous, qui m'accusez, je plains votre délire.
Connaissez-la cette ame où vous avez cru lire :
Moi, me préoccuper de soins ambitieux,
Quand la nuit du tombeau se répand sur mes yeux,
Quand l'eau lustrale attend ma dépouille glacée?
Qu'un plus sublime objet absorbe ma pensée !
Le bonheur de ma fille, après mes longs combats,
Est l'unique devoir qui me trouble ici-bas.
Le ciel, dont la bonté la rend à mes tendresses,

A dérobé sa tête au bandeau des prêtresses.
Une illustre alliance embellirait ses jours;
J'ai cherché dans l'armée, au temple, dans les cours,
Quelque mortel si grand, que son sang trouvât grâce
Devant l'éclat divin des auteurs de ma race.

IDAMORE.

Il est choisi sans doute ?

AKÉBAR.

Oui, seigneur. Je le croi
Digne de mes aïeux, de ma fille et de moi.

IDAMORE.

Son nom?...

AKÉBAR.

Il porte un nom que l'Indostan révère.
Le destin des combats ne lui fut point sévère.
Il est brave, puissant...

IDAMORE.

Mais enfin, cet époux,
Ce vainqueur, ce héros, quel est-il donc ?

AKÉBAR.

C'est vous.

IDAMORE.

Qu'entends-je !

AKÉBAR.

Le voilà cet ennemi terrible.

4.

IDAMORE.

Ah! croyez... J'ignorais... O ciel! est-il possible ?
Qui, moi ?

AKÉBAR.

De cet espoir je flattais mes douleurs,
Et ce jour, le premier de la saison des fleurs,
Ce jour, que nous comptons parmi nos jours propices,
Eût éclairé vos nœuds formés sous ces auspices.

IDAMORE.

Mon père! l'Éternel me parle par ta voix.
Il t'inspire, il me nomme, il a dicté ton choix.
J'accepte ses bienfaits, j'adore tes oracles.
Un seul mot de ta bouche enfante des miracles :
Oui, mon orgueil vaincu s'humilie à tes pieds.
Que par mon repentir mes torts soient expiés.
J'avais vu Néala, j'aimais sans espérance ;
J'ai maudit tes autels, vos lois, ma dépendance,
Toi-même, toi, mon père.. et tu combles mes vœux!
D'un amour téméraire excuse les aveux ;
Pardonne à mes fureurs. J'abjure, je déteste
De ce cœur révolté l'égarement funeste ;
Mais du moins à la haine il fut toujours fermé :
Mon crime, ah! mon seul crime est d'avoir trop aimé!

AKÉBAR.

Ne vous condamnez point ; peut-être ma sagesse

Génait par ses leçons votre ardente jeunesse.
Je puis à votre oreille épargner mes avis...

IDAMORE.

Non, parlez, commandez. Ils seront tous suivis.
Prenez sur ma raison un souverain empire.
Eh! ne vous dois-je pas le seul bien où j'aspire?
Néala, mon amante... ah! daignez l'appeler.
Ne puis-je la revoir? vais-je enfin lui parler?
Quel lieu doit nous unir? quelle heure fortunée
Verra bénir par vous un si cher hyménée?

AKÉBAR.

Eh bien, que de nos lois la sainte austérité
Fléchisse pour vous seul devant ma volonté...
Ces bois religieux dont un antique usage
Aux pompes de l'hymen consacre le feuillage,
Vers la quatrième heure entendront vos sermens;
Qu'ils soient de vos aveux les premiers confidens.
Attendez votre épouse aux lieux où je vous laisse.
Adieu, mon fils.

(Il présente sa main à Idamore qui s'incline pour la baiser.)

(A part.)

Superbe, enfin ton front s'abaisse.

SCÈNE IV.

IDAMORE.

Son fils ! je suis son fils ! l'époux de Néala !
Son fils... de ce doux nom un autre m'appela.
Il me pleure... il me cherche, et mon hymen s'apprête !
Il n'assistera point à cette auguste fête.
Zarès n'est plus mon père, hélas ! il ne l'est plus !...
Des biens communs à tous les hommes l'ont exclus :
Et tu t'es fait leur frère à force d'imposture !
Ton ame s'avilit en fuyant la nature :
Ils t'ont rendu cruel, perfide, ingrat comme eux ;
Renonce à ton vieux père, achève et sois heureux.
Quel bonheur de tromper une vierge innocente,
De frémir aux doux sons de sa voix caressante,
De la craindre en l'aimant, de dire avec effroi :
Ce cœur, s'il me connaît, va se fermer pour moi ?
D'étouffer un secret dont le poids vous oppresse ?...
Et s'il éclate, ô ciel ! quel prix de sa tendresse !
La malédiction dont mes jours sont couverts,
L'exil, le désespoir, la mort dans les déserts !..
Non, elle connaîtra le proscrit qu'elle adore...
Mais contre ses terreurs si l'amour lutte encore,

De ces nœuds réprouvés affrontant le danger,
Si de mon avenir elle ose se charger,
Nature, il faut céder, j'oublirai tout pour elle.
Dieux! je la vois. Heureuse, elle en paraît plus belle.
De quel funeste aveu je la vais accabler!
Je tremble... elle m'apprend que je pouvais trembler.

SCÈNE V.

IDAMORE, NEALA.

NÉALA.

Accusez-vous encor la justice éternelle?
Le pontife à sa voix vous trouve-t-il rebelle?
Il vous donne sa fille, il parle, et son pouvoir
Change une ardeur coupable en un pieux devoir.
Que béni soit le jour qui nous rend l'innocence!
Le Très-Haut nous a vus d'un regard d'indulgence,
Et les divinités, qui peuplent ces forêts,
Devant lui sans colère ont porté nos secrets.
Au pied de son autel confondons nos hommages,
Venez... mais sur vos traits quels sinistres nuages!

IDAMORE.

Néala!...

NÉALA.

Qu'avez-vous ?

IDAMORE.

Si vous saviez...

NÉALA.

Eh bien ?

IDAMORE.

Détruirai-je d'un mot mon bonheur et le sien ?
Vous m'aimez ?

NÉALA.

Moi, grands dieux !

IDAMORE.

Mais d'un amour extrême.
Sans borne, égal au mien ?

NÉALA.

J'en appelle à vous-même.

IDAMORE.

C'est moi que vous aimez, non le chef des guerriers,
Non l'éclat de mon rang, mes titres, mes lauriers ?
Quel que soit l'abandon où l'avenir me livre,
A ces biens fugitifs votre amour doit survivre ?

NÉALA.

En doutez-vous ?

IDAMORE.

Jamais vous ne les avez plaints
Ces malheureux, privés de l'aspect des humains...

NÉALA.

Comment?...

IDAMORE.

Dont la tribu, proscrite et vagabonde,
Traîne après soi l'horreur et les mépris du monde?

NÉALA.

N'achevez pas : leur nom est funeste, odieux;
Il souillerait l'air pur qu'on respire en ces lieux.

IDAMORE.

Un d'eux... il était las de son sort misérable...
Secouant tout à coup l'opprobre qui l'accable,
Il vient, combat, triomphe. Admis dans les cités,
Il profane les murs par vous-même habités.

NÉALA.

Ah! que de son abord votre bras m'affranchisse :
Un ennemi du ciel! un monstre!.. Qu'il périsse!
Point de pitié, frappez!

IDAMORE.

Frappez donc votre époux :
Cet ennemi, ce monstre, embrasse vos genoux.
Frappez.

NÉALA, *se précipitant vers la statue de Brama,*
qu'elle embrasse.

Toi qui l'entends, protége ta prêtresse;
Dieu, fais luire entre nous ta foudre vengeresse;

Que ce marbre insensible, ébranlé par mes cris,
Entre l'impie et moi renverse ses débris.

        IDAMORE, *à genoux.*

Ma vie est un fardeau; prenez-la, je l'abhorre :
Mon amitié flétrit, mon amour déshonore,
Mon nom glace d'effroi.

        NÉALA, *sans le regarder.*

           Les cieux m'en puniront;
Mais le tranchant du fer n'atteindra pas ton front.
Infortuné, va-t'en !

        IDAMORE.

           Hélas ! dans quelles villes;
Sous quel heureux climat, sur quels bords si fertiles,
Où les plaisirs pour moi ne soient sans volupté,
Le printemps sans parure, un beau jour sans clarté?
Vous fuirai-je aux déserts? mais où fuir ce qu'on aime?
Dans quel antre profond me cacher à moi-même?
Où ne verrai-je plus ces flambeaux de la nuit,
Dont les feux si souvent à vos pieds m'ont conduit?
Par quel chemin vous fuir? quel rocher, quelle
                     [source,
Pour me parler de vous, ne suspendra ma course?
Beaux lieux, sans m'arrêter comment vous parcourir,
Et puis-je en la fuyant m'arrêter sans mourir ?
Fleuve heureux, bois si chers à ma reconnaissance,

Je vous reverrai donc, mais pleins de son absence !...
A travers les rameaux, là, j'observais ses pas :
Là, pour l'entretenir, j'affrontai le trépas ;
Là, les heures pour moi s'allongeaient dans l'attente ;
Ici, je lui donnai ce doux titre d'amante ;
Plus loin... ô Néala, quel prix de mes exploits !
Je leur dus de vous voir pour la première fois.
Couronné par vos mains, que j'étais fier de l'être !
Ah ! vous m'aimiez alors, vous m'admiriez peut-être.
Oui, malgré vos mépris, oui, malgré mon malheur,
Ce jour atteste encor que j'eus quelque valeur ;
Quelques dons m'élevaient au-dessus du vulgaire,
Et j'avais des vertus puisque j'ai pu vous plaire.

NÉALA.

Ils me furent cruels, ces dangereux trésors,
Dont j'exaltais le prix pour tromper mes remords.
Pourquoi m'ont-ils caché sous leur brillant mensonge
L'abîme inévitable où mon erreur me plonge ?
Malheur au cœur aimant que leur charme séduit !
C'est par eux qu'à jamais mon bonheur fut détruit.

IDAMORE.

Il ne l'est pas encor ; du moins il peut renaître.
La pompe se prépare, eh bien... dois-je y paraître ?
Cet aveu qu'en tremblant j'ai versé dans ton sein
N'y laisse plus pour moi qu'horreur et que dédain :

D'un amour confiant il est l'excès sublime,
Mon seul droit au pardon, mon titre à ton estime.
Je disais : il m'est doux de lui livrer mon sort,
D'arracher à sa crainte un si pénible effort,
Si grand, si généreux, que jamais avant elle
La plus parfaite ardeur n'en laissa de modèle. [voir,
Donnons-lui ce triomphe : honneurs, lauriers, pou-
Jetons tout à ses pieds, je veux tout lui devoir !
Je l'ai fait sur la foi de ta sainte promesse ;
J'en ai cru ta pitié, j'en ai cru ta tendresse,
Chassé, maudit par toi, j'en crois encor tes pleurs;
Voilà tous mes garans, parle, sont-ils trompeurs ?

NÉALA.

Eh ! quel est ton espoir ? que d'une ame affermie
J'accepte en t'épousant l'exil et l'infamie ?...
Je le veux; mais demain quel sera mon appui,
Si l'ange de la mort m'appelle devant lui ?
Surprise dans les nœuds d'un hymen sacrilége,
A ce juge irrité, dis-moi, que répondrai-je ?
Le courroux des humains ne peut m'épouvanter ;
Mais le sien, mais pour toi le faut-il affronter ?
Mais faut-il échanger contre des cris funèbres,
Contre le noir séjour des esprits de ténèbres,
Contre des châtimens qui prolongent mes maux
Au-delà de ce monde, au-delà des tombeaux,

Cette paix , ces plaisirs , ces innocentes joies ,
Que Dieu garde aux tribus qui marchent dans ses
Dieu même, et les clartés de ce palais divin [voies,
Où rayonne un jour pur sans aurore et sans fin ?

IDAMORE.

Non ; mais je t'y suivrai. Quel forfait m'en exile ?
Le sein de l'Éternel est aussi notre asile.
Va, ces mortels si fiers, qui nous ont rejetés,
De ce bonheur en vain nous croient déshérités.
Nous sommes ses enfans. Comme sur leur visage
N'a-t-il pas sur le nôtre imprimé son image ?
De nos jours et des leurs, qu'il pèse également,
Au même feu céleste il puisa l'aliment.
Nos sens formés par lui, nos traits, tout est semblable.
Ont-ils un œil plus sûr, un bras plus redoutable ?
Dieu dans leur voix plus mâle a-t-il mis d'autres sons ?
Le soleil, pour eux seuls prodigue de moissons,
N'échauffe-t-il pour nous que poisons homicides ?
Les fruits se sèchent-ils sur nos lèvres avides ?
Les flots , dont notre soif implore les secours ,
Pour tromper ses ardeurs détournent-ils leur cours?
Ces mortels, comme nous, sont condamnés aux lar-
                                              [mes ,
Soumis aux mêmes maux, blessés des mêmes armes ;
Les mêmes passions nous brûlent de leurs feux ;

Ils souffrent comme nous et nous aimons comme eux.
Ah ! cent fois davantage... Et Dieu, lui, notre père,
N'eût fait de tant d'amour qu'un jeu de sa colère !
L'homme a seul méconnu ce doux instinct des cœurs;
Des frères qu'il proscrit il sépare les sœurs.
La mort rassemblera cette famille immense ;
Dieu nous appelle tous ; le Brame qui l'encense,
Et l'enfant du désert repoussé des autels,
Reposeront unis dans ses bras paternels.

NÉALA.

Je goûte à t'écouter un charme trop funeste ;
D'un courroux qui s'éteint ne m'ôte pas le reste.
Ah ! fuis, séparons-nous !

IDAMORE.

       Tu l'ordonnes, je pars :
Mais vers moi pour adieu tourne au moins tes regards.
Ne me refuse pas...

NÉALA, *se retournant vers lui.*

Idamore !

IDAMORE, *se rapprochant d'elle par degrés.*

       Ma vue
N'a pas troublé tes sens d'une horreur imprévue.
Non. Qu'avais-tu pensé ? que tu reconnaîtrais
Le sceau de la vengeance empreint sur tous mes traits.
Se sont-ils revêtus d'une forme nouvelle ?

Crois-tu qu'un feu sinistre en mes yeux étincelle?...
Ils brillent, Néala, de tendresse et d'espoir.
Laisse-les s'enivrer du plaisir de te voir.
Ne tremble pas ainsi; que mon bras te soutienne;
Que je sente ta main tressaillir dans la mienne...
Eh bien! le Tout-Puissant, de mon bonheur jaloux,
Pour désunir nos mains, descend-il entre nous?
Sa fureur sous tes pieds n'ébranle pas la terre;
Il ne t'accuse pas par la voix du tonnerre.
Il pardonne, il sourit à d'innocens transports;
Pardonne, à son exemple, étouffe un vain remords,
Consens à notre hymen...

NÉALA.

Je ne puis, je frissonne.
Qu'un moment à moi-même en paix je m'abandonne.
Tant de coups différens m'ont frappée aujourd'hui,
J'ai peine à rappeler ma raison qui m'a fui. [frandes;
L'heure approche, où mes sœurs couvrent l'autel d'of-
Elles vont m'entourer.. que je crains leurs demandes!
Comment à leurs regards déguiser mon effroi!
Où me cacher?... je veux... de grâce, épargne-moi!

IDAMORE.

Ah! d'un doute accablant qu'un seul mot me délivre:
Dois-je fuir ou rester, dois-je mourir ou vivre?

5.

NÉALA.

Reste pour mon malheur...

IDAMORE.

Arbitre de mes jours,

Va, décide à ton gré du sort de nos amours.

Tout est douleur pour moi, tout, jusqu'à l'espérance;

Qu'il soit prompt cet arrêt que ma terreur devance :

Dût-il me condamner, j'aspire à le savoir.

Il finira mes maux; réduit au désespoir,   [dre,

Un cœur tel que le mien n'est pas long-temps à plain-

Et préfère un refus au tourment de le craindre !

(Idamore sort d'un côté, Néala de l'autre; les prêtresses entrent par
le fond.)

SCÈNE VI.

CHOEUR.

PRÊTRESSES.

UNE D'ELLES.

Néala!

UNE AUTRE.

Néala !

LA PREMIÈRE.

Pourquoi fuir loin de nous?

Mais c'est en vain que je l'appelle.

LA SECONDE.

Aurions-nous donc, mes sœurs, allumé son courroux?
Quel trouble s'est emparé d'elle?

UNE AUTRE.

Absente, quand le fleuve a reçu nos présens,
Elle n'a point offert les vœux que notre zèle
Adresse chaque jour à ses flots bienfaisans :
Quel trouble s'est emparé d'elle?

CHOEUR.

Confiante amitié, que ton charme vainqueur
Prête une voix à ses peines secrètes,
Et que la paix, qui règne en ces retraites,
Confiante amitié, rentre enfin dans son cœur.

UNE PRÊTRESSE.

Reprenons nos travaux, et, durant son absence,
Puissent-ils charmer notre ennui!
Contre l'effort des vents ces myrtes sans appui
Accusent notre indifférence.
Des banians touffus, par le brame adorés,
Depuis long-temps la langueur nous implore.
Courbés par le midi, dont l'ardeur les dévore,
Ils étendent vers nous leurs rameaux altérés.

UNE AUTRE.

Invoquons la faveur de ces puissans génies,
A qui des bois sacrés les nymphes sont unies.

LA PREMIÈRE.

Esprits aériens de la terre et des eaux,
   Dont les soupirs parfument ces berceaux.
    Qui murmurez dans le creux des ruisseaux,
Et que le vent du soir apporte sur ses ailes!

LA SECONDE.

   Demi-dieux, dont les mains fidèles
Allument de la nuit les innombrables feux,
Epanchent la rosée, ouvrent les fleurs nouvelles,
    Et des insectes amoureux
Suspendent aux gazons les vives étincelles!...

CHOEUR.

   Descendez du haut des airs :
   Quittez le cristal humide
   De vos ruisseaux toujours clairs;
   A des soins qui vous sont chers
   Que votre faveur préside;
   Descendez d'un vol rapide,
   Légers habitans des airs.

UNE PRÊTRESSE.

   Venez, la nymphe invisible
   Qui, dans sa prison flexible,
   Reçoit vos embrassemens,
   Sous l'écorce qui la presse

Répond à votre tendresse
Par de doux frémissemens.

UNE AUTRE.

Venez rafraîchir les roses
Qui, sous votre haleine écloses,
Couronnent nos bords heureux ;
Que le parfum, qui s'exhale
De ces trésors du Bengale,
Vers vous monte avec nos vœux.

CHOEUR.

Quittez le cristal humide
De vos ruisseaux toujours clairs :
Qu'en ces lieux l'amour vous guide ;
A des soins qui vous sont chers
Que votre faveur préside ;
Descendez d'un vol rapide,
Légers habitans des airs.

UNE PRÊTRESSE.

Quel noir penser vous inquiète ?
Ma sœur, ce vase échappe à vos bras languissans.....

UNE AUTRE.

Au bruit de nos concerts votre bouche muette
S'efforce, mais en vain, d'y mêler ses accens.

UNE AUTRE.

Je songe à Néala ; d'une pitié nouvelle

Son souvenir vient attrister mes sens.
Quel trouble s'est emparé d'elle?

CHOEUR.

Confiante amitié, que ton charme vainqueur
Prête une voix à ses peines secrètes,
Et que la paix, qui règne en ces retraites,
Confiante amitié, rentre enfin dans son cœur.

UNE PRÊTRESSE.

Quand un lis virginal penche et se décolore
Par un ciel brûlant desséché,
Sous l'urne qui l'arrose il peut renaître encore :
Mais quand un ver rongeur dans son sein est caché,
Quel remède essayer contre un mal qu'on ignore?

CHOEUR.

Confiante amitié, que ton charme vainqueur
Prête une voix à ses peines secrètes,
Et que la paix, qui règne en ces retraites,
Confiante amitié, rentre enfin dans son cœur.

UNE PRÊTRESSE.

Mais que vois-je? Mirza, par sa tendre éloquence,
Zaïde, par ses soins touchans,
Sans doute ont de ses maux calmé la violence.
Chères sœurs, suspendons nos chants :

Respectons ses chagrins ; elle approche, silence !

CHOEUR.

Chères sœurs, suspendons nos chants :
Respectons ses chagrins ; elle approche , silence !

FIN DU SECOND ACTE.

ACTE TROISIÈME.

SCÈNE I.

NÉALA, ZAÏDE, MIRZA, LE CHOEUR.

NÉALA, *aux prêtresses.*

Zaïde, et toi, Mirza, vous qu'un vœu solennel
Réunit dès l'enfance autour du même autel,
Long-temps par les plaisirs permis dans ces demeures
Notre tendre amitié remplit le cours des heures ;
Ces arbres l'ont vu naître, et, témoins de nos jeux,
En croissant chaque jour l'ont vu croître avec eux.
La fête qu'on prépare en va rompre les charmes,
Et vous vous étonnez de voir couler mes larmes !

ZAÏDE.

Aimable et cher objet de nos soins assidus,
Tes soupirs sont compris et te sont bien rendus ;
Et si ce prompt départ te semble un coup si rude,
Que de fois, en songeant à notre solitude,

Que de fois de nos mains les festons et les fleurs,
Préparés pour ton front, tombent mouillés de pleurs !

MIRZA.

Notre jeune compagne à nous quitter s'apprête ;
Mais l'avenir pour elle est un long jour de fête.
L'hymen n'a point de gloire ou de rians appas
Dont il ne prenne soin d'environner ses pas.
On l'aime, elle est heureuse, est-ce à nous de nous

NÉALA.   [plaindre ?

Hélas !

MIRZA.

    Pourquoi gémir ?

ZAÏDE.

            Ne cherche pas à feindre ;
Tu le voudrais en vain.

MIRZA.

            Parle, un songe imposteur
Des troubles de ton ame est peut-être l'auteur.

NÉALA.

Celui par qui du ciel la volonté s'explique,
Mon père, en eût levé le voile prophétique.

ZAÏDE.

Entends-tu quelque dieu, que le fer a touché,
Se plaindre sous l'écorce où Brama l'a caché ?
Quel bruit te fait pâlir ? Quelle voix inconnue

6

Perce les marbres saints ou déchire la nue?

Aurait-on profané cet asile de paix?

NÉALA, *vivement.*

Non, ne le croyez pas; eh! comment! non jamais!

Qui l'eût osé?

MIRZA.

Serait-ce une secrète haine,

Qui de ton jeune époux te fait craindre la chaîne?

NÉALA.

Ah! je ne le hais pas! je m'engage aujourd'hui

A vivre, et, s'il le faut, à souffrir avec lui.   [lie

Que ses maux soient les miens, et que l'hymen nous

Pour toujours, pour le temps et l'éternelle vie.

ZAÏDE.

Cesse donc, Néala, de voir avec effroi

L'existence nouvelle ouverte devant toi.

Va, nos divinités te défendront sans cesse :

Elles n'oublîront pas que tu fus leur prêtresse;

Qu'à tes devoirs par toi nuls objets préférés,

N'ont distrait tes esprits sous ces bosquets sacrés;

Qu'on n'eût pas vu ta bouche approcher d'une eau

Sans que ta piété rafraîchît leur verdure,   [pure,

Et que ta main jamais, dans son respect pour eux,

Ne leur fît un larcin pour parer tes cheveux.

Ce monde séduisant, qui cause tes alarmes,

Sans danger pour ton cœur, aura pour lui des char-
Quel bien à ses plaisirs se pourrait comparer, [mes ;
Puisqu'à la vertu même on peut les préférer ?

NÉALA.

Ils ne me rendront pas nos tranquilles études,
Nos secrets entretiens, nos douces habitudes.
Je vous quitte à regret, les dieux m'en sont témoins.
Puissent-ils vous bénir ! Je confie à vos soins
Les plantes que par choix cultivait ma tendresse,
Les rameaux que mes dons courbaient sous leur ri-
[chesse,
Les oiseaux familiers, qui, nourris dans ces bois,
Descendaient sur ma trace et venaient à ma voix.
Qu'au lever du soleil, ma gazelle chérie
Trouve sur vos genoux l'onde et l'herbe fleurie ;
En souvenir de moi protégez-la toujours ;
Mêlez, en lui parlant, mon nom à vos discours.
De ma longue amitié gardez chacune un gage ;

(A une prêtresse.)

Toi, ces voiles brillans dont tu vantais l'ouvrage,
Mirza, les ornemens que mes bras ont portés...
Mais Zaïde, mes sœurs, n'est plus à nos côtés.
D'où vient que ses regards sont troublés par la

ZAÏDE.   [crainte?

Voyez, un étranger pénètre en cette enceinte.

NÉALA.

Ce guerrier, dont la bouche honore un autre dieu,
Le devance, lui parle et lui montre ce lieu ;
Il le quitte.

MIRZA.

Vers nous ce voyageur se traîne
Sous d'obscurs vêtemens, qui le couvrent à peine ;
Il vient, un frêle appui guide ses pas pesans ;
Sa barbe et ses cheveux sont blanchis par les ans.
Mes sœurs, rentrons au temple.

NÉALA.

Eh ! pourquoi ? quelle offense
Craignez-vous d'un vieillard sans force et sans défen-
Osons le secourir ; ses vœux reconnaissans   [se ?
Seront pour le Très-Haut plus doux que notre encens.

SCÈNE II.

NEALA, ZAIDE, MIRZA, ZARES, LE CHOEUR.

ZABÈS. *Il est appuyé sur un bâton.*
Prêtresses des forêts, j'ignore vos usages ; [brages ?
Puis-je au pied de vos murs m'asseoir sous ces om-
D'un moment de repos ma faiblesse a besoin.

NÉALA.

Vieillard, vous le pouvez.

ZARÈS.

J'arrive de si loin !

NÉALA, *s'approchant pour le soutenir.*

Tout en vous nous révèle un pieux solitaire.

ZARÈS.

Moi !

NÉALA.

Qui donc êtes-vous ?

ZARÈS.

Étranger sur la terre.

(Aux prêtresses qui l'entourent.)

Je ne mérite pas ces secours empressés.

NÉALA.

Vous êtes malheureux ?

ZARÈS.

Je le suis.

NÉALA.

C'est assez.

(Il s'assied sur le banc de gazon.)

Je dois vous les offrir. Pourquoi, courbé par l'âge,
Entreprendre sans guide un pénible voyage ?

ZARÈS.

Je n'ai pas un ami.

6.

NÉALA.

De l'hospitalité

Nul n'a rempli pour vous le devoir respecté !
Qui vous nourrit ?

ZARÈS.

Les dons du passant que j'implore.
Pauvre, demandant peu, recevant moins encore,
Satisfait cependant.

NÉALA.

O dieux, que je vous plains !
Vous venez visiter les tombeaux de nos saints,
Consulter le grand-prêtre; ou bien votre vieillesse
D'un long pèlerinage accomplit la promesse ?

ZARÈS.

Non.

NÉALA.

Que cherchez-vous donc ?

ZARÈS.

Un bien que j'ai perdu.

NÉALA.

S'il dépend d'un mortel il vous sera rendu.
Faut-il armer pour vous l'autorité suprême ?
Mon père est tout-puissant.

ZARÈS.

Vous l'aimez, il vous aime...
Ne le quittez jamais !

NÉALA.

D'où vient que vous pleurez?

ZARÈS.

Hélas! c'est malgré moi.

NÉALA.

Mais, si vous l'implorez,
Akébar va d'un mot finir votre misère.

ZARÈS.

Un seul homme le peut : il le voudra, j'espère;
Le chef de vos guerriers.

NÉALA.

Idamore?

ZARÈS.

C'est lui.

NÉALA.

Vieillard, pour le fléchir empruntez mon appui.

ZARÈS. *Il se lève.*

Il est connu de vous?

NÉALA.

Aujourd'hui l'hyménée
Pour jamais à la mienne unit sa destinée.

ZARÈS.

Je n'ai plus qu'à mourir.

NÉALA.

Vous vivrez s'il m'entend.
Soulagez vos douleurs en me les racontant.

ZABÈS.   [cendre ;

Non, non, dans son cœur seul mon secret doit des-
J'expire d'un chagrin que lui seul peut comprendre.

NÉALA.

Il vient.

ZABÈS.

Mon sang se glace, et, prêt à lui parler,
Je sens ma voix s'éteindre et mes genoux trembler.
Je ne me soutiens plus.

(Il retombe assis.)

SCÈNE III.

ZARES, *que les prêtresses environnent ;* NÉALA,
au milieu de la scène ; IDAMORE, *conduit par*
ALVAR, *au fond.*

ALVAR, *à Idamore.*

Aux portes de la ville,
Sur une pierre assis, il pleurait, immobile.
Je m'approche, à ses pleurs je me laisse attendrir :
« Idamore est le seul qui les puisse tarir. »

Il dit. Je cours au temple, où ma voix importune
Trouble de ce récit votre heureuse fortune;
Mais j'ai fait le devoir d'un ami, d'un chrétien;
Et c'est à l'homme heureux que la pitié sied bien.
Consolez ce vieillard.

NÉALA , s'approchant d'Idamore.

Ah ! si je vous suis chère,
Daignez en sa faveur accueillir ma prière.

IDAMORE.

Eh quoi ! près d'Akébar au temple rappelé, [blé,
Quand j'apprends que par vous mon espoir est com-
Quand cet aveu m'arrache aux horreurs de l'attente,
Celle à qui je dois tout me parle en suppliante !
Ah! venez...

NÉALA.

Il ne veut pour confident que vous.
Adieu. Rentrons, mes sœurs.

IDAMORE.

Cher Alvar, laisse-nous.

SCÈNE IV.

ZARES assis, IDAMORE.

IDAMORE.

Étranger, quel revers faut-il que je répare?

Puis-je vous rendre un bien dont le sort vous sépare ?
Répondez.

ZARÈS.

C'est lui-même ! il m'a parlé ! j'entends
Cette voix, dont les sons m'avaient fui si long-temps !

IDAMORE.

Dans mon cœur attendri quel souvenir s'éveille ?
Où suis-je, et quels accens ont frappé mon oreille ?
Je les connais... Que vois-je ?

ZARÈS.

Un vieillard insensé,
Qui poursuit un ingrat dont il fut délaissé,
Qui voulait de rigueur armer son front sévère,
Et sent frémir pour toi ses entrailles de père.

IDAMORE.

Dieux ! vous m'ouvrez vos bras !

ZARÈS.

La nature a ses droits,
Plus forts que ma raison. Viens, viens, je te revois !
J'ai pardonné !

IDAMORE.

Mon père !

ZARÈS.

O moment plein de charmes !
Idamore, ô mon fils, ô jour, ô douces larmes !

Tu m'aimais, je le sens; pourquoi m'as-tu quitté ?
Quel horrible abandon ! et je l'ai supporté !
Je résiste à l'ivresse où mon ame se noie !
On ne peut donc mourir de douleur ni de joie !

IDAMORE.

Quoi ! vous me pardonnez ?

ZARÈS. *Il se lève et regarde son fils.*

Heureux progrès des ans !
Que son port est plus fier, ses traits plus imposans !
Que son aspect m'enchante !

IDAMORE.

O ciel ! par quel ravage
Les ans sur son front pâle ont marqué leur passage !

ZARÈS.

Ce ne sont pas les ans, mon fils, mais les chagrins.
Vos jours dans les cités ne sont pas tous sereins;
Et pourtant quel mortel, maudit des destinées,
Vit en plus sombres nuits s'y changer ses journées !
Fut-il pour l'œil d'un père un plus affreux réveil ?
Malheureux, j'ai vu naître et pâlir le soleil,
Sans que ses premiers feux ni sa clarté mourante
De mes sens éperdus aient calmé l'épouvante.
Je marchais, je courais, je criais : O mon fils !
Mon fils !... L'écho lui seul répondait à mes cris.
Je rentrai vers le soir, me disant sur ma route :

Près du toit paternel mon fils m'attend sans doute.
Personne sur le seuil, nul vestige, aucun bruit;
Je m'y retrouvai seul, et seul avec la nuit.
Qué son astre à regret sembla mesurer l'heure!
Combien ma solitude agrandit ma demeure!
Mes yeux, de pleurs noyés, s'attachaient sans espoir
Sur cette place vide, où tu devais t'asseoir.
J'accusai de ta mort le tigre, le reptile;
Nos rochers, dont les flancs te devaient un asile;
Ces arbres du vallon, mes hôtes, mes amis,
Muets témoins du crime, et qui l'avaient permis,
Tout, l'univers entier, les humains et moi-même,
Avant de t'accuser, ô toi, mon bien suprême,
Toi, l'unique soutien d'un père vieillissant,
Toi, que j'avais nourri, toi, mon fils, toi, mon sang!
Confondant jusqu'aux dieux dans ma haine implaca-
Je n'excusai que toi, toi seul étais coupable! [ble,

IDAMORE.

O crime! à quels tourmens je vous ai condamné!

ZARÈS.

Ce n'était rien encor, mais je te soupçonnai :
Sur mes lèvres soudain mes plaintes expirèrent,
Un frisson me saisit, mes larmes s'arrêtèrent;
Je crus mourir. Alors la triste vérité
Jusqu'au fond de mon ame entra de tout côté.

Dans toute sa grandeur j'embrassai ma misère :
Injustement flétri dans les flancs de ma mère,
En horreur aux humains que j'aimais malgré moi,
Cet amour dédaigné je le versais sur toi...
Et tu m'abandonnais ! Dans un transport de rage,
Quoi ! m'écriai-je enfin, voilà donc ton ouvrage,
Brama, tu l'as voulu. Non, tu n'existes pas,
Je ne crois plus aux dieux, je crois aux fils ingrats ;
Je crois à mon malheur ! Mais, hélas ! quel supplice
De nier dans son cœur l'éternelle justice ;
De vieillir sans espoir de revoir ses aïeux,
Seul au monde, étranger entre l'homme et les cieux,
Trop plein d'un sentiment que nul ne veut vous ren-
Et qui même en un dieu n'a plus où se répandre ! [dre,
Tel fut mon sort. Trois ans j'en supportai l'horreur.
J'avais de ton retour nourri la folle erreur.
Tu ne revenais pas ; las d'espérances vaines,
Je tentai du désert les routes incertaines,
J'offris ma tête nue à l'ardeur des étés ;
Je poursuivis la mort jusqu'au sein des cités.
Plaint, sans être connu, j'y dus à la nuit sombre [bre.
Quelques habits grossiers que j'implorais dans l'om-
Caché sous ces lambeaux, j'errais sur les chemins.
Pour la première fois j'abordai les humains ;
Ton nom, qu'ils publiaient, me découvrit tes traces.

7

Je me hâte, j'accours, je te vois, tu m'embrasses,
Et c'est lorsqu'aux autels tu vas par tes sermens
Me priver pour toujours de tes embrassemens !

IDAMORE.

Ciel ! que vous a-t-on dit ?

ZARÈS.

Prouve-moi qu'on m'abuse :
Je te croirai : partons.

IDAMORE.

Eh ! le puis-je ?

ZARÈS.

Il refuse !

IDAMORE.

Dans quels lieux cherchez-vous cette tranquillité,
Ce bonheur mutuel qu'en fuyant j'emportai ?
Là, chaque monument de ma première enfance,
Me reprochant ma faute, aigrit votre souffrance.
Là, tout parle à vos yeux de malheurs trop connus...

ZARÈS.

On se plaît au récit des maux qu'on ne sent plus.
Allons.

IDAMORE.

Ah ! laissez-moi, combattant votre envie,
A leur charme funeste arracher votre vie ;
Avec elle au désert loin de m'ensevelir,

Au fond de mon palais laissez-moi l'embellir,
Entourer son déclin de plaisir, dont l'ivresse
Ecarte les langueurs où s'éteint la vieillesse,
Rassembler sur vos pas tous les tributs des arts;
Que leur faste opulent éclate à vos regards.
Partagez mes honneurs, jouissez de ma gloire.

ZARÈS.

Après l'avoir perdue, ôte-moi la mémoire,
S'il faut que je préfère à mes plaisirs passés
Tes faux biens sans attrait pour mes sens émoussés :
Que m'importe des arts dont j'ignore l'usage!
Tout leur faste vaut-il ma liberté sauvage?
Par quels spectacles vains crois-tu tenter mes yeux?
Quels trésors me plairaient? quels honneurs glorieux?
Mes spectacles à moi sont un ciel sans nuages,
L'immensité des mers, les astres, les orages,
L'aurore, dont l'éclat va renaître pour moi,
Si je puis sur nos monts l'admirer avec toi;
Mes honneurs sont tes soins; mon unique richesse,
C'est toi, c'est le bonheur de te parler sans cesse,
De reposer ma tête en te voyant le soir,
Et de la relever, mon fils, pour te revoir.
Que m'offres-tu! des jours passés dans la contrainte,
A gémir, à t'attendre, à te voir avec crainte,
Quand la gloire et l'amour voudront bien par pitié

Te céder pour une heure à ma triste amitié.
Je t'aime avec excès, sois à moi sans partage.
Ne crois pas que ce cœur, que ta froideur outrage,
Ce cœur, qui brûle encor, se donne tout entier
Pour ce reste du tien dont tu le veux payer.
Non, c'est trop me céler le lien qui t'arrête;
Un noble hymen t'appelle et la pompe en est prête.
Je sais tout par l'objet de tes feux insensés...

IDAMORE.

Vous voulez que je parte et vous la connaissez !
C'est peu de tant d'attraits dont l'heureux assemblage
Sans doute a dès l'abord emporté votre hommage;
Sa bonté, pardonnez, si j'en appelle à vous,
Prête une grâce auguste à des charmes si doux.
Je l'adore, elle m'aime... Ah ! tendresse intrépide!
Elle m'aime, et mon sort n'a rien qui l'intimide.
Orgueil du sang, devoir, elle a tout oublié;
A l'exil qui m'attend son destin s'est lié;
Et je n'acceptais donc ce touchant sacrifice
Que pour lui préparer un éternel supplice ?
Dois-je l'abandonner, ou le soin de ses droits
Doit-il se révolter contre vos justes lois?
Quoi que mon choix décide, il faut une victime,
Et mon honneur flottant que presse un double crime,
Ne peut par un refus payer votre pardon,

Ni trahir son amour par ce lâche abandon.

ZARÈS.

C'est tenir trop long-temps votre choix en balance.
Je me rends importun par tant de violence.
Je pars ; mais satisfait, car je puis vous haïr...
Une seconde fois courez donc me trahir,
Rejoignez la beauté qui m'a ravi votre ame :
Votre heureux père attend, allez, il vous réclame.
Moi, qui n'ai plus de titre et respecte les leurs,
J'irai jusqu'où mes pas porteront mes douleurs...

(Reprenant son bâton.)

Seul et fidèle appui qui reste à ton vieux maître,
Viens, sois mon guide au moins puisqu'il ne veut pas
                                              [l'être.
O forêts d'Orixa, bords sacrés, doux sommets,
Humble toit, qu'il jura de ne quitter jamais,
Mer prochaine, où mes bras instruisaient son courage
A se jouer des flots brisés sur ton rivage,
Me voici, recevez un père infortuné ;
Je reviens mourir seul aux champs où je suis né.
Celui qui me doit tout repousse ma prière ;
Ses mains ont refusé de fermer ma paupière ;

(Il dit ces derniers vers en marchant.)

Je n'attends plus de lui pitié ni repentir,

7.

Je le fuis, je le hais... Tu me laisses partir,
Idamore ?

IDAMORE.

Arrêtez.

ZARÈS.

Tu me retiens ! tu pleures !
Ah ! le remords te parle. A regret tu demeures !
Tu me suivras. Pour vaincre il suffit d'un effort ;
Prends courage à ma voix, achève, plains mon sort.
Songe à mon désespoir ; regarde-moi : mes larmes,
Pour dompter ton amour te donneront des armes.
Rends-moi ton cœur, mes droits, mes plaisirs, mon
[pays ;
Rends-moi, rends-moi mes dieux en me rendant mon
Cède, obéis, partons ; ah ! partons !...   [fils.

IDAMORE.

Eh ! mon père,
Puis-je en l'abandonnant emporter sa colère ?
Souffrez que je la voie une heure, un séul moment,
Et je vous jure...

ZARÈS.

Eh bien !

IDAMORE.

Oui, j'en fais le serment...
Je vous suivrai.

ZARÈS.

Je crains cet entretien funeste :
Mais je veux croire encor ce que ta bouche atteste.
Reviens me joindre ici, sois fidèle, ou je cours
Livrer au peuple entier mon secret et mes jours :
Je me perdrai, te dis-je !

IDAMORE.

Ah ! calmez-vous ! je tremble :
Si des yeux ennemis nous surprenaient ensemble,
Le trouble où je vous vois, les pleurs que nous versons
Iraient bientôt du brame éveiller les soupçons.

ZARÈS.

A ce pressant danger ces bois vont me soustraire :
Ils n'auront point, mon fils, de lieu trop solitaire,
De détour trop caché dans leur sombre épaisseur,
Pour protéger des jours dont je sens la douceur.
Dans tes embrassemens j'ai perdu mon audace ;
Un regard, un vain signe, un bruit léger me glace ;
Je crains tout désormais... je suis heureux !

(Il l'embrasse et sort.)

SCÈNE V.

IDAMORE, *seul.*

Il fuit !
Où suis-je ? et qu'ai-je fait ? quel espoir le séduit ?

Comment m'a-til surpris ce serment que j'abjure?...
Mais je suis parricide aussitôt que parjure.
Quoi! n'accorder qu'une heure à mon cœur combattu!
N'importe, il faut la voir : eh ! que lui diras-tu ?
Plus d'hymen, je vous fuis, loin de vous on m'entraîne.
Adieu!.. non, je n'ai point cette force inhumaine,
Non, je cours de Zarès embrasser les genoux...
Alvar, que me veux-tu ?

SCÈNE VI.

IDAMORE, ALVAR.

ALVAR.

　　　　Venez, illustre époux.
Instruit d'une amitié que vos bienfaits publient,
Akébar rend hommage aux chaînes qui nous lient :
Avant les doux momens par son choix destinés
A consacrer ici des nœuds plus fortunés,
Il s'est remis sur moi du soin de vous apprendre
Qu'au peuple impatient il veut montrer son gendre.
Les chemins parfumés de lauriers sont couverts;
L'encens fume; le ciel retentit de concerts;
Sur les trépieds ardens l'huile à grands flots ruisselle,
Les rameaux dans les mains, le peuple vous appelle :

De nos rites chrétiens l'imposant appareil

Seul étale aux regards un spectacle pareil...

Mais quel remords secret contre vos vœux conspire?

IDAMORE.

Je la perds si je fuis, si je reste il expire.

ALVAR.

Néala vous attend..

IDAMORE.

Allons, je suis tes pas.

ALVAR.

Venez.

IDAMORE.

Non, cet hymen ne s'achèvera pas.

Que dis-je? il doit combler ou finir mon supplice;

Et, quel qu'en soit le sort, il faut qu'il s'accomplisse.

Néala par mes pleurs se laissera toucher;

Son époux à ses pas la verra s'attacher.

Obscur ou fastueux, qu'importe notre asile?

Ah! le premier des biens est un amour tranquille:

C'est là de tous nos vœux l'unique et digne objet;

Le reste, Néala, ne vaut pas un regret.

Ami...

ALVAR.

Qu'exigez-vous?

IDAMORE.

Ce vieillard, il me quitte.

J'ignore où le conduit le trouble qui l'agite.
Peut-être de tes soins j'emprunte un vain secours;
Mais, si je tarde il meurt. Tu l'atteindras, va, cours.
Il m'est si cher! Dis-lui que son fils... qu'Idamore...
Que d'un devoir sacré la loi m'arrête encore;
Qu'il attende la nuit, qu'à ses pieds je reviens.
Ah! cours, vole; il y va de ses jours et des miens.

SCÈNE VII.

CHOEUR.

BRAMES, GUERRIERS, PRETRESSES.

PREMIER BRAME.

Vous, brûlez les parfums! vous, posez sur la terre
L'autel, où de l'hymen vont briller les flambeaux.

UN GUERRIER.

Que ces armes, soldats, s'élevant en faisceaux,
Entourent les époux d'un appareil de guerre.

UNE PRÊTRESSE, *à ses compagnes.*

Approchez sans terreur des lances et des dards;
  Cachez sous vos fraîches guirlandes
  Le fer sanglant des étendards.

SECOND BRAME.

Du peuple à ces rameaux suspendez les offrandes.

PREMIER BRAME.

Jusqu'en ses profondeurs le Gange s'est troublé ;
Son prophète à ce bruit, tremblant, échevelé,
S'est prosterné sur le rivage ;
Du sein des flots émus son oracle a parlé,
Et la beauté va s'unir au courage.

TOUT LE CHOEUR.

Souris, dieu de la volupté !
Dieu des chastes amours, entends notre prière !
Que soit béni par vous, qu'à jamais soit chanté
L'hymen dont la solennité
Unit la tribu sainte à la tribu guerrière,
Et le courage à la beauté !

LES PRÊTRESSES.

A la beauté rendons honneur !

LES GUERRIERS.

Honneur au fils de la victoire !

LES PRÊTRESSES.

Elle a mérité cette gloire.

LES GUERRIERS.

Il est digne de son bonheur.

UNE PRÊTRESSE.

De ses jeunes appas tout ressent la puissance.

UN GUERRIER.

Tout fuit devant ses traits dont les coups sont mortels.

LA PRÊTRESSE.

L'amour naît sur ses pas.

LE GUERRIER.

La terreur le devance;

LA PRÊTRESSE.

Elle chante les dieux.

LE GUERRIER.

Il défend leurs autels.

LA PRÊTRESSE.

Les pleurs de la pitié l'embellissent encore :
Espoir des affligés, sa vue est pour leurs yeux,
Comme au désert un fruit délicieux
Pour la soif d'un mourant que la chaleur dévore.

LE GUERRIER.

Aux yeux des oppresseurs il parut dans nos rangs,
Semblable à ces astres errans
Qui, traînant après soi des flammes prophétiques,
Prédisent, au milieu des tempêtes publiques,
La chute de l'orgueil et la mort des tyrans.

CHOEUR.

Honneur au fils de la victoire!
A la beauté rendons honneur!

Elle a mérité cette gloire ;
Il est digne de son bonheur.

UNE PRÊTRESSE.

Néala va quitter ce solitaire asile.

UN GUERRIER.

Quel asile plus sûr que les bras d'un héros !

LA PRÊTRESSE.

Tous ses jours s'écoulaient dans un si doux repos !

LE GUERRIER.

Que de grandeur succède à ce bonheur tranquille !

LA PRÊTRESSE.

Telle une source pure après de longs détours
　　Dans des retraites révérées,
Pour des bords plus fameux, où l'entraîne son cours,
　　Quittant ses premières amours,
Aux flots bruyans d'un fleuve unit ses eaux sacrées.

LE GUERRIER.

Tel un jeune laurier, qui n'a point de rivaux,
　　Reçoit dans ses rameaux
Une tige modeste, ornement de la terre,
L'embrasse, et relevant son front victorieux,
　　Qui la garantit du tonnerre,
　　L'emporte avec lui dans les cieux.

LES PRÊTRESSES.

Ainsi notre compagne abandonne l'asile,

Où ses jours s'écoulaient dans un si doux repos.

LES GUERRIERS.

Epoux de Néala, c'est ainsi qu'un héros
Fait succéder la gloire à son bonheur tranquille.

TOUT LE CHOEUR.

Souris, dieu de la volupté !
Dieu des chastes amours, entends notre prière !
Que soit béni pour vous, qu'à jamais soit chanté
L'hymen dont la solennité
Unit la tribu sainte à la tribu guerrière,
Et le courage à la beauté !

PREMIER BRAME.

Compagnons d'Idamore, allez, troupe fidèle,
Allez, qu'au pied du temple il soit conduit par vous.
Vierges de Bénarès, venez au jeune époux
Présenter l'épouse nouvelle ;
Nous, dans le sanctuaire attendons à genoux
Que pour suivre ses pas Akébar nous appelle.

LE CHOEUR.

A la beauté rendons honneur !
Honneur au fils de la victoire !
Elle a mérité cette gloire ;
Il est digne de son bonheur.

FIN DU TROISIÈME ACTE.

ACTE QUATRIÈME.

SCÈNE I.

IDAMORE, ALVAR; GUERRIERS, *dans le fond.*

IDAMORE.

Eh bien : m'accorde-t-il la grâce que j'implore?

ALVAR.

J'ai couru du côté que regarde l'aurore;
J'ai repris au couchant les plus étroits sentiers,
Et, suivant dans son cours la source des palmiers
Jusque sous les rochers où se cache son onde,
J'ai des plus noirs détours percé la nuit profonde.
Mais leur obscurité n'offre de toutes parts
Que des abris trop sûrs qui trompaient mes regards.
Lui-même, que troublait ma recherche inquiète,
Eût craint par un soupir de trahir sa retraite,
Ou d'un soin curieux vers le peuple poussé,

Dans la foule en secret s'était déjà glissé.

IDAMORE.

Il se croira trahi ; son attente déçue
De ces apprêts cruels ne peut prévoir l'issue.
Dieux! s'il allait d'un mot renverser mon dessein !
Aux pointes de leurs dards s'il présentait son sein?

ALVAR.

Ah! gardez qu'on n'entende, ou que votre visage
N'explique vos discours par son muet langage.

IDAMORE.

Peut-être tes soupçons à tort m'ont alarmé;
Zarès dans son asile est encore enfermé.
Tu l'as dit : il craignait d'affronter ta présence;
A la voix de son fils il rompra le silence.
Je cours l'instruire, ami...

ALVAR.

Que voulez-vous tenter?
L'élite des guerriers ne vous doit plus quitter,
Et du titre d'époux le pompeux privilége
De leur foule à vos pas enchaîne le cortége.

IDAMORE.

Gloire importune, Alvar, honneur infortuné,
Qui fait d'un chef du peuple un captif couronné!
Je maudis, mais trop tard, ma noble servitude.
Demeurons... je succombe à mon inquiétude.

Je hâte de mes vœux et voudrais différer

L'instant que mon amour doit craindre et désirer.

Voilà donc l'union où j'attachais ma vie,

Que mes ardens soupirs ont long-temps poursuivie !

Je courais la former, je me croyais heureux ;

Le plus beau de mes jours en est le plus affreux.

ALVAR.

En vain sur d'autres bords j'ai cru fuir ma sentence,

Entre nous l'Océan mit en vain sa distance ;

Le courroux du Seigneur, pour un temps suspendu,

Jusque sur mon ami s'est enfin répandu.

Malheur à moi !

IDAMORE.

Cruel, votre injustice ajoute

A l'horreur de mon sort le remords qu'il vous coûte.

Laissez-moi des chagrins que j'ai seul mérités.

Combien de droits jaloux, que d'orgueils révoltés

Se vengent tôt ou tard sur celui qui s'élance

Hors du rang où le ciel a caché sa naissance !

Au faîte des grandeurs pour tomber parvenu,

S'il trompe, il doit trembler ; périr, s'il est connu.

Remplissons mon destin. Mais Zarès ! ô justice !

De l'erreur que j'expie il n'était pas complice.

On vient ; c'est Néala. Ce bandeau nuptial

N'est-il, pour tant d'attraits, qu'un ornement fatal ?

8.

SCÈNE II.

IDAMORE, NÉALA, ALVAR; GUERRIERS, PRÊTRESSES, *dans le fond.*

NÉALA.

Pourquoi me déguiser vos nouvelles alarmes?
Ces hommages publics, ces emblêmes, ces armes,
Des festons suspendus les riantes couleurs,
Importunaient vos yeux où j'ai surpris des pleurs.
Avez-vous des chagrins que vous deviez me taire?
J'en saurai sans effort respecter le mystère;
Quand d'un zèle inquiet je cherche à l'éclaircir,
C'est moins pour les savoir que pour les adoucir.

IDAMORE.

Néala, chère épouse, ô noble et tendre amie,
Contre une horreur pieuse es-tu bien affermie?
Tes crédules esprits, détrompés par ma voix,
Cédant au vœu d'un père, ont confirmé son choix :
Mais c'est peu, si, troublé d'une frayeur nouvelle,
A l'autel près de moi ton courage chancelle.
Est-il bien sûr de lui?

NÉALA.

Ne vous abusez plus :

Vos discours ont fixé mes vœux irrésolus,
Mais n'ont pu dans mon sein étouffer la croyance
Qu'une longue habitude y nourrit dès l'enfance.
Mon cœur, se détournant d'une fausse clarté,
Connaît, respecte encore et fuit la vérité :
Au penchant qui l'entraîne, esclave, il s'abandonne ;
Il n'est pas convaincu, mais il aime, il se donne.
Un Dieu qui vous repousse en vain me tend les bras.
Comment serais-je heureuse où vous ne serez pas ?

IDAMORE.

Et sur toi, dès ce jour, si mon exil appelle
Ces malheurs éloignés que l'avenir recèle,
S'il faut dès ce soir même... Hélas ! le pourras-tu ?
Ne sentiras-tu pas expirer ta vertu
Au seul penser de fuir, et pour ta vie entière,
Les objets et les lieux qui te la rendaient chère ?

NÉALA.

Quoi ! déjà ! Quoi ! ce soir nous exiler tous deux !
D'une race en horreur les vêtemens hideux
Succèderont demain à ces habits de fête :
Je n'aurai plus d'asile où reposer ma tête.
Ah ! cruel !

IDAMORE.

Il est vrai, désespéré, confus,
J'ai honte de ma rage, et j'implore un refus.

O généreux objet de mon idolâtrie,
Tu m'as sacrifié ta céleste patrie :
Je veux te ravir l'autre! Ah! tu m'as trop aimé.
Repousse un furieux à ta perte animé.
Puisses-tu le haïr autant qu'il se déteste !
Il en est temps encor : romps cet hymen funeste.

NÉALA.

Quand voulez-vous partir? Commandez, je vous suis.

IDAMORE.

Je dois te refuser, hélas! et ne le puis.
Contre ton dévoûment ma gloire en vain s'indigne,
Je sens, quand j'y souscris, que je n'en suis pas digne.
O mon père!

NÉALA.

Et le mien !

IDAMORE.

Les ministres sacrés
Du temple en ce moment descendent les degrés.
Séparons-nous... Alvar, que la cérémonie
Prépare à ma tendresse une lente agonie !
Ah! veille à mes côtés...

SCÈNE III.

LES PRÉCÉDENS ; ALVAR , BRAMES *portant le feu sacré et les prémices ; deux d'entre eux sont armés de haches.*

AKÉBAR, *du haut des degrés du temple.*
                    Si quelque audacieux,
Retranché par la loi du commerce des cieux,
Vient chercher leur courroux jusqu'en ce sanctuaire,
Que du profanateur la mort soit le salaire.

(Il descend sur le devant de la scène.)

Flambeaux de nos conseils, prêtres qui m'entendez;
Vous, bras du Dieu vivant, vous qui nous défendez,
Guerriers; et vous aussi, dont l'active industrie
Fait couler l'abondance au sein de la patrie,
Peuple entier, qui présente à la divinité
Le simulacre humain de sa triple unité;
Voici l'instant venu qu'une auguste alliance
Doit d'un héros pieux couronner la vaillance.
Brama dans nos périls suscita ce guerrier,
Pour couvrir ses élus comme d'un bouclier.
Contre ce jeune bras, vainqueur par nos prières,
Les chrétiens ont brisé leurs phalanges altières;

Il les a chassés tous, eux et les ennemis
Que les sables voisins dans nos champs ont vomis.
Qu'il soit récompensé par-delà ses mérites :
Les dieux dans leurs bienfaits gardent-ils des limites?
Sur les livres de vie il m'a juré sa foi
De prendre mes conseils pour lumière et pour loi.
Peuple, de son serment restez dépositaire.
Mes enfans, approchez : d'un double ministère
Akébar revêtu pour bénir vos destins,
Comme père et pontife étend sur vous ses mains.

(Idamore et Néala sont à genoux, tout le peuple se prosterne.)

CHOEUR.

Puisse-t-il d'Akébar prolonger la carrière
Ce noble hymen, dont la solennité
Unit la tribu sainte à la tribu guerrière,
Et le courage à la beauté !

AKÉBAR.

Astre brillant des jours au penchant de ta course,
Et toi, du haut des cieux où s'écoule ta source,
Gange, roi de ces bords, divinités des champs,
Brama, l'espoir du juste et l'effroi des méchans,
Assistez à la fête où ma voix vous convie...

SCÈNE IV.

LES PRÉCÉDENS ; EMPSAEL.

EMPSAEL.

Arrêtez... qu'ai-je vu ? la force m'est ravie...

AKÉBAR.

Parlez.

EMPSAEL.

Un Paria s'est glissé parmi nous.

AKÉBAR.

Qu'entends-je ?

ALVAR.

Mon ami!

IDAMORE.

Mon père !

NÉALA.

Mon époux !

AKÉBAR.

Quel est-il ?

EMPSAEL.

Dans les flots, qui baignent cette enceinte ,
Pour les libations je plongeais l'urne sainte.

Un vieillard se présente, il s'arrête et pâlit,　[plit,
S'approche, apprend par moi que l'hymen s'accom-
Tombe à mes pieds, se nomme en les mouillant de
Me demande la mort...　　　　　　　　[larmes,

IDAMORE.

Eh bien?

EMPSAEL.

J'étais sans armes.

D'anathèmes vengeurs je l'accable, en fuyant
Loin du contact impur de son bras suppliant; [ce...
Mais qu'on me donne un glaive et je cours sur sa tra-
Il vient, c'est lui!

NÉALA.

Je tremble!

AKÉBAR.

O criminelle audace!

ALVAR.

C'est Zarès!

IDAMORE.

Ouvre-toi, terre, pour me cacher!

SCÈNE V.

LES PRÉCÉDENS; ZARÈS.

ZARÈS.

La mort! elle me fuit, et je viens la chercher...

Il était vrai, leurs cris dénonçaient son parjure !
L'ingrat !... Mettez un terme aux douleurs que j'en-
Oui, la mort ! [dure ;

AKÉBAR.

Quel vertige à ce point t'enhardit,
Que d'aborder l'autel à ta race interdit ?
Quel funeste génie ou quels anges rebelles, [ailes ?
Pour t'ouvrir des chemins, t'ont couvert de leurs

ZARÈS, *en montrant les deux amans.*

Ne m'interrogez pas ; vous attirez sur eux
Une part des tourmens que m'apportent leurs nœuds.

AKÉBAR.

Au mépris de la loi dont l'arrêt te condamne,
C'est peu de dépouiller ton vêtement profane,
D'empoisonner les dons à Brama présentés,
Tu charges ces époux de tes adversités.
Qu'ont-ils fait, et d'où vient que tu dressais ce piége,
Pour les envelopper dans l'horreur qui t'assiége ?

ZARÈS.

Ce qu'ils ont fait ! O peuple ! ô pontife aveuglé !
Tombe sur vous le poids dont je suis accablé :
Déplorez votre erreur... Mais non, qu'allais-je dire ?
Non, ne balancez plus, qu'il vive et que j'expire !

AKÉBAR.

Par un prompt châtiment étouffez donc ses cris ;

9

Au fer qui leur est dû livrez ses jours proscrits.

IDAMORE.

Ah ! barbare !...

NÉALA, *qui l'arrête.*

Idamore !...

ALVAR.

O ciel, le digne organe
Du dieu de ces climats, dont ta puissance émane,
L'esprit de vérité, de son sein descendu,
Sur tous tes jugemens fut par lui répandu ;
Un meurtre en ternirait le sacré caractère.
Quel que soit ce vieillard, il est homme et ton frère.

AKÉBAR.

Lui !

ALVAR.

Ne l'immole pas dans ce séjour de paix,
Que les plus vils troupeaux n'ensanglantent jamais.
Voudrais-tu te venger? non, j'en crois ta grande ame;
Contre lui par ta voix c'est l'état qui réclame.
Pontife, à ta rigueur je suis loin d'insulter :
La loi fut-elle injuste, il la faut respecter ;
Mais songe à ses vieux ans, épargne sa démence ;
Ton droit le plus divin n'est-il pas la clémence ?

NÉALA, *timidement.*

Grâce !

IDAMORE.

Pardonnez-lui.

AKÉBAR, *indigné.*

Vous aussi, mes enfans !

Non, frappez, je l'ordonne.

IDAMORE.

Et je vous le défends.

AKÉBAR.

Qu'il meure !

IDAMORE, *s'élançant devant Zarès.*

Immolez donc le fils avec le père.

AKÉBAR.

Qu'as-tu dit ?

IDAMORE.

Oui, le sang que poursuit ta colère,
C'est le mien, c'est celui que pour toi j'ai versé.
Qu'on l'épargne à sa source, où les ans l'ont glacé.
Le mien vous sauva tous, que ta main le répande ;
Il est pour tes autels une plus digne offrande.

NÉALA. *Elle tombe dans les bras des prêtresses.*

Soutenez-moi, mes sœurs !

ZABÈS.

Ah ! mon fils, qu'as-tu fait ?

IDAMORE.

Je ne la verrai plus : êtes-vous satisfait ?

AKÉBAR, *aux prêtresses.*

Fuyez, à ses regards dérobez sa victime.

(On l'entraîne.)

Elle n'a pas nourri d'ardeur illégitime.
Ma fille est innocente ; oui , peuple, elle ignorait
Quel effroyable hymen mon erreur consacrait. [lève!
Mais toi, d'un noir courroux tout mon cœur se sou-
Tu n'es donc... se peut-il?... ah! misérable!

IDAMORE.

Achève.

Oui, je suis Paria ; je le suis ; mais l'état
Ne dut sa liberté qu'à mon noble attentat.
Je descendis des monts ; vos tribus dispersées
A l'approche du joug s'étaient déjà baissées.
Je l'écartai moi seul, qui seul restai debout.
La mort entre elle et toi m'a rencontré partout,
Peuple : loin des cités, des enfans et des femmes,
Je détournais le fer, je repoussais les flammes ;
Mon front, plus que vous tous des chrétiens redouté,
Leur renvoyait l'effroi qu'ils avaient apporté,
Quand ces brames si fiers, que je courais défendre,
Cachés au fond du temple et courbés sous la cendre,
Implorant un appui qu'ils n'osaient vous offrir,
Priaient, tremblaient pour vous et vous laissaient pé-
[rir !

AKÉBAR.

Tu l'entends', et la foudre à tes pieds assoupie,
Ne se réveille pas pour dévorer l'impie,
Brama ! C'est donc à nous de venger tes affronts;
Ton silence est un ordre et nous obéirons...
Défenseurs de l'état, loin de moi la pensée
D'immoler votre chef à ma gloire offensée.
Trop pesant pour moi seul, ce droit de le juger
M'impose un soin cruel que je veux partager.
De vos sages vieillards que le conseil prononce,
Et puisse à l'indulgence incliner leur réponse.
Décidons aujourd'hui si d'éclatans exploits
Placent un révolté hors du pouvoir des lois,
Ou doivent sur sa tête appeler un supplice
Honteux et solennel, fameux par sa justice,
Terrible, et tel enfin qu'il puisse épouvanter
Quiconque à vu la faute et voudrait l'imiter.

ALVAR, *aux guerriers.*

Vous, dont je l'ai connu l'amour et le modèle,
N'a-t-il plus dans vos rangs un compagnon fidèle ?

ZARÈS.

Serez-vous de nos maux d'insensibles témoins?
Quoi! vous restez muets?

IDAMORE.

Je n'attendais pas moins.

9.

Mais tout ingrats qu'ils sont, tourmentés par ma gloi-
Ils en voudraient en vain secouer la mémoire ; [re,

(A Zarès.)

Elle pèse sur eux. Ils vous respecteront,
Et pour les contenir mes regards suffiront.
Leur crainte survivra : pour leur amour, qu'importe?
Il est juste qu'il meure où ma puissance est morte.
Sortons.

ALVAR.

Alvar du moins ne vous trahira pas.

SCÈNE VI.

AKÉBAR , GUERRIERS , BRAMES , PEUPLE.

AKÉBAR.

Dans ces bois profanés qu'on retienne leurs pas.
D'un cercle impénétrable entourez ces perfides ;
Qu'ils y restent captifs.

(Une partie des brames et des guerriers suit Idamore.)

Mais de leurs chairs livides

Si les oiseaux du ciel se repaissent demain,
Bramines, levez-vous, et, la flamme à la main ,
Renouvelez les airs, consumez le feuillage

Qui les couvre à regret d'un sacrilége ombrage,
Et que tous les chemins, par vous purifiés,
Perdent jusqu'à la trace où s'impriment leurs pieds.
Vous, guerriers, connaissez quel horrible anathème
Doit suivre la révolte et punir le blasphème.
Frémis, chef ou soldat, qui que tu sois, frémis,
Si, l'arrêt prononcé, tu plains nos ennemis :
Je dévoue à l'exil ta tête criminelle :
Va, fuis, l'humanité te rejette loin d'elle.
Fuis, j'attache à tes pas l'abandon et l'effroi ;
Le foyer paternel n'a plus de feux pour toi ,
L'autel plus de refuge. Abominable, immonde,
Va, sois maudit comme eux, sois errant dans le monde
Jusqu'au jour, où de Dieu l'ange exterminateur
T'apportera tremblant devant ton créateur,
Pour tomber, au sortir de ses mains redoutables,
Dans les gouffres ardens qu'il réserve aux coupables.

SCÈNE VII.

CHOEUR.

BRAMES, GUERRIERS, PEUPLE.

PREMIER BRAME.

Peuple, il viendra ce jour d'épouvante profonde ;

Où des pâles humains Brama sera connu,
Ce jour des châtimens, ce dernier jour du monde,
     Il vient, pêcheurs, il est venu.

CHOEUR DES BRAMES.

     Spectacle affreux, bruit inconnu !
     Les airs sont troublés, le ciel gronde :
     Il vient le dernier jour du monde ;
     O Brama, ton jour est venu.

DEUXIÈME BRAME.

Des signes destructeurs ont parcouru l'espace ;
Un vertige soudain saisit les élémens ;
Du monde un voile épais enveloppe la face,
Et le monstre divin, sur qui pèse la masse
     De ses antiques fondemens,
Commence à l'agiter par de longs tremblemens.

LE PEUPLE.

     Spectacle affreux ! terreur profonde !
Il vient, il vient le dernier jour du monde ;
     Il vient le jour des châtimens.

UN BRAME.

Le signal est donné ; pour ravager la terre,
     De ses extrémités
     Les vents précipités,
Mêlent leur voix lugubre aux éclats du tonnerre,
Déracinent les monts, emportent les cités,

Et le souffle de leur colère
Du soleil éteint les clartés.

UN AUTRE.

Dans nos temples en vain vous cachez votre tête,
Des combles ébranlés je vois s'ouvrir le faîte...
Mourez, tout doit mourir, et nos saints monumens
S'abîment avec vous, sans laisser plus de trace
Qu'un sillon qui s'efface
Sur un sable mobile ou des flots écumans.

LE PEUPLE.

Il vient le jour des châtimens !

PREMIER BRAME.

Les astres brisant leurs orbites,
Se choquent dans l'immensité ;
La mer, tel qu'un tigre irrité,
S'élance et franchit ses limites :
Prête à les dévorer, la mer en rugissant
Aux derniers fils de l'homme ouvre une horrible
Sur ses flots révoltés le ciel en feu descend, [tombe,
S'écroule et tombe.

UNE VOIX *parmi le peuple.*

J'ai senti vers mon cœur se retirer mon sang.

UNE AUTRE.

Ma raison, qui me fuit, se confond et succombe.

DEUXIÈME BRAME.

Toi qui peuplas les airs d'immortels habitans,
Suspendis sous leurs pieds les orbes éclatans,
Et dont le bras faisait signe à la foudre;
Pour créer l'univers et le réduire en poudre,
Que te fallait-il? deux instans.

TOUT LE CHOEUR.

Le voilà donc ce jour d'épouvante profonde!
Par la voûte des cieux l'air n'est plus contenu,
A la terre attaché le feu lutte avec l'onde.
O Brama, ton jour est venu!

UN BRAME.

Entendez-vous ces cris funèbres?
Les démons ont ouvert leurs gouffres embrasés,
Et les morts, arrachés de leurs tombeaux brisés,
S'interrogent dans les ténèbres.

UNE VOIX *parmi le peuple.*

Pontife du Très-Haut, parlez, quel repentir
Doit trouver grâce pour nos crimes?

UNE AUTRE.

Quels dons exigez-vous?

UNE AUTRE.

Quel sang?

UNE AUTRE.

Quelles victimes?

LA PREMIÈRE.

Eteignez, éteignez la flamme des abîmes,
    Qui s'ouvrent pour nous engloutir.

CHOEUR DU PEUPLE.

    Ministres saints, quel repentir
    Doit trouver grâce pour nos crimes?

PREMIER BRAME.

Interrogez ce dieu, si long-temps méconnu :
Terrible, il vient s'asseoir sur les débris du monde :
Vous nous demandez grâce, il vient : qu'il vous ré-
    Il vient, pécheurs, il est venu !   [ponde;

UN AUTRE.

    Aux pieds d'un juge inexorable
    Tremblez, intrépides guerriers ;
Evanouissez-vous, vains titres, vains lauriers,
    Gloire impuissante du coupable ;
Devant l'éternité, qui commence pour tous,
        Evanouissez-vous,
    Immortalité périssable !

UN AUTRE.

Des célestes jardins ils franchiront le seuil [gence,
Ceux qui nous secouraient dans notre humble indi-
Ceux qui, sans la juger, devant notre vengeance
    De leur raison ont abaissé l'orgueil,
Des célestes jardins ils franchiront le seuil.

PREMIER BRAME.

Les concerts des élus publiront leurs louanges :
Entrez, dira le chœur des anges ;
O vous d'un dieu de paix les enfans bien-aimés ;
Que les flots d'un lait pur et les vins parfumés,
Que les fruits bienfaisans vous offrent leurs prémices ;
Pour nourrir de vos feux les doux emportemens,
Que mille objets charmans
A vos sens, inondés d'ineffables délices,
Offrent d'éternels alimens.

CHOEUR DU PEUPLE.

O purs ravissemens !

SECOND BRAME.

Mais vous que Dieu maudit, vous que l'enfer réclame,
Sur des fleuves glacés et des torrens de flamme ?
Sur le tranchant du glaive à jamais étendus,
Pleurez, pleurez, enfans rebelles :
Pareils aux noirs esprits, que l'orgueil a perdus,
Avec eux pleurez confondus
Dans des souffrances éternelles.

PREMIÈRE PARTIE DU CHOEUR.

O vengeances cruelles !

SECONDE PARTIE DU CHOEUR.

O purs ravissemens !

LE PREMIER CHOEUR.

Les brames à leur voix nous trouveront fidèles.

LE SECOND CHOEUR.   [mens,

Nous jurons d'accomplir leurs saints commande-

Pour goûter dans leurs bras vos douceurs éternelles.

LE PREMIER.

Pour ne pas mériter vos éternels tourmens ;

O vengeances cruelles !

LE SECOND.

O purs ravissemens !

FIN DU QUATRIÈME ACTE.

ACTE CINQUIÈME.

—◦◦◦—

SCÈNE I.

ALVAR.

Ses juges assemblés devant eux l'ont admis ;
Le suivre est un bonheur qu'ils ne m'ont pas permis.
Je m'humilie en vain sous le bras qui m'accable ;

(A une croix suspendue sur sa poitrine.)

Il dédaigne mes pleurs. O toi, signe adorable
D'un mystère sanglant dont j'ai perdu le fruit,
Ranime un faible espoir que chaque instant détruit.
Ce Dieu, quittant le monde, y laissa l'espérance :
Lui-même a tant souffert ! il plaindra ma souffrance.
Qu'il ouvre à mes remords son sein long-temps fermé,
Qu'il me rende un ami ; lui-même a tant aimé !
Oui, prends pitié d'un cœur digne d'être fidèle,
Seigneur, s'il connaissait ta parole éternelle,
Et, pour le soutenir contre d'injustes coups,

Relève un frêle appui plié par ton courroux.
Je ne demande pas que des jours plus prospères
Me retrouvent assis sous le toit de mes pères,
Je rendrai ma dépouille à ces bords étrangers;
Mais Idamore est seul au milieu des dangers :
Puissé-je l'embrasser avant son sacrifice,
Affermir son courage, et, s'il faut qu'il périsse,
Sans murmure avec lui mourant pour t'apaiser,
Aux cieux dans ta clémence avec lui reposer!...
Entouré de soldats je le vois qui s'avance.
Est-il absous, grand Dieu!

SCÈNE II.

ALVAR, IDAMORE; GUERRIERS.

IDAMORE, *à un d'eux.*

Cachez-lui ma sentence :
Pourrait-il de son fils supporter les adieux?
Que, trompé sur mon sort, on l'amène en ces lieux;
Akébar l'a permis. Allez, comme à lui-même,
Qu'on m'obéisse encore à mon heure suprême.

ALVAR.

Quoi! n'est-il plus d'espoir?

IDAMORE.

Alvar, je vais mourir.

ALVAR.

Tant de bienfaits passés n'ont pu les attendrir?

IDAMORE.

De leurs faibles esprits Akébar seul dispose.
Si le glaive à la main j'avais plaidé ma cause,
On l'eût vu le premier m'absoudre en pâlissant.
Désarmé, que lui dire? il a soif de mon sang :
Eh bien donc, qu'il s'y plonge.

ALVAR.

Instruit qu'à vous entendre
Son orgueil en secret avait daigné descendre,
J'ai cru que la pitié ramenait sa faveur
Sur le héros déchu, qu'il nomma son sauveur.

IDAMORE.

Il tremblait pour l'honneur de sa noble famille :
D'une flamme coupable on accuse sa fille;
Lui-même la soupçonne, et, n'osant pardonner,
Si j'atteste son crime, il la doit condamner,
Victime du pouvoir qu'un vain peuple lui donne
Par les devoirs étroits où son rang l'emprisonne.
Il s'est plaint des vieillards, dont l'orgueil irrité
Arrachait ma sentence à sa triste équité;
Mais, sans effet pour moi, sa divine influence

uᶜouvait d'un bien plus cher acheter mon silence :

La grâce de Zarès en devenait le prix.

Pour lui, pour Néala, que n'aurais-je entrepris?

Le conseil m'attendait, j'y cours : mon témoignage

De leurs soupçons loin d'elle a repoussé l'outrage.

Puis, de la voix d'un chef qui parle à des soldats,

Tel, et plus fier encor qu'au milieu des combats,

« Point de grâce, ai-je dit, point de pitié : justice !

» J'attends ma récompense ainsi que mon supplice.

» En épargnant mon père, accordez à la fois

» Sa vie à mes bienfaits et ma mort à vos lois. »

Emus par ce discours, surpris, honteux de l'être,

Tous cherchaient leur avis dans les yeux du grand prê-

Lui, pourvu qu'il immole un rival dangereux,   [tre ;

Que font à sa grandeur les jours d'un malheureux?

Aussi s'est-il levé, fidèle à sa promesse;

D'un père au désespoir excusant la tendresse,

Du pardon de ses dieux il vient de le couvrir.

Pour moi, je te l'ai dit, Alvar, je vais mourir.

ALVAR.

Que deviendra Zarès sans appui sur la terre?

Quels accens répondront à sa voix solitaire?

Il n'aura plus de fils.

IDAMORE.

Eh! ne vivras-tu pas?

10.

ALVAR.

Qui, moi !

IDAMORE.

Ta liberté doit suivre mon trépas ;
Eh bien, à ce vieillard mon amitié l'engage :
Des soins que je lui dois accepte l'héritage.

ALVAR.

Oui, je le remplirai ce vœu de l'amitié,
Du poids de ses regrets je prendrai la moitié :
Sa douleur sur mon sein coulera moins amère,
Vous lui laissez un fils : qui me rendra mon frère ?

IDAMORE.

Prends soin de fuir les lieux où mes restes épars
Viendraient sur votre route effrayer ses regards.
N'attendez pas la nuit, partez ; crains pour toi-même
Le sort contagieux d'un réprouvé qui t'aime.
Il ne pourra demain t'accorder son appui :
Ce jour qui va s'éteindre est le dernier pour lui.
L'arrêt porté par eux et qu'un héraut proclame,
Ordonne que la mort réservée à l'infâme,
Au lâche, au meurtrier, qui n'ont point de tombeaux,
De mon corps lapidé disperse les lambeaux.

ALVAR.

Et je vous quitterais, alors que leur vengeance
Rassemble autour de vous l'outrage et la souffrance,

Présente à vos esprits ce trépas douloureux
Comme un affreux chemin à des maux plus affreux!..
J'écarterai de vous ces images funèbres ;
Je fermerai vos yeux ; j'irai dans les ténèbres
Vous creuser un asile, et, trompant leur mépris,
De ce devoir furtif honorer vos débris.
Qui d'entr'eux vous rendrait ce dangereux hommage?
Je l'oserai moi seul.

IDAMORE.

        Eh ! qu'importe à ma rage
Que mon corps en pâture aux vautours soit livré,
Ou d'un bûcher pompeux par leurs mains entouré ?
Qu'on l'abandonne aux vents, que le vautour dévore
Celui qui les fit vaincre et qui fut Idamore !
Et viennent à ce bruit, du fond de l'Occident,
Ces chrétiens renversés par mon seul ascendant.
J'appelle en ces climats leurs flottes vengeresses :
Ils reviendront, Alvar, ils ont vu nos richesses.
Qu'ils descendent, pareils aux insectes ailés,
Par un souffle brûlant dans les airs rassemblés ;
Qu'ils inondent nos bords ; qu'ils changent cette terre
En une arène ouverte où renaisse la guerre ;
Qu'ils portent dans ses murs l'épouvante et la Croix ;
Qu'ils détrônent ses dieux, qu'ils écrasent ses rois ;
Que leur foule étrangère et balaye et remplace

Les lâches possesseurs endormis sur sa face ;
Pour adieux, en partant, pour prix de ses trésors ,
Lui laissent des débris, de la cendre et des morts ;
Et quelques châtimens que me garde la tombe ,
Si ce peuple est puni ; s'il pleure, s'il succombe,
J'oublirai mes revers en apprenant les siens ,
Et l'horreur de ses maux finira tous les miens !

ALVAR.

Dans quels vœux vous égare une aveugle furie !
Quels que soient avec nous les torts de la patrie ,
Le fils qui la maudit, ce fils dénaturé
Prouve qu'elle était juste et meurt désespéré.
Mais vous !... Ah! croyez-moi, quand votre heure
[est prochaine ,
Comme un poids importun déposez votre haine.
Les turbulens transports par la rage inspirés,
La soif de voir punis ceux par qui vous souffrez,
N'aident point à franchir ce pénible passage.
De ma religion le précepte plus sage
Nous apprend que l'oubli de nos ressentimens
Verse un calme inconnu sur nos derniers momens.
Nous dit de pardonner même à qui nous immole ;
Il en fait un devoir, et ce devoir console.

IDAMORE.

Tes discours dans mon cœur font descendre la paix,

Et, nouveau pour mes yeux, d'où tombe un voile épais,
Je ne sais quel espoir m'éclaire et me ranime :
Je combattrais encor pour l'état qui m'opprime.
Mais c'en est fait, Alvar, non, je ne dois plus voir
Les étendards flottans dans les airs se mouvoir ;
Non, je n'entendrai plus le signal des batailles ;
Je ne dois plus rentrer vainqueur dans ces murailles,
Et, déposant mon glaive à l'ombre des drapeaux,
Goûter près d'une épouse un glorieux repos.
Demeure... Jeune, aimé, célèbre par les armes,
Je sens trop que la vie avait pour moi des charmes.
Prêt à me détacher de tout ce que j'aimais,
De toi j'attends ma force !... Ah ! si tu vois jamais
Cet objet d'une ardeur si tendre et si funeste,
De mes cheveux sanglans porte-lui quelque reste.
Rends-lui son dernier don, ce message de mort,
Ces fleurs qui par leur deuil m'avaient prédit mon sort.
Dis-lui... Mais de mon père épargnons la faiblesse ;
Tes larmes détruiraient l'erreur où je le laisse.
Sors ; je te rejoindrai plus tôt que tu ne veux,
Et jusqu'au lieu fatal nous marcherons tous deux.

SCÈNE III.

IDAMORE, ZARÈS; GUERRIERS.

ZARÈS.

On ne me flattait pas d'une trompeuse joie ;
Akébar désarmé permet que je te voie !
Il a donc pardonné ? réponds, tu m'es rendu ?
Je retrouve mon fils que je croyais perdu !
Lui me suivre ? est-il vrai ?... Je m'abuse peut-être.

IDAMORE.

Sans vous devant le peuple il doit encor paraître.

ZARÈS.

Mais, ce devoir rempli, tu reviens ? nous fuyons ?
Dût le jour à nos pas refuser ses rayons,
Sous ces murs menaçans que rien ne te retienne.
Soutenu par ton bras, une main dans la tienne,
Sous ta garde, avec toi, par ta voix ranimé,
La nuit n'a point d'horreur dont je sois alarmé. [nes.
Que dis-je ? un sang nouveau bouillonne dans mes vei-
Des douleurs et des ans j'ai dépouillé les chaînes.
Le cœur rempli d'un feu qu'il ne peut contenir,
De joie à tes côtés je me sens rajeunir.

Tu n'auras pas l'ennui de traîner à ta suite
Un vieillard chancelant, qui gênerait ta fuite;
Ma force qui renaît t'épargnera ce soin !

IDAMORE.

Hélas ! dans un moment vous en aurez besoin.

ZARÈS.

Ah ! que ta défiance irrite mon courage !
Tout est plaisir pour moi dans ce prochain voyage !
Chaque jour de fatigue au bonheur me conduit.
L'œil fixé sur le but que mon espoir poursuit,
Vers nos monts en idée avec toi je m'élance.
J'en connais les chemins ; c'est moi qui te devance,
C'est moi qui suis ton guide, et quelle volupté
De nous asseoir tous deux où seul je m'arrêtai !
Je t'embrasse au lieu même où, me rendant la vie,
Ton nom frappa soudain mon oreille ravie...
Que vois-je ! ô mon pays ! ô jour cent fois heureux !
Mes pleurs baignent ces champs qu'ont animé tes
[jeux.
Leurs charmes sont flétris, leur enceinte est déserte.:.
Qu'ils cessent désormais de déplorer ta perte !
Oui, le voilà, c'est lui ! je reviens triomphant :
Je ramène mon fils, non plus un faible enfant;
C'est mon ferme soutien, mon orgueil, ma conquête !
Prévois-tu les transports que ce beau jour m'apprête ?

Conçois-tu quelle ivresse inondera mes sens,
Quand nos échos chéris rediront tes accens ;
Quand je verrai la mer réfléchir ton image,
Et, moins beau que mon fils ce palmier du même âge,
Qui semblait loin de toi pleurer son frère absent,
Se couronner de fleurs en te reconnaissant !

IDAMORE.

Je cède à la pitié que son erreur m'inspire.
Mon père... Je ne puis, et mon courage expire.

ZARÈS.

Que dis-tu ? j'ai des droits sur tes chagrins secrets.
Tu n'oses dans mon sein répandre tes regrets ?
Crains-tu de m'offenser si tu me les confies :
Non, pleurons-les ces biens que tu me sacrifies :
Cette jeune beauté qui t'engageait sa foi,
Par sa grâce modeste elle est digne de toi.

IDAMORE.

Hélas !

ZARÈS.

Son amour même à son sort m'intéresse,
Et la voir ta compagne eût comblé mon ivresse...
Pleurons-la, parlons d'elle et laissons faire au temps.
Sans flatter ton orgueil par des nœuds éclatans,
Ma tribu peut t'offrir une épouse aussi chère...
Tu me croiras, mon fils, au tombeau de ta mère.

IDAMORE.

Ah ! que son souvenir me protége à vos pieds :
Dites-moi qu'en son nom mes torts sont oubliés.

ZARÈS.

Toi seul tu t'en souviens.

IDAMORE.

De ce touchant langage
Que vos embrassemens me soient un nouveau gage.

ZARÈS. *Il l'embrasse.*

Croie-les donc, si ton cœur doute de mes discours.

SCÈNE IV.

IDAMORE, ZARES, AKEBAR, EMPSAEL;

GUERRIERS.

EMPSAEL, *du haut des degrés du temple.*

Le jour fuit, tout est prêt, le peuple attend.

IDAMORE.

J'y cours.

ZARÈS.

Tu me quittes encor ?

IDAMORE.

Je vous l'ai dit, mon père.

ZARÈS.

C'est la dernière fois du moins ?

IDAMORE.

Oui, la dernière !

(Il l'embrasse de nouveau, les guerriers l'environnent. Il sort avec
Empsaël.)

SCÈNE V.

ZARES, AKEBAR.

AKÉBAR.

Profane, éloigne-toi !

ZARÈS.

Supportez sans témoins
L'aspect d'un malheureux consolé par vos soins.

AKÉBAR.

Par pitié pour toi-même, éloigne-toi, te dis-je.

ZARÈS.

Un moment, et je pars.

AKÉBAR.

Laisse-moi, je l'exige.

ZARÈS.

Mais mon fils ?

AKÉBAR.

C'en est trop !

ZARÈS.

Je l'attends...

AKÉBAR.

Vain espoir.

ZARÈS.

Il reviendra bientôt.

AKÉBAR.

Tu ne dois plus le voir.

ZARÈS.

Est-il possible ?

AKÉBAR.

Il meurt.

ZARÈS.

Mon fils !... quoi ! son silence
Trompait de mes terreurs la juste violence ?
Il meurt ! c'est pour toujours qu'il vient de me quit-
Où cet ordre inhumain doit-il s'exécuter ?   [ter !
J'y cours, je veux le suivre... ou plutôt je t'implore,
Par ce muet témoin que ta ferveur adore,
Par l'autel dont mes pleurs n'ont pas droit d'appro-
Par ces pieux habits... que je n'ose toucher, [cher,
Par tes dieux, par toi-même, au nom de la tendresse,
Des respects dont ta fille honore ta vieillesse...

AKÉBAR, *attendri*.

Ma fille !

LE PARIA.

ZARÈS.

Au peuple ému montre son souverain.
D'un regard de tes yeux brise ces cœurs d'airain;
Arrache-leur mon fils. Viens, courons sur sa trace :
Le fer tombe à ta vue et ton front porte grâce.
Viens, parais, ou du moins ne me refuse pas
Le bonheur douloureux d'expirer dans ses bras.

AKÉBAR.

Sainte horreur de l'impie, affermis ma constance!...
Non, je ne puis des dieux révoquer la sentence.

ZARÈS.

S'ils existent tes dieux, tremble dans ton amour;
Le coup qui m'a frappé doit t'accabler un jour :
Puisse de ton enfant l'irréparable perte
Te laisser dans le cœur une blessure ouverte,
Où tous les plaisirs vains, dont tu voudras jouir,
Comme au fond d'un tombeau, viendront s'évanouir;
Puisses-tu, de toi-même éternelle victime,
Entasser les honneurs sans combler cet abîme;
Et pauvre au sein des biens, faute d'un bien si doux,
Morne au milieu du bruit, seul au milieu de tous,
Trouver, sur le sommet de tes grandeurs stériles,
Un plus affreux désert que ceux où tu m'exiles.

AKÉBAR.

Si je t'épargne encor, rends grâce à mon serment...

Mais demeure, Empsaël t'apporte un châtiment.

ZARÈS. *Il tombe sur le banc, abîmé dans sa douleur.*

Ciel !

SCÈNE VI.

ZARES, AKEBAR, EMPSAEL.

EMPSAEL.

Le peuple, accouru pour demander sa proie,
Mêlait des cris de rage aux clameurs de sa joie.
Idamore paraît, superbe et l'œil serein :
Il écarte la foule, il marche en souverain, [gloire,
Nous guide, et semble encor, comme aux jours de sa
Promener dans nos murs l'orgueil d'une victoire.
Ce captif ennemi, toléré parmi nous
Tant qu'un indigne chef nous vit à ses genoux,
Alvar, qui l'attendait, à ses côtés s'élance,
Et nous prenons nos rangs dans un morne silence.
Pendant que le chrétien, prolongeant ses adieux,
D'une pitié coupable importunait nos yeux,
Lui, des derniers accens de sa voix sacrilége,
Bravait à chaque pas son funèbre cortége :

11.

« Hâtez-vous, criait-il, quel brame ou quel guerrier
» Se réserve l'honneur de frapper le premier? »
Puis passant près des lieux, où du haut des murailles
Son bras armé pour nous semait les funérailles :
« Choisissez , a-t-il dit, pour déchirer mes flancs ,
» Ces rocs , dont j'écrasais vos ennemis tremblans !»
Le peuple s'en indigne , et sa prompte justice
Pour ce crime nouveau cherche un second supplice,
Le trouve , et dans son cours soi-même s'irritant,
Au massacre d'Alvar prélude en l'insultant.
Idamore s'arrête à leur voix menaçante.
Déjà les plus hardis reculaient d'épouvante,
Quand mille bras vengeurs sur lui de toutes parts
Font pleuvoir les débris dans la poussière épars.
Un nuage s'élève, il s'ouvre, et la tempête
Eclate sur son sein , siffle autour de sa tête...
Il défend son ami, l'embrasse, oppose en vain
Au coup qui cherche Alvar sa poitrine et sa main ;
Ce chrétien sans fureur, qui succombe et qui prie ,
Sur le signe impuissant de son idolâtrie
Attache un œil d'amour, l'invoque, et radieux
Tombe aux pieds d'Idamore en lui montrant les cieux:
Seul debout, l'insensé, faible et presque sans vie,
Lève à travers l'orage un front qui nous défie,
Protége encore Alvar, pâlit, tombe accablé,

Et le couvre en mourant de son corps mutilé.

AKÉBAR.

Je n'ai plus de rival et ma fille me reste !

EMPSAEL.

Mais une femme accourt, elle approche, elle atteste
Sur ces membres flétris qu'ont dispersés nos coups,
Qu'elle aimait Idamore et qu'il est son époux.
« J'ai profané, dit-elle, un divin ministère.
» Pour vous j'offrais au Gange un encens adultère.
» J'ai trahi son hymen, j'ai violé mes vœux,
» Et j'attends de vos lois le prix de ces aveux. »
L'infidèle à ces mots dans les traits d'Idamore
Cherche et ne trouve plus l'image qu'elle adore,
Pleure, et sur son visage, à ce spectacle affreux,
Ramène avec effroi son voile et ses cheveux.
Les brames, par mon ordre, entourent la coupable.
De l'exil qui l'attend l'arrêt inévitable
Doit signaler ici votre juste courroux.
On murmure contre elle, on s'attendrit sur vous ;
Vous-même frémirez quand vous l'allez connaître.
Le peuple la devance, et je la vois paraître.

SCÈNE VII.

LES PRÉCÉDENS ; NEALA, BRAMES, GUERRIERS, PEUPLE.

AKÉBAR.

Néala !

ZARÈS, *qui s'est ranimé par degrés.*

Se peut-il ?

AKÉBAR.

C'est elle ! Dieu puissant,

Que ne prévenais-tu l'opprobre de mon sang ?

(A Néala.)

Toi, dont le front baissé fuit mon regard sévère ;

Que viens-tu faire ici ? que cherches-tu ?

NÉALA, *s'approchant de Zarès.*

Mon père.

AKÉBAR.

Lui !

ZARÈS.

Qu'entends-je ?

NÉALA.

Oui, mon père. Il le fut, quand j'appris

Que les jours d'Idamore étaient par vous proscrits.

Il comprendra mes maux, notre perte est la même ;

Je m'exile avec lui pour pleurer ce que j'aime.
Ne me soupçonnez pas de vouloir vous braver ;
Mais de son seul appui je viens de le priver.
Je devais le lui rendre en publiant ma faute.
Vous ne gémirez pas sur ce peu qu'il vous ôte.
Des terrestres liens votre cœur détaché
Pour moi d'un tendre soin ne fut jamais touché.
Ravi par sa ferveur au-dessus des faiblesses,
Il ne pouvait descendre à souffrir mes caresses ;
Vous n'osiez pas m'aimer. Heureux, comblé de biens,
Vos jours sont beaux sans moi : j'adoucirai les siens.
A son fils qui n'est plus je me suis immolée.
Que cette ombre chérie, un instant consolée,
Transmette à mon amour ses devoirs et ses droits.
Le moment n'est pas loin où, réunis tous trois,
Nous n'accuserons plus la mort qui nous sépare ;
Je le sens !

AKÉBAR.

Eh ! sais-tu quel destin te prépare
Cette mort, seul refuge ouvert à votre espoir ?

NÉALA.

Hélas ! je dois souffrir, mais je dois le revoir !
Je vous quitte à jamais, vous qui m'avez chérie,
Vous dont je fus la sœur, et toi, douce patrie !

(Au grand-prêtre.)

Adieu... J'attends l'arrêt que vous devez porter.

AKÉBAR.

O tendresse ! ô devoir ! qui des deux écouter ?

(Après un moment de silence.)

Je dévoue à l'exil ta tête criminelle...
Va, fuis, l'humanité te rejette loin d'elle ;
Fuis, j'attache à tes pas l'abandon et l'effroi ;
Je te maudis... mes pleurs s'échappent malgré moi.

NÉALA, *à Zarès.*

Il est temps de partir, la nuit vient, et pour guide,
Mon père, vous n'avez qu'une vierge timide.
On va, si nous tardons, nous chasser des saints lieux.

ZARÈS.

Ma fille !

NÉALA.

Levez-vous.

ZARÈS. *Il regarde un moment Néala, qu'il embrasse,
puis Akébar, et s'écrie :*

Pontife, il est des dieux !

(Il s'éloigne soutenu par Néala ; le peuple se retire pour leur ouvrir un
passage ; Akébar, la tête appuyée sur la statue de Brama, reste
plongé dans la douleur.)

FIN DU PARIA.

L'ÉCOLE

DES

VIEILLARDS,

COMÉDIE EN CINQ ACTES,

REPRÉSENTÉE SUR LE THÉATRE-FRANÇAIS,
LE 6 DÉCEMBRE 1823.

PERSONNAGES.

——◦◦◦◦——

DANVILLE, ancien armateur. — M. Talma.

BONNARD, son ami. — M. Devigny.

Le duc D'ELMAR. — M. Armand.

VALENTIN, domestique de Danville.—M. Monrose.

Madame DANVILLE.—Mlle Mars.

Madame SINCLAIR. — Mme Touzès.

Un laquais. — M. Lemelle.

La scène se passe à Paris.

L'ÉCOLE

DES

VIEILLARDS.

ACTE PREMIER.

SCÈNE PREMIÈRE.

DANVILLE, BONNARD.

BONNARD.

Que j'éprouve de joie, et que cette embrassade
A réchauffé le cœur de ton vieux camarade !

DANVILLE.

Débarqué d'hier soir, j'arrive et je t'écris.

BONNARD.

Cher Danville !

DANVILLE.

Je viens me fixer à Paris.

12

BONNARD.

Je ne puis concevoir de raisons assez bonnes...
Bah! tu veux plaisanter?

DANVILLE.

Non, Bonnard.

BONNARD.

Tu m'étonnes.

Toi, grand propriétaire, autrefois armateur,
Du Havre, où tu naquis, constant adorateur,
Tu cesses de l'aimer?

DANVILLE.

Qui, moi? charmante ville!
Elle fut mon berceau; doux climat, sol fertile;
D'aimables habitans... un site! ah! quel tableau!
Après Constantinople il n'est rien d'aussi beau.

BONNARD.

Pourquoi t'en éloigner?

DANVILLE.

C'est que... je vais te dire...
Mais promets-moi d'abord que tu ne vas pas rire.

BONNARD.

Eh! dis toujours.

DANVILLE.

Je suis...

BONNARD.

Quoi ?

DANVILLE.

Je suis marié.

BONNARD.

Rien qu'à ton embarras je l'aurais parié.
Pour la seconde fois !

DANVILLE.

J'étais las du veuvage.

BONNARD.

A soixante ans et plus !

DANVILLE.

Ma foi, c'est un bel âge.

BONNARD.

Sans m'avoir averti !

DANVILLE.

Bon ! mon billet de part
Aurait trop exercé ton esprit goguenard.

BONNARD.

Ta femme a quarante ans ?

DANVILLE.

Pas encore !

BONNARD.

Au moins trente ?

DANVILLE.

Pas tout-à-fait.

BONNARD.

Combien ?

DANVILLE.

Bonnard, elle est charmante !
C'est une grâce unique, un cœur, un enjoûment!...
Je me sens rajeunir d'y penser seulement.
Son père, resté veuf, chercha fortune aux îles.
Hortense, loin de lui, coulait des jours tranquilles,
Auprès de son aïeule, une dame Sinclair,
Bonne femme, un peu vive, et femme du bel air,
Qui sait rire, et qui garde, en sa verte vieillesse,
Pour les plaisirs du monde un grand fond de tendres-
Des succès de sa fille amoureuse à l'excès,   [se;
Si l'on peut trop chérir de si justes succès.
Hortense est un modèle; oui, Bonnard, je l'adore.
Je la voyais souvent; je la vis plus encore;
Je la vis tous les jours : bref, je parlai d'hymen :
Je craignais de subir un fâcheux examen.
Malgré mes cheveux blancs, dans sa reconnaissance,
Dans son respect pour moi son amour prit naissance,
Et je vis s'embellir mon arrière-saison
Des charmes du bel âge unis à la raison.
Notre hymen fut conclu. Sa respectable aïeule

Eut toujours par nature horreur de vivre seule :
Ma maison fut la sienne, et par elle j'appris
Qu'en secret leur chimère était de voir Paris ;
Bien plus, qu'à leur santé l'air du Havre est contraire..
Je les force à partir. Loin d'Hortense une affaire
M'a retenu deux mois, à mon grand désespoir,
Et c'est à peine hier si j'ai pu l'entrevoir :
Elle avait pour la cour un billet de spectacle :
Moi, mettre à ses plaisirs le plus léger obstacle !
Bien qu'elle y consentît, c'était un coup mortel ;
Et j'ai, pour me distraire, admiré mon hôtel.

BONNARD.

Celui du duc d'Elmar.

DANVILLE.

C'est mon propriétaire.

BONNARD.

Voici, depuis un mois, son oncle au ministère ;
Doyen des receveurs dans son département,
Je perçois les deniers d'un arrondissement.
Le duc est très-puissant, c'est un homme à la mode.

DANVILLE.

Vraiment?... dans son hôtel, plus grand qu'il n'est
Il occupe au premier un superbe local : [commode ,
Mais pour un philosophe un second n'est pas mal.

12.

BONNARD.

C'est un palais, mon cher; peste! quelle richesse!
En entrant j'ai manqué de te traiter d'altesse...
Ah ça! comment ton fils a-t-il pris ton départ?

DANVILLE.

Mon fils, depuis l'hiver, a son ménage à part:
Ma femme est de trois ans plus jeune que la sienne;
Comment les accorder? Pour qu'une maison tienne,
Il faut de l'unité dans le gouvernement;
Toutes deux gouvernaient contradictoirement.
Hortense aime beaucoup..j'aime beaucoup le monde:
Mon fils ne se complaît qu'en une paix profonde.
Il a quitté la place et vit comme un reclus.
Je le chéris toujours.

BONNARD.

Mais tu ne le vois plus.
Tes conseils le guidaient dans l'état qu'il exerce.
Tu livres sa fortune aux chances du commerce;
Tu t'éloignes de lui; c'est un grand tort, et tien:
Je connais en province un fils comme le tien,
Qu'un père comme toi vient de laisser sans guide.
Le fils a mal compté: voilà sa caisse vide;
Le mois touche à sa fin; dans ce besoin urgent,
Pour le tirer d'affaire il faut beaucoup d'argent.

Il aurait dû lever cet impôt sur son père :   [père :
Mais comme ils sont brouillés, c'est en moi qu'il es-
Il faut vingt mille francs : peux-tu me les prêter ?

DANVILLE.

C'est ma femme, monsieur, qui va vous les compter :
Elle est mon trésorier.

BONNARD.

                    C'est superbe ! et d'avance
Je lui veux de ma place offrir la survivance.
Ta femme !... Ah ! mon ami, que tes goûts ont changé !
Que je t'ai vu plus sage à mon dernier congé !
Tu t'occupais alors de tes travaux champêtres,
A l'ombre des pommiers plantés par tes ancêtres,
Debout avant le jour, doucement tourmenté
Du démon vigilant de la propriété.
Tu pâlissais de crainte au bruit d'une visite ;
A tirer des perdreaux tu bornais ton mérite,
Ta joie à faire en paix bonne chère et grand feu,
Et ton piquet du soir, quand j'avais mauvais jeu.
Te voilà citadin ! le luxe t'environne ;
Un gros suisse est là-bas qui défend ta personne :
Et tout cela, pourquoi ? ta femme l'a voulu.

DANVILLE.

Hortense ! elle me laisse un pouvoir absolu ;
Mais elle y voit très-clair ; quand on a ma fortune,

Une capacité qu'elle croit peu commune,
Sans prétendre à Paris au rang d'un potentat,
Dans un poste honorable on peut servir l'état.
L'espoir qu'elle a conçu me semble légitime,
Et je lui sais bon gré d'une si haute estime.
Toi-même, qu'en dis-tu?

BONNARD.

Rien.

DANVILLE.

Parle franchement.

BONNARD.

Sur une chose à faire on dit son sentiment; [faite,
C'est d'abord mon système, et, quand la chose est
J'ai pour système aussi de la trouver parfaite.
Mais tiens, Paris abonde en amis obligeans,
Qui se font un doux soin de marier les gens.
Ils m'avaient découvert une honnête personne,
Savante comme un livre, aimable, toute bonne :
Au cousin d'un ministre elle tenait de près;
Ces chers amis pour moi l'avaient fait faire exprès,
Eh bien! j'ai refusé.

DANVILLE.

D'où vient?

BONNARD

Elle est jolie,

Elle est jeune.

DANVILLE.

Tant mieux ; depuis quand , je te prie ,
La jeunesse à tes yeux paraît-elle un défaut ?

BONNARD.

Depuis que j'ai vieilli. Dans ma femme il me faut ,
Pour que le mariage entre nous soit sortable ,
Une maturité tout-à-fait respectable.
Or, une vieille femme a pour moi peu d'appas ;
Une jeune , à son tour, peut ne m'en trouver pas.
Pour agir prudemment dans cette conjoncture ,
J'ai fait du célibat ma seconde nature ;
J'y tiens, j'y prends racine , et je suis convaincu
Que je mourrai garçon , ainsi que j'ai vécu.

DANVILLE.

L'hymen a des douceurs que ta vieillesse ignore.

BONNARD.

Il a tel déplaisir qu'elle craint plus encore.
Je ne suis pas de ceux qui font leur volupté
Des embarras charmans de la paternité ;
Pauvres dans l'opulence , et dont la vertu brille
A se gêner quinze ans pour doter leur famille :
De ceux qu'on voit pâlir, dès qu'un jeune éventé
Lorgne en courant leur femme assise à leur côté,
Et, geôliers maladroits de quelque Agnès nouvelle ,

Sans fruit en soins jaloux se creuser la cervelle.
Jamais le bon plaisir de madame Bonnard,
Pour danser jusqu'au jour, ne me fait coucher tard,
Ne gonfle mon budjet par des frais de toilette;
Et jamais ma dépense, excédant ma recette,
Ne me force à bâtir un espoir mal fondé
Sur le terrain mouvant du tiers consolidé.
Aussi, sans trouble aucun, couché près de ma caisse,
Je m'éveille à la hausse ou m'endors à la baisse.
A deux heures je dîne : on en digère mieux.
Je fais quatre repas comme nos bons aïeux,
Et n'attends pas à jeun, quand la faim me talonne,
Que ma fille soit prête, ou que ma femme ordonne.
Dans mon gouvernement despotisme complet :
Je rentre quand je veux, je sors quand il me plaît,
Je dispose de moi, je m'appartiens, je m'aime,
Et sans rivalité je jouis de moi-même.
Célibat! célibat! le lien conjugal
A ton indépendance offre-t-il rien d'égal?
Je me tiens trop heureux, et j'estime qu'en somme
Il n'est pas de bourgeois, récemment gentilhomme,
De général vainqueur, de poète applaudi,
De gros capitaliste à la Bourse arrondi,
Plus libre, plus content, plus heureux sur la terre,
Pas même d'empereur, s'il n'est célibataire.

DANVILLE.

Et je te soutiens, moi, que le sort le plus doux,
L'état le plus divin, c'est celui d'un époux
Qui, long-temps enterré dans un triste veuvage,
Rentre au lien chéri dont tu fuis l'esclavage.
Il aime, il ressuscite, il sort de son tombeau :
Ma femme a de mes jours rallumé le flambeau.
Non, je ne vivais plus : le cœur froid, l'humeur triste,
Je végétais, mon cher, et maintenant j'existe. [tiens!
Que de soins! quels égards! quels charmans entre-
Des défauts, elle en a; mais n'as-tu pas les tiens?
Tu crains pour mes amis les travers de son âge?
J'ai deux fois plus d'amis qu'avant mon mariage.
Ma caisse dans ses mains fait jaser les railleurs?
Je brave leurs discours; je suis riche, et d'ailleurs
Une bonne action que j'apprends en cachette
Compense bien pour moi les rubans qu'elle achète.
Hortense a l'humeur vive; et moi ne l'ai-je pas?
Nous nous fâchons parfois; mais qu'elle fasse un pas,
Contre tout mon courroux sa grâce est la plus forte.
Je n'ai pas de chagrin que sa gaîté n'emporte.
Suis-je seul? elle accourt; suis-je un peu las? sa main,
M'offrant un doux appui, m'abrége le chemin.
J'ai quelqu'un qui me plaint quand je maudis ma
                                        [goutte;

Quand je veux raconter, j'ai quelqu'un qui m'écoute.
Je suis tout glorieux de ses jeunes attraits;
Ses regards sont si vifs! son visage est si frais!
Quand cet astre à mes yeux luit dans la matinée,
Il rend mon front serein pour toute la journée;
Je ne me souviens plus des outrages du temps :
J'aime, je suis aimé, je renais, j'ai vingt ans.

BONNARD.

Quel feu!

DANVILLE.

Je veux fêter le jour qui nous rassemble;
Au bonheur des maris nous trinquerons ensemble;
Oh! je t'y forcerai. Tu soupes, me dis-tu?
Admire dans ma femme un effort de vertu :   [ge;
Les soupers sont proscrits, et vraiment c'est domma-
Je veux qu'elle ait l'honneur d'en ramener l'usage.
Rien n'est tel pour causer que le repas du soir.
A table entre nous deux elle viendra s'asseoir.
Bientôt, cher receveur, vous la verrez paraître,
Et vous accepterez quand vous l'allez connaître.
Oui, vous que rien n'émeut, vous aurez votre tour :
Bonnard, monsieur Bonnard, vous lui ferez la cour.

SCÈNE II.

LES PRÉCÉDENS; VALENTIN.

DANVILLE.

Qu'est-ce donc, Valentin? quel air sombre!

VALENTIN.

Mon maître,

(A Bonnard.)

J'aurais à vous parler..... Monsieur, j'ai l'honneur

DANVILLE. [d'être...

C'est ce brave marin, mon ancien serviteur;
Tu sens bien qu'à son âge il sert... en amateur :
J'exige peu de lui, sa franchise m'amuse....
Que veux-tu?

BONNARD.

Ta bonté n'a pas besoin d'excuse;
Ma gouvernante à moi me parle sans façon.
Tous deux ont fait leur temps : un honnête garçon,
Après un long service attesté par ses rides,
A, comme un vieux soldat, des droits aux invalides.

DANVILLE.

Qui t'amène? voyons!

13

VALENTIN.

Je vous l'avais bien dit

Qu'un jour...

DANVILLE.

De ce refrain le bourreau m'étourdit.

VALENTIN.

Avant votre arrivée il s'est passé des choses....

BONNARD.

Adieu, Danville.

DANVILLE.

Eh ! non.

BONNARD.

Prends garde, tu t'exposes...

DANVILLE.

Que peut-il raconter ? va donc, explique-toi :
Achève.

VALENTIN.

Eh bien ! madame est trop jeune pour moi.

DANVILLE.

Oui dà !

VALENTIN.

Contre mon gré, monsieur, ne vous déplaise,
Par votre ordre, en courrier j'ai précédé sa chaise.
On n'apprend pas sur mer à monter à cheval.
Sur une rosse étique, assis tant bien que mal,

Pour me rompre les os j'étais à bonne école.
Madame à chaque bond riait comme une folie.

DANVILLE.

En te voyant par terre , elle t'eût plaint beaucoup ;
J'en suis sûr.

VALENTIN.

Beau profit, si j'étais mort du coup !
Mais une fois ici, j'eus bien d'autres affaires :
Vieilli dans la marine à bord de vos corsaires,
Sous ces galons d'argent qu'on me fit endosser,
Au bon ton des laquais on voulut me dresser.
L'exercice est moins dur : tiens-toi : lève la tête ;
Fais ceci, fais cela, maladroit! qu'il est bête !
Que sais-je ?... j'en maigris ; c'est un métier d'enfer,
Et j'aurais mieux aimé dix campagnes sur mer.

BONNARD.

Ce pauvre Valentin !

VALENTIN.

Et pour votre carrosse,
On m'a fait un affront.

BONNARD.

Comment ! depuis la noce
Nous n'allons plus à pied !

DANVILLE.

Il rêve.

VALENTIN.

Pas du tout :

Madame a pris voiture, et trouvait de son goût,
Pour me faire en marin terminer ma carrière,
De me loger debout sur le gaillard d'arrière.

DANVILLE.

Le grand mal !

VALENTIN.

Ne pouvant vaincre ma juste horreur,
Ne m'a-t-elle pas fait ?

DANVILLE.

Eh ! quoi donc ?

VALENTIN.

Son coureur.

BONNARD.

Son coureur !

VALENTIN.

A quinze ans j'étais des plus ingambes :
Mais devenir coureur quand on n'a plus de jambes !
Ce Paris ! on s'y perd : le Havre tout entier,
En se pressant un peu, tiendrait dans un quartier :
Et je cours ! mais je cours !... Dès que la porte s'ouvre,
Vite au Palais-Royal, du Marais vite au Louvre,
Du premier sous les toits !... Et pas plus tard qu'hier
J'ai porté des secours....

DANVILLE.

Hé quoi ! tu n'es pas fier
De consacrer tes pas à de pareils messages ?

VALENTIN.

Je ne suis jamais fier de monter cinq étages.
Puis à peine au logis, j'ai la serviette en main ;
Des dîners !... on en a pour jusqu'au lendemain :
Ils doivent coûter cher !

BONNARD.

Ah ! diable ! tu te piques
De donner, quoique absent, des festins magnifiques !

DANVILLE.

Il a perdu le sens.

VALENTIN.

Je sais ce que je dis :
Vous donnez à dîner, monsieur, tous les lundis ;
La veille grands apprêts ; adieu notre dimanche !
Le jour que je préfère est celui qu'on retranche.

DANVILLE.

Paresseux !

VALENTIN, à Bonnard.

Vous savez....

BONNARD.

Tu vaux ton pesant d'or,
Je le sais, mais tais-toi.

13.

VALENTIN.

Je l'ai bien dit....

DANVILLE.

Encor !

VALENTIN.

Que, si le mariage entre par une porte,
Par l'autre, avant ma mort, il faudra que je sorte.

DANVILLE.

Hé bien ! va-t'en !

BONNARD, *à Danville.*

Tout doux !

VALENTIN.

Oui, je veux m'en aller.

BONNARD, *à Valentin.*

Non pas ; voyons, ensemble il faut capituler :
Valentin se taira, mais consens qu'il demeure,
Pour ne servir que toi.

DANVILLE.

Qu'il reste.

VALENTIN.

A la bonne heure.

DANVILLE, *à Bonnard.*

Je n'ai qu'à dire un mot et qu'à le plaindre un peu ,
Ma femme en sa faveur comme toi prendra feu.

VALENTIN.

Je conviens qu'elle est bonne.

DANVILLE.

Excellente ! accomplie !
Elle vient, tu vas voir... La trouves-tu jolie,
Hein ! Bonnard ?

BONNARD.

Bien, très-bien !

SCÈNE III.

LES PRÉCÉDENS ; HORTENSE, PLUSIEURS VALETS.

HORTENSE, *aux valets qui la suivent.*

Allez, trente couverts.
Vous, comme chez le duc, rangez vos arbres verts,
Allez. Vous, pour le soir voyez si tout s'apprête :
Trois lustres au salon, des fleurs, un air de fête...
Le beau jour ! mon ami, partagez mon bonheur ;
Je veux que votre hôtel demain vous fasse honneur.

(Saluant Bonnard.) (A Danville.)

Je vous revois enfin !... Monsieur... Je suis ravie :
Hier de m'amuser certes j'avais envie ;
Mais j'ai de vous quitter senti quelques remords ;
Adieu tout mon plaisir ! Je reconnais mes torts :
Embrassez-moi, pardon.

DANVILLE.

Je suis le seul coupable,

(A Bonnard.)

C'est moi qui l'ai voulu. Parle, est-on plus aimable?

HORTENSE.

Croyez qu'à l'avenir... Ah! c'est vous, Valentin;
Pour ma loge aux Bouffons vous irez ce matin;

(A Danville.)

Je veux vous y mener, vous aimez la musique.

(A Valentin.)   (A Danville.)

De là chez mon libraire... un roman qu'on critique,
Mais qu'on dit effrayant; ne vous en moquez point:
Tout ce qui me fait peur m'amuse au dernier point.

(A Valentin.)

De là chez le docteur et puis chez le vicomte;
De là chez le glacier pour demander son compte;
Enfin chez le brodeur, courez vite... Ah! de là...

VALENTIN.

Mes jambes me font mal quand j'entends ce mot-là.

(A Danville.)

Monsieur !...

DANVILLE.

Ma bonne Hortense, il te demande grâce:
Il a droit de se plaindre: une course encor passe;
Mais vingt, mais tous les jours! il est vieux, et je doi
L'employer désormais à ne servir que moi.

HORTENSE.

Je crois que pour courir tout le monde a mon âge :
Je l'accable, c'est vrai, je veux qu'il se ménage :

(A Valentin.)

Vous êtes à monsieur, n'obéissez qu'à lui,
A lui seul.

VALENTIN.

J'en suis quitte au moins pour aujourd'hui.

DANVILLE à *Bonnard.*

Qu'ai-je dit ?

HORTENSE.

Par malheur, ici je n'ai personne.

(A Danville.)

Un jour, encore un jour, et je vous l'abandonne.

DANVILLE.

Tu ne peux pas, mon vieux, trouver cela mauvais,
Pour un jour, allons, va.

BONNARD, *à part.*

J'en étais sûr.

VALENTIN, *tristement.*

J'y vais.

DANVILLE, *à Bonnard.*

A-t-elle assez bon cœur ?

(Valentin sort.)

SCÈNE VI.

LES PRÉCÉDENS, EXCEPTÉ VALENTIN.

DANVILLE.

Tu vois, ma chère Hortense,
Un camarade à moi, mon compagnon d'enfance,
Mon mentor au collége : élève à Mazarin,
Bonnard m'a sur les bancs disputé le terrain ;
Je l'aimais à quinze ans, et je te le présente
Comme un des vrais amis que j'estime à soixante.

HORTENSE.

Monsieur m'est connu.

BONNARD.

Moi !

HORTENSE.

Votre fraternité
Fit proverbe autrefois dans l'université.

BONNARD.

Il est sûr qu'avec lui je vivais comme un frère.

HORTENSE.

Si nous en exceptons vos débats sur Homère.

BONNARD.

Achille était son dieu.

HORTENSE.

Vous préfériez Hector.

BONNARD.

Vous le savez ?

HORTENSE.

Bon dieu ! j'en sais bien plus encor ;
Danville est très-causeur.

BONNARD.

Causeur par excellence,
C'est vrai.

HORTENSE.

Vous souvient-il de certaine imprudence,
Qui lui valut de vous un superbe sermon ?

DANVILLE.

Il sermonait toujours.

BONNARD.

Lui, c'était un démon !

HORTENSE.

D'un prix de vers latins...

BONNARD.

Madame !

HORTENSE.

D'une thèse,
Qui vous fit un honneur !...

BONNARD.

C'est en soixante-treize ;
Oui vraiment : quoi ! madame, on vous en a parlé ?
Quel charmant souvenir vous m'avez rappelé !

(A Danville.)

Elle a beaucoup d'esprit.

DANVILLE.

N'est-ce pas ?

HORTENSE.

Je m'arrête ;
Vos triomphes passés vous tourneraient la tête.
Mais voyez-nous souvent : en causant tous les trois,
Nous ferons reverdir vos lauriers d'autrefois.
Pour madame Bonnard, je veux aller moi-même...

BONNARD, *embarrassé.*

Je suis...

DANVILLE.

Il est garçon, et garçon par système.

BONNARD.

Me voilà converti.

HORTENSE.

Monsieur, prouvez-le donc ;
Un garçon a parfois des momens d'abandon,
D'ennui ; venez nous voir, et que notre ménage
Vous raccommode un jour avec le mariage.

BONNARD.

Je ferai d'un tel soin mon plus doux passe-temps,
Et voudrais près de vous prolonger ces instans ;
Mais un mot très-pressé que je ne puis remettre....
(Bas à Danville.)
Il faudra que la somme arrive avec la lettre.

DANVILLE.

Sois tranquille. Et parbleu ! pour écrire un billet,
Tu n'es pas mieux chez toi que dans mon cabinet.
Regarde :..un bureau neuf, loin du bruit des voitures,
Et ton cher Moniteur ouvert sur des brochures...
Dans peu je te rejoins.

BONNARD.

A ton aise, mon cher ;
Un caissier le dimanche est libre comme l'air ;
Souviens-toi seulement qu'à deux heures je dîne.
(Bas à Danville.)
Ah ! je te félicite, et ta femme est divine.

(Il sort.)

SCÈNE V.

DANVILLE, HORTENSE.

HORTENSE, *riant aux éclats.*
Dieu ! qu'il est amusant ! mais c'est un vrai trésor.

Il a ressuscité les mœurs du siècle d'or ;
Il dîne le matin, à l'antique il s'habille,
Et j'ai cru voir marcher un portrait de famille.

DANVILLE.

Oh ! n'en ris pas : je l'aime.

HORTENSE , *riant toujours.*

Et quel regard vainqueur

Quand j'exaltais sa gloire !

DANVILLE.

Oui, mais il a bon cœur ;

C'est un homme excellent, rangé, sûr en affaire,
Et tu peux l'obliger.

HORTENSE , *sérieusement.*

Voyons : je veux le faire.

DANVILLE.

Le jour de ton départ je t'avais confié
Cinquante mille francs; donne-m'en la moitié :
Il a besoin d'argent.

HORTENSE.

Courez donc à la banque :

Je n'en saurais prêter, quand moi-même j'en manque.

DANVILLE.

Que me dites-vous là ?

HORTENSE.

Ma bourse est aux abois ;

'en est fait!

DANVILLE.

En deux mois?

HORTENSE.

Mais c'est bien long deux mois.

DANVILLE.

Cinquante mille francs!..Comment, ma bonne amie...

HORTENSE.

Vous ne me louez pas sur mon économie?

DANVILLE.

Ah! parbleu! c'est trop fort.

HORTENSE.

Chez moi je n'ai voulu
Rien que le nécessaire, et pas de superflu.

DANVILLE..

Comment donc, s'il vous plaît, nommez-vous ces do-
Ces cristaux suspendus, ces vases, ces figures, [rures,
Ce fragile attirail dont on n'ose approcher,
Et ces meubles si beaux que je crains d'y toucher?
Est-ce utile? parlez...

HORTENSE.

C'est plus, c'est nécessaire.
Cet appareil pour vous n'a rien que d'ordinaire.
Vous voulez devenir receveur-général;
Logez-vous donc au ciel, et logez-vous très-mal;

Qui parlera de vous, qui vous rendra visite?
L'opulence à Paris sert d'enseigne au mérite.
Etalez des trésors si vous voulez percer;
Une place est de droit à qui peut s'en passer.
Ma mère me répète : éblouis le vulgaire;
Qu'on dise : il est très-riche, il est millionnaire;
Demandons tout alors, et nous aurons beau jeu.
J'ai voulu par le luxe en imposer un peu.
Je dis un peu; beaucoup, je me croirais coupable:
Un peu, c'est nécessaire et même indispensable.

DANVILLE.

Voilà quelques motifs qui sont d'assez bon sens;
Mais au moins ces dîners d'eux-mêmes renaissans,
Ces éternels dîners, qu'une fois par semaine
Un bienheureux lundi pour trente élus ramène,
Je les crois superflus.

HORTENSE.

Erreur! Quoi! vous traitez
Mes dîners du lundi de superfluités!
Mais rien n'est plus utile, et sur cette matière,
Vous êtes, mon ami, de cent ans en arrière.
Il faut avoir un jour fixé pour recevoir
Ses prôneurs à dîner, et ses amis le soir:
De nos auteurs en vogue il faut avoir l'élite;
On en fait les honneurs aux grands que l'on invite

Aussi je vois souvent plusieurs des beaux esprits
Dont je vous ai là-bas adressé les écrits :
Ils parlent , on s'anime , on rit , la gaîté gagne ,
Et l'on a ces messieurs comme on a du champagne.
Notre siècle est gourmand, on peut blâmer son goût :
On fronde les dîners, et l'on dîne partout.
Mais n'en donner jamais, pas même un par semaine,
C'est en solliciteur vouloir qu'on vous promène.
Qui , vous solliciteur? vous êtes candidat;
Vous ne demandez rien , vous acceptez. L'état
N'a pas dans ses bureaux de puissance intraitable
Pour l'heureux candidat qui la courtise à table;
Protégés, protecteurs, au dessert ne font qu'un :
Mais ne me parlez pas d'un protecteur à jeun.
Recevoir me fatigue, et, pour être sincère,
C'est un mal, j'en conviens, mais un mal nécessaire.

DANVILLE.

Donnez donc vos dîners, madame , et donnez-les
Sans nourrir à l'office un peuple de valets,
Sans payer un cocher et sans faire étalage
D'un grand chasseur perché derrière un équipage.
Ce carrosse, à quoi bon? que n'a-t-il pas coûté !
Qui vous force à l'avoir !

HORTENSE.

Qui? la nécessité,

14.

Vous-même ; oui , pour vous j'en ai fait la dépense.
Quand ont est candidat on court plus qu'on ne pense.
Visitez donc les grands durement cahoté
Sur les nobles coussins d'un char numéroté :
Vous jouerez à leur porte un brillant personnage !
Y viendrez-vous à pied ? ce n'est plus de votre âge.
De fatigue accablé , que ferez-vous le soir ?
Qu'il se présente alors quelque spectacle à voir,
Eh bien ! j'irai donc seule , et j'irai sans m'y plaire ;
Car vous m'y forcerez. Quel plaisir au contraire,
L'un près de l'autre assis , tête à tête , en causant,
D'aller chercher sans peine un spectacle amusant !
D'en jouir tous les deux !... peut-être c'est faiblesse,
Mais heureuse avec vous , j'y veux être sans cesse,
Je fis tout dans ce but, j'ai tort ; mais un tel soin ,
Superflu pour vous seul, est mon premier besoin.

DANVILLE.

Et moi qui t'accusais ! je suis touché, j'ai honte
D'avoir...

HORTENSE.

De votre argent je veux vous rendre compte :
Vous ne savez pas tout; je veux, pour votre honneur,
Justifier en vous ce mouvement d'humeur.
La lecture vous plaît ; d'un cabinet d'étude
J'ai su vous préparer l'aimable solitude.

Il me coûte un peu cher ; mais vos auteurs chéris,
Rangés autour de vous, en couvrent les lambris.
Le Duc, qui vous protége, est plein de complaisance;
Il m'a de son jardin cédé la jouissance,
Pour qui? pour vous, monsieur; ne concevez-vous pas
Qu'un jardin a pour vous de merveilleux appas?
J'ai pris soin de l'orner; sous son ombre tranquille,
Vous vous reposerez du fracas de la ville.
On ne fait rien pour rien ; mais qu'importe le prix ?
Vous aurez la campagne au milieu de Paris.
Votre orgueil conjugal jouit de ma parure,
J'ai fait des frais pour lui, c'est complaisance pure.
J'ai choisi les couleurs que vous aimez le mieux,
Les bijoux dont l'éclat flatte le plus vos yeux :
De tout ce qui vous plaît je me suis embellie,
Et rien ne m'a coûté pour vous sembler jolie.
Mes crimes les voilà. Voyons, recommencez,
Courage, grondez-moi... mais non, vous faiblissez,
Le repentir vous prend, et si je ne m'abuse,
Vous sentez que vous seul avez besoin d'excuse;
Demandez-moi pardon d'un injuste courroux,
Et vous l'aurez, méchant, car je vaux mieux que vous.

DANVILLE.

Oui; tu vaux mieux cent fois. Pardonne, mon Hor-
[tense,

En vain l'âge entre nous a mis quelque distance,
Tes procédés pour moi me la font oublier,
Et devant tant d'amour je dois m'humilier.

SCÈNE VI.

LES PRÉCÉDENS, MADAME SINCLAIR.

Mme SINCLAIR.

Embrassez-la, c'est bien ; mais hâtez-vous, mon gen-
Je l'emmène.   [dre,

DANVILLE.

Comment ?

HORTENSE.

Ma mère, on peut attendre...

Mme SINCLAIR.

Non pas, sur une emplette il me faut un conseil,
Et nous profiterons d'un rayon de soleil
Pour notre promenade...

DANVILLE.

Où donc ?

Mme SINCLAIR.

Aux Tuileries,
Le temple de la mode et des galanteries,

L'école des grands airs ; sa grâce , heureux époux,
Dans ce brillant séjour vous fait mille jaloux ;
Sa marche est un triomphe, on la suit, on l'admire...

HORTENSE , *à Danville.*

Ah! venez avec nous.

Mme SINCLAIR.

Hortense a dû vous dire [mis.
Qu'on vous attend, mon cher, chez le premier com-

DANVILLE.

Qui, moi? quand ce devoir d'un jour serait remis ,
Qu'importe?

HORTENSE , *gravement.*

La démarche est des plus nécessaires.

(Plus bas.)

Et le banquier.

DANVILLE.

C'est juste !

Mme SINCLAIR.

Avant tout les affaires.

DANVILLE.

Mais...

HORTENSE.

Au revoir, Danville.

DANVILLE.

Encore un mot !

Mme SINCLAIR.

Bonjour ;

Elle sera rentrée avant votre retour.

SCÈNE VII.

DANVILLE, *seul.*

Là, nous causions si bien, me quitter de la sorte !...
Aussi j'avais des torts. Pourtant la somme est forte.
Au Havre, à ce prix-là, j'aurais eu deux maisons ;
Mais elle m'a donné d'excellentes raisons.
Ayons soin que Bonnard ignore l'aventure ;
Courons vite : est-ce heureux d'avoir une voiture !
    (Regardant par la fenêtre.)
Tiens, ma femme l'a prise... Ah ! bah ! j'aime à mar-
L'exercice m'est bon, je vais me dépêcher ; [cher.
Pour la revoir plus tôt soyons infatigable ;
Il faut en convenir, ma femme est bien aimable !

FIN DU PREMIER ACTE.

ACTE DEUXIÈME.

SCÈNE I.

DANVILLE, MADAME SINCLAIR.

DANVILLE.

Non, vos façons d'agir ne me vont pas du tout,
Et les courses à pied sont fort peu de mon goût.

Mme SINCLAIR.

Vous prendrez la voiture. Hé bien, votre visite?

DANVILLE.

Je ne la veux pas faire, et vous m'en tiendrez quitte.

Mme SINCLAIR.

Vous avez de l'humeur?

DANVILLE.

      Beaucoup, et j'ai raison :
Je vais chez deux banquiers; mais l'un dîne à Meudon,
L'autre est à Saint-Germain. Je cours chez mon no-
                   [taire;

Monsieur, jusqu'à lundi, se délasse à Nanterre.
Quand on meurt le dimanche, on peut apparemment
Remettre au lendemain pour faire un testament.

Mme SINCLAIR.

Le dimanche à Paris n'est pas un jour commode.

DANVILLE.

Et puis vantez-moi donc vos jardins à la mode !
Curieux comme un sot, ou poussé par l'orgueil,
J'y vais pour voir ma femme et jouir du coup d'œil :
Je ne sais quel démon m'avait mis dans la tête
De régaler mes yeux d'un plaisir aussi bête.
J'entre ; un pareil délire a de quoi m'étonner :
Dans un jardin immense on peut se promener,
On ne suit qu'une allée, une seule, et laquelle ?
J'en ai bien compté dix, dont la moindre est plus bel-
Mais personne n'y va, non : Paris tout entier   [le.
Vient s'entasser en long dans un petit sentier.
Quelle foule ! on s'étouffe, et là, je vois Hortense,
A travers un rempart qui me tient à distance,
Et sans artillerie on n'aurait pu percer
Ce cortége autour d'elle ardent à s'amasser.
Je marchais, j'enrageais, j'avais beau faire un signe,
Deux, trois, bon ! d'un regard un mari n'est pas digne,
Et revenant toujours et toujours écarté,
Et molesté, heurté, porté, presqu'insulté,

Je m'enfuis tout en eau, je me sauve, j'arrive,
Et qu'ai-je fait?... J'ai vu ma femme en perspective.

MME SINCLAIR.

Mais quel triomphe aussi! de quoi vous plaignez-vous?
On adopte un chemin que l'on préfère à tous,
Les autres sont déserts! la raison en est bonne :
Si personne n'y va, c'est qu'on n'y voit personne.
On se promène ailleurs, à Paris c'est bien mieux,
On vient se faire voir; donc on cherche les yeux.

DANVILLE.

Mais quel est ce jeune homme, heureux à sa manière,
Qui d'un si bon courage avalait la poussière,
Que ma femme écoutait, qui ramassait son gant,
Qui...

MME SINCLAIR.

C'est le duc d'Elmar; hein? qu'il est élégant!
On le croirait chez lui. Quel ton! dans son aisance
Perce un air de grandeur qui vous séduit d'avance.
Qu'un négligé de cour lui sied bien à mon gré!
Sous le signe éclatant dont il est décoré,
Quand ma fille a son bras, que je trouve de charmes
A voir chaque soldat leur présenter les armes!
C'est glorieux pour vous.

DANVILLE.

Je vous suis obligé,

15

Mais je ne vois pas là le grand honneur que j'ai.
Ils sont liés?...

Mme SINCLAIR.

Bien plus depuis notre voyage.

DANVILLE.

Il la connaissait donc avant mon mariage?

Mme SINCLAIR.

Sans doute; auprès du Havre il vint passer l'été,
Et rendit comme un autre hommage à sa beauté.
Je sus, quand il partit, saisir la circonstance;
Appelant ses bontés sur le père d'Hortense,
Je parlai d'un retour, impossible aujourd'hui :
Le Duc fera pour vous ce qu'il eût fait pour lui.
Nous nous sommes revus par un bonheur unique :
Je cherchais un hôtel, c'est le sien qu'on m'indique.
Le hasard fait chez lui vaquer un logement,
Celui-ci, c'est heureux.

DANVILLE.

Oui, ma foi, c'est charmant!

Mme SINCLAIR.

Pour comble de bonheur, son oncle est aux finances;
Le Duc, à lui tout seul, vaut deux ou trois puissances:
Pour vous, grâce à nos soins, le voilà très-zélé;
Mais de vos soixante ans nous n'avons point parlé.
Par son âge souvent la vieillesse indispose,

Et l'on croit qu'un vieillard n'est pas propre à grand'

[chose.

DANVILLE.

Merci !

Mme SINCLAIR.

Mais vous pouvez cacher dix ou douze ans.

DANVILLE.

Non, vos honneurs pour moi ne sont plus séduisans ;
J'entrevois des dangers à trop courir les places.

Mme SINCLAIR.

Lesquels ? à pleines mains le Duc répand les grâces.
Courage ; Hortense et moi nous avons du crédit.
Le Duc me rend des soins dont tout bas on médit :
J'ai sa loge aux Français quand un acteur débute.
Pour les chambres, j'y vais les jours où l'on dispute.
J'ai vu dans leur splendeur les quarante immortels,
Et suivi par plaisir deux procès criminels.
Le Duc me conduisait, et quand j'étais rentrée,
Ici, loin du grand monde, il passait la soirée.

DANVILLE.

C'est vous qu'il venait voir ?

Mme SINCLAIR.

Au point qu'on s'en moquait :
Un jour que j'étais seule, il a fait mon piquet.
Je dis seule, ma fille était là ; mais qu'importe ?...

DANVILLE.

Il importe beaucoup, et j'agirai de sorte
Que ces vastes salons ne soient plus encombrés
De tous vos beaux messieurs titrés ou non titrés;
Et qu'Hortense, loin d'eux, cherche dans son ménage
Un plaisir moins bruyant qui convienne à mon âge.
Que fait-elle? en visite elle a perdu ses pas
Chez des gens très-connus, que je ne connais pas.
Et par respect humain, pour briller, asservie
A de frivoles soins qui surchargent sa vie,
De peur que mon bonheur ne me fît des jaloux,
Elle a vu tout le monde, excepté son époux.
Moins d'éclat, plus d'égards. Ai-je pris une femme
Pour illustrer monsieur du bruit que fait madame,
Rester veuf à sa suite avec vos bons maris,
Ou pour en décorer les jardins de Paris?
Dites-lui, s'il vous plaît...

Mme SINCLAIR.

Vous parlerez vous-même.
Je vous trouve aujourd'hui d'une injustice extrême:
Et je ne vois pas, moi, le mal assez urgent
Pour me charger d'un soin qui n'est point obligeant.
Je vous laisse y rêver, et ne sais pas, mon gendre,
Supporter une humeur que je ne puis comprendre.

SCÈNE II.

DANVILLE , *seul.*

Je hasarde un conseil, mais qu'il soit sage ou non ,
N'importe, elle est grand'mère , et veut avoir raison,
Ne voit de mal à rien , tant sa tête est frivole ,
Et sa petite-fille est pour elle une idole.
Elle a beau se placer entre ma femme et moi ,
Moi , je veux me fâcher, car le Duc... Hé bien, quoi?
Ce Duc perdra ses pas , et le mieux est d'en rire...
Ah! ce Duc me tourmente. On vient; mon Dieu ! que
Bonnard et pas d'argent !   [dire?

SCÈNE III.

DANVILLE , BONNARD.

BONNARD , *sa montre à la main.*

                    Sais-tu qu'il est très-tard.
Deux heures à ma montre, et tiens , déjà le quart.
Bien que du Moniteur la lecture soit bonne ,
Je n'ai pas pu finir ma septième colonne ;
Mon cher, je meurs de faim.

                    15.

DANVILLE.

Pardon, j'étais dehors..

BONNARD.

Tu ne tiens plus chez toi, tu t'amuses, tu sors,
Et ton ami Bonnard va, grâce à ta sortie,
Trouver son dîner froid et la poste partie.
Je t'ai laissé le temps de voir ton trésorier.

DANVILLE, *à part.*

Si j'accuse ma femme, il va se récrier.

BONNARD.

Mon argent! Hâtons-nous.

DANVILLE.

Je te dirai...

BONNARD.

Non, donne;

Ne me dis rien.

DANVILLE.

Il faut... c'est que... je n'ai personne
Pour...

BONNARD.

Appelle madame, ou fais-moi la faveur
De me signer pour elle un billet au porteur.

DANVILLE.

Elle a, je l'oubliais, payé certaine somme...
Quel intérêt si grand t'inspire ton jeune homme?

BONNARD.

Qu'entends-je ?

DANVILLE.

Un étranger !

BONNARD.

Tu le connais.

DANVILLE.

Qui, moi ?

BONNARD.

Cet étranger, mon cher, n'en est pas un pour toi.

DANVILLE.

Comment, et de son nom tu m'as fait un mystère !

BONNARD.

C'est qu'il m'a défendu de le dire à son père.

DANVILLE.

Dieu ! ce serait ?...

BONNARD.

Ton fils. D'après sa volonté,
Je n'ai dû le nommer qu'à toute extrémité.
Par lui, depuis long-temps, je savais ton histoire;
Ton silence avec moi n'est pas trop à ta gloire,
Et j'ai voulu tantôt te donner l'embarras
De m'apprendre un hymen que je n'ignorais pas.

DANVILLE.

C'est mon fils !

BONNARD.

Oui vraiment.

DANVILLE.

Mon fils dans la détresse!
Et ce n'est pas à moi que d'abord il s'adresse!
Il va chercher un tiers!

BONNARD.

Ah! qu'est-ce que tu veux?
Il faut toujours qu'un tiers se place entre vous deux;
Du moins il me l'écrit, et ce tiers-là le gêne;
Voilà ce qu'après soi le mariage amène.
La femme et les enfans sont rarement d'accord;
A l'un des deux partis il faut qu'on donne tort;
De beaux yeux plaident bien, et le juge préfère
Le bonheur de l'époux au devoir du bon père.

DANVILLE.

Mais mon fils est un fou!

BONNARD.

Pourquoi l'avoir quitté?
Instruit d'hier au soir, que n'ai-je pas tenté!
J'ai pour combler le vide épuisé bien des bourses;
Restent vingt mille francs, et je suis sans ressources;
Toi seul peux le sauver.

DANVILLE.

Ah! voyage maudit!

Ah ! ma femme, ma femme !

BONNARD.

Hein ?

DANVILLE.

Quoi ? je n'ai rien dit.

(Après une pause.)

Bonnard , mon cher Bonnard !

BONNARD.

Tu me fais peur : abrége ;
C'était, je m'en souviens, ton exorde au collége,
Quand dans un mauvais pas tu voulais m'engager.

DANVILLE.

Tu dois avoir des fonds, et tu peux m'obliger.

BONNARD.

Un caissier n'en a point : quand il prête il s'expose ;
Le public ne sait pas de quels fonds il dispose.

DANVILLE.

J'en réponds.

BONNARD.

Non.

DANVILLE.

L'argent te rentrera demain.

BONNARD.

Non , non.

DANVILLE.

Sauve mon fils; allons, toi son parrain,
Mon bon, mon vieil ami!

BONNARD.

Tu plaides comme un ange;
Mais, quand on m'attendrit, moi, cela me dérange.

DANVILLE.

Bonnard, mon cher Bonnard!

BONNARD.

J'aurai tort; c'est égal,

(Il s'en va, et revient.)

Je trouverai l'argent... Mais je dînerai mal.

DANVILLE.

Nous en souperons mieux.

BONNARD.

Tiens la chose secrète,

(Il revient.)

Adieu... C'est qu'il y va, mon cher, de ma recette.

DANVILLE.

Sois sans crainte... A propos, tu m'as parlé, je crois,
Du jeune duc d'Elmar.

BONNARD.

Je l'ai vu quelquefois :
Très-galant, beau danseur, tirant fort bien l'épée,
Redoutable aux maris par plus d'une équipée...

DANVILLE.

Redoutable aux maris !

BONNARD.

D'autant plus dangereux,
Qu'il aime comme un fou, quand il est amoureux ;
Et le monde prétend qu'une femme jolie
Ne peut voir sans pitié qu'on l'aime à la folie.
On le plaint, et ma foi... Qu'as-tu donc ?

DANVILLE.

Rien du tout.

BONNARD.

La femme qui lui plaît le rencontre partout ;
Dans les jardins publics...

DANVILLE.

Ah ! oui.

BONNARD.

Dans les spectacles.

DANVILLE.

Mais les maris sont là.

BONNARD.

Bon ! il rit des obstacles :
Quelquefois il fait mieux, il place les maris ;
Il les place très-bien ; mais Dieu sait à quel prix !
Tu m'entends.

DANVILLE.

Oh ! de reste !

BONNARD.

Enfin tu vois du monde ;
Crois-moi , j'ai pour ta femme une estime profonde.
Mais ne le reçois pas.

DANVILLE.

Non , je te le promets.

UN LAQUAIS.

Monsieur le duc d'Elmar !

BONNARD.

Tu le vois donc ?

DANVILLE.

Jamais.

S'il vient, c'est pour affaire au moins, pas davantage.

BONNARD, *en souriant.*

Ou bien , c'est qu'en montant il s'est trompé d'étage.

SCÈNE IV.

DANVILLE, BONNARD, LE DUC D'ELMAR.

LE DUC.

Eh ! c'est monsieur Bonnard ! enchanté de le voir !
Le ministre en riant me disait hier soir :

Parbleu! monsieur Bonnard ne le cède à personne;
C'est un esprit exact qu'aucun chiffre n'étonne :
Pour le trouver en faute il faut qu'on soit sorcier,
Et comme on naît poète, il était né caissier.

BONNARD.

Ah! monsieur! que d'honneur me fait son Excellence!
C'est vrai, je sais d'un compte établir la balance.
Dame! après quarante ans!... mais pardon...

LE DUC.

                                    Vous sortez,
Pour revoir si vos fonds sont bien ou mal comptés,
Et, grâce au saint effroi qui pour eux vous tourmente,
Jamais de votre caisse, un denier ne s'absente.
Bravo, monsieur Bonnard!

BONNARD, *au Duc.*

                         Merci du compliment.

(A Danville.)

Dis donc, pour me le faire, il prend bien son moment.

DANVILLE, *à Bonnard.*

Du courage, à ce soir.

SCÈNE V.

DANVILLE, LE DUC D'ELMAR.

DANVILLE, *au Duc.*

             Monsieur veut quelque chose?..

                    16

C'est madame Sinclair qu'il vient voir, je suppose?

LE DUC.

Et madame sa fille, elle n'est pas ici?

DANVILLE.

Non, je l'attends.

LE DUC.

Alors je vais l'attendre aussi.

(A part.)

Quel est donc ce monsieur?

DANVILLE, *à part.*

A merveille, il demeure.

LE DUC.

J'y songe; pour la voir j'avais mal choisi l'heure;
Elle est chez la baronne.

DANVILLE.

Ah!... cela ce peut bien.

(A part.)

Il sait où va ma femme, et moi je n'en sais rien.

LE DUC.

Monsieur est depuis peu dans notre grande ville?

DANVILLE.

D'hier.

LE DUC.

Il est ami de madame Danville?

DANVILLE, *en souriant.*

Je lui tiens de plus près.

LE DUC.

Parent? ah! je m'en veux!
Oui, je n'en doute plus; que je m'estime heureux!
A cet air respectable ai-je pu méconnaître...

DANVILLE.

Quoi! je vous suis connu?

LE DUC.

Pouvez-vous ne pas l'être?
Recevez donc ici mon juste compliment:
Oui, madame Danville est un objet charmant;
Aussi j'avais trouvé certain air de famille...
Vous avez là, monsieur, une adorable fille!

DANVILLE.

Moi! comment?

LE DUC.

Heureux père! ah! je suis attendri.

SCÈNE VI.

DANVILLE, LE DUC, HORTENSE.

HORTENSE.

Eh quoi! monsieur le Duc seul avec mon mari!

LE DUC.

(A part.)   (Haut.)
Son mari!... Qu'il m'est doux de rencontrer si vite

L'homme dont ce matin j'ai vanté le mérite;
Mais il ne me doit rien, je l'avoue, et ses droits
Plaidaient en sa faveur cent fois mieux que ma voix.
Est-ce aux gens tels que lui qu'on peut faire des grâces?
Si le mérite seul avait marqué les places,
Monsieur, à meilleur titre usant du droit que j'ai,
Serait le protecteur et moi le protégé.

HORTENSE.

Jamais monsieur le Duc ne dit rien que d'aimable.

LE DUC.

Ce discours n'est que juste.

DANVILLE.

Il m'est trop favorable;
Aussi me touche-t-il comme il doit me toucher;
Mais je crois qu'au ministre on ne doit rien cacher;
J'ai déjà soixante ans...

LE DUC, vivement.

C'est l'âge qu'il préfère,
Et c'est un vrai présent que je m'en vais lui faire.
Depuis près de dix jours madame m'a promis
D'embellir chez mon oncle une fête entre amis.
Elle vous attendait, ma mémoire est fidèle,
J'ai reçu sa parole, et pour vous et pour elle.
Venez donc, c'est au bal qu'il faut solliciter.
Chez mon oncle, ce soir, je veux vous présenter;

C'est conclu : ma voiture ensemble nous y mène,
Et...

DANVILLE.

Je suis fatigué, monsieur, j'arrive à peine.

HORTENSE.

Le bal délasse.

DANVILLE.

Et puis, moi-même je reçois.

HORTENSE.

Qui ? votre ami Bonnard, ce monsieur d'autrefois ?

DANVILLE.

Monsieur l'estime fort.

HORTENSE.

Et conviendra, je gage,
Que du siècle passé c'est la vivante image..

LE DUC, *en riant.*

Madame...

DANVILLE.

Il vient ce soir.

HORTENSE.

Pour le recevoir mieux,
Avez-vous invité quelqu'un... de vos aïeux ?

DANVILLE.

Hortense !

16.

HORTENSE.

C'est fini. Paix ; allons , je plaisante ;
On croirait à vous voir que je suis médisante.

(Au Duc.)

Le suis-je ? Jugez-nous.

DANVILLE.

Brisons là.

HORTENSE.

Non , je veux
Que le Duc aujourd'hui soit juge entre nous deux.

DANVILLE , *à part.*

J'ai peine à me contraindre.

LE DUC , *sérieusement.*

Excusez-moi , madame ;
Mais je ne puis trahir le penchant de mon ame ;
Encore un coup , pardon , j'aime monsieur Bonnard ;
C'est la probité même ; oui , c'est un homme à part ,
Un esprit hors de ligne , et dès qu'un mot l'offense ,
On me voit des premiers voler à sa défense.

DANVILLE , *enchanté et regardant sa femme.*

Très-bien , monsieur le Duc !

LE DUC.

Mais si l'on n'a lancé
Qu'un trait dont son honneur ne puisse être blessé ;
Si l'on a dit... Eh quoi ?... qu'il vit en patriarche ,

Qu'il dîne encore à l'heure où l'on dînait dans l'arche,
Ou quelqu'un de ces mots, qui seuls sont des por-
Que madame rencontre et que je chercherais, [traits,
Quel mal cela fait-il? C'est s'amuser, c'est rire,
C'est se jouer de rien; mais ce n'est pas médire.

HORTENSE, *en regardant son mari.*

Oh! le Duc a raison.

LE DUC, *à Danville.*

Monsieur, moins de rigueur;
La conversation périrait de langueur
Sans ce tour amusant qu'un esprit fin lui donne;

(Montrant Hortense.)

Tout le monde y perdrait, et vous plus que personne.

DANVILLE.

Je n'en disconviens pas; mais brisons sur ce point.

LE DUC.

Et pourquoi votre ami ne nous suivrait-il point?

HORTENSE.

Sans doute!

DANVILLE.

Un patriarche a l'humeur sédentaire,
Et s'arrange assez peu d'un bal au ministère.
D'ailleurs, souper ensemble est pour nous un bon-

HORTENSE, *en riant.*   [heur.

Souper! il vient souper?

DANVILLE, *à sa femme avec dignité.*

Il nous fait cet honneur.

(Au Duc.)

Bien que de refuser mon regret soit extrême,
Trouvez bon qu'à mon tour j'en appelle à vous-même;
Monsieur, vous m'approuvez, et connaissant Bon-
Vous me reprocheriez de traiter sans égard [nard,
L'ami qui m'est lié par un commerce intime,
Et que vous honorez d'une si haute estime.

LE DUC.

Cette excuse m'arrête, et je n'ose insister;
Mais, madame, parlez; qui peut vous résister?
J'implore en m'éloignant cet appui tutélaire,
Ou je vais de mon oncle encourir la colère.
Monsieur, vous céderez, et moi, dans cet espoir,
Je viendrai, s'il vous plaît, m'en assurer ce soir.

SCÈNE VII.

DANVILLE, HORTENSE.

HORTENSE.

Vous irez au bal?

DANVILLE.

Non.

HORTENSE.

Vous irez, j'en suis sûre.

DANVILLE.

Je vous promets que non.

HORTENSE.

Si fait.

DANVILLE.

Non, je vous jure.

HORTENSE.

Et pourquoi, sans raison, vous priver d'y venir?

DANVILLE.

C'est que ce plaisir-là ne peut me convenir.

HORTENSE.

Mais quel est le motif de cette répugnance?

DANVILLE.

Pouvez-vous m'accorder un moment d'audience?

HORTENSE.

Moi!

DANVILLE.

Depuis mon retour des soins plus importans,
Des amis plus heureux s'arrachaient vos instans,
Et las de renfermer ce que je veux vous dire,
J'ai cru dans mon dépit qu'il faudrait vous l'écrire;
Mais puisqu'il m'est permis d'en décharger mon
                                            [cœur,

Je vous le dis tout net : ce petit air moqueur
Pour mon ami Bonnard m'offense et me chagrine.
Le besoin de briller à tel point vous domine,
Qu'avec un jeune fou je vous vois de moitié
Contre ce digne objet d'une ancienne amitié.
Vous riez du bonhomme, eh oui! c'est un bonhomme ;
Un bonhomme que j'aime ; et plus d'un qu'on re-
[nomme,
Dont l'honneur fait grand bruit, dont l'esprit est van-
N'a ni son noble cœur, ni sa franche gaîté.   [té,
On l'attaque lui seul, et tous deux on nous blesse ;
Et chaque trait piquant lancé sur sa vieillesse
Ne peut devant un tiers l'immoler aujourd'hui,
Sans retomber sur moi, qui suis vieux comme lui.

HORTENSE.

Mais le Duc vous l'a dit, ce n'est qu'un badinage ;
Et le Duc, à mon sens, raisonnait comme un sage.

DANVILLE.

Votre Duc! il me choque au suprême degré.
Je connais peu de gens qui ne soient à mon gré ;
Mais lui, de me déplaire il a le privilége.
Me croit-il, ce monsieur, dupe de son manége ?
Ce zèle officieux qu'il fait sonner si fort,
Cet air de vous blâmer, pour mieux me donner tort,
Tout ce jeu me déplaît. Pour des raisons sans nombre,

Il n'est pas bon qu'un duc soit là comme votre ombre.

La réputation d'une femme de bien

Dans la communauté ne compte pas pour rien ;

Et s'il n'est défendu contre tous, à toute heure,

Ce fruit de tant de soins en un instant s'effleure.

Il ne faut qu'un jeune homme un peu trop assidu,

Que le discours d'un sot par un autre entendu :

Le mal est déjà fait : le mensonge circule ;

La femme est méprisée, et l'époux ridicule,

Et trente ans de vertu loin du monde et du bruit,

Ne sauraient réparer ce qu'un jour a détruit.

HORTENSE.

Pour quel écrit moral faites-vous ce chapitre ?

Mais dans un autre temps vous m'en direz le titre.

Irez-vous à ce bal où l'on veut vous avoir ?

DANVILLE.

Non : je vais chez les gens que je peux recevoir.

HORTENSE.

Mais le Duc vient chez vous.

DANVILLE.

C'est trop de complaisance.

Qu'il daigne à l'avenir m'épargner sa présence.

Il me fait un honneur dont je suis peu flatté.

Rien de mieux, j'en conviens, qu'un beau nom bien

A sa juste valeur j'estime la noblesse,   [porté ;

Qu'on reçoive chez soi marquis, duc et duchesse,
C'est bien, si l'on est duc, et je ne le suis pas.
Ma maison me convient : mais si je risque un pas,
Dans ce cercle titré dont l'éclat vous transporte,
A cent devoirs fâcheux je cours ouvrir ma porte.
Mon appétit s'en va, lorsque je vois siéger
Tout l'ennui des grands airs dans ma salle à manger.
Ma langue est paresseuse à rompre le silence,
S'il faut, au lieu de vous, dire Votre Excellence,
Ou, Mécène du jour, flatter les favoris
De l'Apollon bâtard qu'on adore à Paris.
Je ne sais pas encor de quel air on écoute
Vos auteurs nébuleux auxquels je n'entends goutte,
Et tout leur bel esprit ne fait que m'étourdir,
Moi, qui cherche à comprendre avant que d'applau-
De traiter ces messieurs j'aurais eu la manie, [dir.
Si j'étais assez sot pour me croire un génie ;
Mais, grâce à du bon sens, je sais ce que je vaux.
Jouissez sans fracas du fruit de mes travaux,
Avec de bonnes gens, des gens qu'on puisse entendre,
Qui de leur nom pour nous n'aient pas l'air de des-
[cendre,
Qui ne m'observent pas pour me prendre en défaut
Si je parle sans gêne ou si je ris trop haut,
Et ne croient pas me faire une grâce infinie

En me trouvant chez moi de bonne compagnie.
Voilà mes gens, voilà les amis que je veux,
Sûr qu'ils seront pour moi ce que je suis poux eux.

HORTENSE.

Revenons à ce bal, et jugez mieux la chose.
Ce n'est pas un plaisir qu'ici je vous propose ;
Mais c'est une démarche, et voyez le grand mal
De passer pour affaire une heure ou deux au bal.
Il faut faire sa cour : voilà comme on prospère ;
Mais vous, de vous placer vraiment je désespère.

DANVILLE.

Eh ! ne me placez pas, madame, laissez-moi
Heureux avec la foule y vieillir sans emploi.
J'y suis libre ; il vaut mieux, receveur des plus minces,
Toucher ses revenus que ceux de dix provinces ;
Et je ne veux pas, moi, pour me hausser d'un cran,
Vendre ma liberté cent mille écus par an.

HORTENSE.

Eh bien, comme au spectacle allez à cette fête :
Pour moi, là, voulez-vous ? Venez, j'en perds la tête :
Que d'objets, que de gens inconnus jusqu'alors !
Tous les ambassadeurs, des maréchaux, des lords,
Des artistes, la fleur de la littérature ;
Des femmes ! Quel éclat, quel goût dans leur parure !
Dieu ! les beaux diamans !... Et c'est ce soir, j'irai,

Oui, j'irai, nous irons, monsieur... ou j'en mourrai.

DANVILLE.

Non, vous n'en mourrez pas, et vous verrez, ma chère,
Qu'on peut avec Bonnard, bien qu'il ne danse guère,
Passer le soir gaîment, sans façon, sans apprêts,
Souper même au besoin, et vivre encore après.

HORTENSE.

Voulez-vous sans pitié chagriner votre Hortense?
Me tiendrez-vous rigueur?... Eh! quelle est mon of-
[fense?
Moi, qui n'ai fait qu'un vœu, celui de vous revoir,
Faut-il en arrivant me mettre au désespoir?
Avec monsieur Bonnard ai-je été trop méchante?
Jamais je ne veux l'être; il me plaît, il m'enchante,
Je l'aime, il m'aimera, je lui ferai ma cour;
Mais pas ce soir, oh non! plus tard, un autre jour,
Demain... c'est arrangé, vous acceptez l'échange:
Danville, mon ami, mon cher époux, mon ange,
Soyez bon, grâce, allons, cédez...

DANVILLE, *avec effort.*

Non, je ne puis.

HORTENSE, *en pleurant.*

Que je suis malheureuse! ô ciel! que je le suis!

DANVILLE, *attendri.*

Elle pleure, ah! mon Dieu!

HORTENSE, *hors d'elle-même.*

     C'est un acte arbitraire;
C'est une tyrannie, et je dois m'y soustraire.
Je me révolte enfin ; vous croyez sans raison
Dans votre hôtel désert me garder en prison ;
Non : avec votre ami vous serez seul à table.
Non , non : je le déteste, il m'est insupportable ;
Mais entre deux époux le pouvoir est égal.
Restez, monsieur, ma mère est invitée au bal ;
Une fille est au mieux sous l'aile de sa mère,
Et j'irai malgré vous au bal du ministère,
Et j'irai de bonne heure, et j'en reviendrai tard,
Et je ne verrai pas votre monsieur Bonnard,
Et vous ne pourrez pas m'enterrer toute vive
Dans l'ennuyeux souper d'un si triste convive.

DANVILLE, *en fureur.*

Vous irez, dites-vous, malgré moi vous irez !
Je vous le défends.

HORTENSE.

Bon !

DANVILLE.

Nous verrons.

HORTENSE.

     Vous verrez.

DANVILLE.

Madame, pensez-y : l'ordre est irrévocable ;
De supplications il se peut qu'on m'accable...

HORTENSE.

Non, monsieur.

DANVILLE.

Mais dût-on m'implorer à genoux,
Ni prières, ni pleurs, n'obtiendront rien pour vous.

HORTENSE.

Ob ! le méchant mari.

DANVILLE.

Fi ! l'affreux caractère !
Dans mon appartement courons fuir sa colère.

HORTENSE.

Allez : loin d'un tyran qui me veut opprimer,
Dans le mien, comme vous, je cours me renfermer.
Adieu, monsieur !

DANVILLE.

Adieu ! respectez ma défense.

(Après une pause.)

L'agréable entrevue après deux mois d'absence !

FIN DU SECOND ACTE.

ACTE TROISIÈME.

SCÈNE I.

HORTENSE, *à un domestique qui la suit.*

Retournez vers monsieur.

(Le domestique sort.)

Il veut m'entretenir,
Et par ambassadeur il m'en fait prévenir,
Qu'il vienne; je suis prête. Il s'attend à des larmes;
Mais il va pour le bal me trouver sous les armes.
J'ai tout dit à ma mère avec sincérité;
Elle a mis comme moi les torts de son côté.
Ces fleurs sont de bon goût... Il me traite en esclave.
Il croit m'intimider; faux calcul; je suis brave.
Je ne cèderai pas. Courage! le voici.

SCÈNE II.

HORTENSE, DANVILLE.

DANVILLE, *dans le fond.*

La brillante toilette! et qu'elle est bien ainsi!

(Il s'approche.)

A me désobéir vous êtes décidée,
Hortense, je le vois.

HORTENSE.

Chacun a son idée :
La vôtre est de rester, la mienne est de sortir.

DANVILLE.

Vous n'avez nul remords.

HORTENSE.

Qui, moi! nul repentir.

DANVILLE.

Un reste de dépit vous rend presque hautaine.

HORTENSE.

Du dépit! du dépit! dites mieux : de la haine.

DANVILLE.

Ah! c'est aller bien loin.

HORTENSE.

Non, monsieur, j'ai pour vous..

(A part.)

Je ne m'attendais pas à le revoir si doux.

DANVILLE.

J'ai long-temps réfléchi depuis notre querelle.

La colère à votre âge est assez naturelle ;

Mais au mien la raison doit parler sans fureur :

La raison qui s'emporte a le sort de l'erreur.

Ma justice à vos yeux tiendrait de la vengeance ;

Je me punirai seul, et c'est par votre absence.

Goûtez un plaisir pur , puisqu'il sera permis ;

Allez au bal, allez, et soyons bons amis ;

Voulez-vous ?

HORTENSE.

Mais...

DANVILLE.

Allez seule avec votre mère...

Elle a dû, comme vous, me trouver bien sévère :

Contre deux ennemis je n'avais pas beau jeu :

Avez-vous dit de moi beaucoup de mal?

HORTENSE.

Un peu.

DANVILLE.

Vous n'en penserez plus, et cela me console.

S'il a pu m'échapper un ordre , une parole ,

Un regard qui vous blesse, il faut tout oublier.

J'ai mon excuse aussi ; Bonnard est singulier, [guère,
D'accord ; mais, quand d'un ton qu'il ne méritait
Sur des travers légers vous lui faisiez la guerre,
C'était à l'instant même, où, malgré son effroi,
En me rendant service il s'exposait pour moi.

HORTENSE.

Comment ?

DANVILLE.

    C'est un secret.

HORTENSE.

              C'est un secret ? ah ! dites,
Dites, j'oublirai tout.

DANVILLE.

              Ces brillans parasites,
Que ma table nourrit à vous conter des riens,
Vivent à mes dépens, et lui, m'oblige aux siens.
Mon fils dans ses calculs a manqué de sagesse ;
J'aurais dû le prévoir ; mais tout à ma tendresse,
Laissant sa jeune tête agir à l'abandon,
Pour vous j'ai compromis sa fortune et mon nom.
Sans argent, grâce à vous, Hortense, que serait-ce,
Si Bonnard n'eût prêté... peut-être sur sa caisse ?
De tous les receveurs, Bonnard le plus craintif,
Bonnard dont sur ce point l'honneur est si rétif,
D'un courage héroïque a vaincu son scrupule.

Il a sauvé mon fils!... est-il si ridicule?

HORTENSE.

Non, non, de mes amis, aucun n'eût fait cela;
Plus que tous leurs discours j'admire ce trait-là.
Il n'est pas de bon mot qui vaille un bon office;
Mais votre femme aussi peut faire un sacrifice.
Ce bal où sous vos yeux je dansais en espoir,
Ce bal, il fut huit jours mon rêve chaque soir,
Huit jours, à mon réveil, ma première pensée :
Eh bien! je n'irais pas, quand j'y serais forcée!
C'en est fait, votre ami lui sera préféré.

DANVILLE.

Vous aurez ce courage, est-il vrai?

HORTENSE.

                              Je l'aurai.
Adieu tous mes projets, je reste sans murmure,
Et pour monsieur Bonnard je garde ma parure.
Je reste avec plaisir. Tout-à-l'heure à vos yeux
J'étais bien, n'est-ce pas? Maintenant je suis mieux,
J'en suis sûre.

DANVILLE.

Ah! cent fois!

HORTENSE.

                  M'aimez-vous?

DANVILLE.

Je t'adore.

HORTENSE.

Mes torts étaient bien grands.

DANVILLE.

Les miens plus grands encore.

HORTENSE.

A vos ordres jamais je ne veux résister.

DANVILLE.

Non, jamais contre toi je ne veux m'emporter.

HORTENSE.

Loin de nous ces débats qui troublent les ménages.

DANVILLE.

Les raccommodemens ont bien leurs avantages.

HORTENSE.

Mon ami!

DANVILLE.

Chère Hortense!

HORTENSE.

Au fond, convenez-en,
Vous défendez Bonnard en zélé partisan,
Et vous avez raison, puisqu'il vous rend service;
Mais vous traitez le Duc avec moins de justice.

DANVILLE.

Pour moi, je me crois juste et juste au dernier point.

HORTENSE.

Moi, je crois entrevoir que vous ne l'êtes point.

DANVILLE.

C'est qu'à vingt ans, Hortense, on juge à la légère.

HORTENSE.

C'est que plus tard, Danville, on est par trop sévère.

DANVILLE.

Vous pourriez vous tromper.

HORTENSE.

Je puis avoir raison.

DANVILLE.

Je n'en crois rien.

HORTENSE.

C'est sûr.

DANVILLE.

Non pas.

HORTENSE.

Mais si

DANVILLE.

Mais non.

HORTENSE.

Je soutiens...

DANVILLE.

Arrêtez ! eh quoi ! notre querelle
Pour Bonnard et le Duc déjà se renouvelle !

HORTENSE.

Oui, parlons sans humeur : faut-il, pour aimer l'un,

Quand l'autre vous sert bien, le trouver importun?

DANVILLE.

Oh! c'est tout différent; l'un a mon âge, et l'autre...

HORTENSE.

Et bien! achevez donc.

DANVILLE.

Eh bien! il a le vôtre.

Pardonnez : mon amour est étrange, et je sens
Que le temps, la raison, sont des freins impuissans,
Que le cœur d'un vieillard, en proie à cette ivresse,
Cède à tous les transports d'une aveugle tendresse.
Quand on aime avec crainte, on aime avec excès.
Jeune, on sent qu'on doit plaire, on est sûr du succès;
Mais vieux, mais amoureux au déclin de sa vie,
Possesseur d'un trésor que chacun nous envie,
On en devient avare, on le garde des yeux.
Comment voir cet essaim de rivaux odieux,
Parés de leur bel âge et des charmes funestes
Dont chaque jour qui fuit nous vole quelques restes,
Sans se glacer le cœur par la comparaison,
Sans voir ses cheveux blancs, sans perdre la raison !
Je ne suis pas jaloux; mais je sais me connaître.
Celui qui vous arrache, en vous lassant peut-être,
Un regard, un sourire, un instant d'entretien,
Me semble un ennemi qui me ravit mon bien.

J'aime plus, tout le dit : ma crainte en est le gage :
Mais que me sert d'aimer, s'il vous plaît davantage ?
Je dois trembler, je tremble... hélas ! voilà mon sort;
Voilà pourquoi le Duc me chagrine si fort.
Il offusque ma vue, il me pèse, il me gène.
Je sens qu'à son aspect je me contiens à peine.
Je sens qu'un mot amer, qui vient me soulager,
En suspens sur ma langue est prêt à me venger.
Je me maudis; j'ai tort; c'est faiblesse ou délire;
C'est ce qu'il vous plaira; je souffre, et je désire,
Non pas que votre amour, mais que votre amitié,
Qui connaît mon supplice, en ait quelque pitié.

HORTENSE.

Que votre modestie à vous-même est cruelle !
Croyez qu'avec raison je murmure contre elle.
Ces rivaux, où sont-ils ? que produiraient leurs soins?
Soyez juste envers vous, et vous les craindrez moins.
Est-il quelqu'un d'entre eux qu'avec plaisir j'écoute,
C'est que de votre éloge il m'entretient sans doute,
Et cet air d'intérêt dont vous êtes jaloux,
N'est qu'un remercîment du bien qu'on dit de vous.
Vous entendre louer me rend heureuse et fière;
Mais pourquoi des grandeurs nous fermer la carrière?
Laissez un peu d'éclat publier mon bonheur :
De vous, de vos talens, je veux me faire honneur,

18

Et vous prouver, que, juste autant qu'il est sincère,
Ce n'est pas par devoir que mon cœur vous préfère.

DANVILLE.

N'employez pas le Duc, et... je consens à tout.

HORTENSE.

Voyez donc ce monsieur qu'on reçoit bien partout;
Oui, ce premier commis; son crédit peut suffire :
Mais chez lui, dès ce soir, allez vous faire écrire.

DANVILLE.

Hortense, tu le veux?

HORTENSE.

Non, je ne le veux pas,
Non... mais, je vous en prie.

DANVILLE.

Ah! j'y cours de ce pas...
Et Bonnard que j'attends, je ne sais qui l'arrête;
S'il arrivait!

HORTENSE.

Partez, moi, je lui tiendrai tête :
Je vais par le collége entamer l'entretien;
Il ne s'ennuîra pas.

DANVILLE.

Je cours et je revien.
Après une querelle, il est doux de s'entendre;
Et le débat fini rend l'amitié plus tendre.

SCÈNE III.

HORTENSE, UN DOMESTIQUE.

HORTENSE.

Le sacrifice est fait! En suis-je triste? Oh! non.
Il me coûtait un peu; mais Danville est si bon!...
Cette fête, à vrai dire, était très-séduisante.
Dans tous ses agrémens je me la représente :
Pour danser c'est à moi que le Duc eût songé;
Les dames de la cour en auraient enragé!   [mage.
Quel plaisir! quel triomphe! Au fait, c'est bien dom-
Pour plaire aux deux amis écartons cette image.
Je les verrai contens; si je ris, ils riront,
Et j'attends mon plaisir de celui qu'ils auront.

UN DOMESTIQUE.

Le Duc fait demander si madame est visible.

HORTENSE.

Oui, qu'il entre. Ah! mon Dieu! voici l'instant terrible!

SCÈNE IV.

HORTENSE, LE DUC.

LE DUC.

Le soin qui me ramène est bien intéressé,

Madame; dans le doute où vous m'avez laissé,
Je n'ai rien vu ce soir qu'avec indifférence.
Invité chez le fils d'un de nos pairs de France,
J'y fus d'un long dîner le triste spectateur;
Les heures se traînaient avec une lenteur!...
Plein d'une seule idée où l'esprit s'abandonne,
Soi-même l'on s'oublie, on n'est plus à personne;
Il a fallu céder, et bientôt du salon
Je me suis échappé comme on sort de prison.
Mais quels charmans apprêts! quel goût!... Cette pa-
[rure
Pour mon vœu le plus cher est d'un heureux augure.

HORTENSE.

Hé non! monsieur le Duc, ne comptez pas sur moi.

LE DUC.

Comment? Se pourrait-il! Vous restez?

HORTENSE.

Je le doi.

LE DUC.

Mais ne devez-vous pas tenir votre promesse?
Ne l'ai-je pas reçue, et quand ma voix vous presse
De remplir un devoir que je crus un plaisir,
N'est-elle plus d'accord avec votre désir?

HORTENSE.

Que ne m'est-il permis de le prendre pour guide?

Mais non, monsieur Danville autrement en décide.

LE DUC.

Ah! pouvez-vous m'apprendre avec cet air léger
Un refus qui m'étonne et qui doit m'affliger?
Madame, pour fixer votre choix en balance,
Je vois qu'on vous a fait bien peu de violence.
Pourquoi m'avoir déçu par un espoir si doux!
La perte, j'en conviens, est légère pour vous :
Un triomphe nouveau, des honneurs, des hommages
Sont à peine à vos yeux de faibles avantages;
Pour vous, par l'habitude, ils ont perdu leur prix;
Mais quand il s'est flatté d'éblouir tout Paris,
Un maître de maison, dans son jour de conquête,
Perd beaucoup en perdant l'ornement de sa fête,
Et pour moi, le plaisir que je laisse en partant
Me rend presqu'insensible à celui qui m'attend.

HORTENSE.

C'est trop vous alarmer, monsieur, et mon absence
N'aura pas, croyez-moi, cette triste influence.

LE DUC.

Vous vous trompez, madame, et vous seule ignorez
A quels regrets mortels vous nous condamnerez.
La modestie, au fond, a son côté blâmable.
On ne sait pas souvent combien l'on est coupable;
Vous le serez beaucoup si vous me résistez.

18.

Qui nous rendra ce soir ce que vous nous ôtez ?
Eh ! ne suffit-il pas d'une seule personne
Pour embellir au bal tout ce qui l'environne ?
Elle arrive, à sa vue on est moins exigeant,
Et le cœur satisfait rend l'esprit indulgent.
L'amusement succède au dégoût qui m'accable :
L'homme qui m'ennuyait devient un homme aimable.
Elle part, c'en est fait, tout le charme est détruit,
Rien n'est plus à mon gré, je n'entends que du bruit,
Vingt autres, direz-vous, sont aimables et belles...
On l'ignorait, madame ; a-t-on des yeux pour elles ?
On n'en avait vu qu'une, et, ce moment passé,
Il semble, au vide affreux qu'elle seule a laissé,
Que l'assemblée entière en un instant s'écoule :
On est dans le désert au milieu de la foule.

HORTENSE.

Si je pouvais vous croire, au moins je m'en voudrais ;
Mais vous ne doutez pas du plaisir que j'aurais.

LE DUC.

Venez.

HORTENSE.

N'insistez pas.

LE DUC.

Vous viendrez...

SCÈNE V.

LES PRÉCÉDENS, **MADAME SINCLAIR.**

LE DUC, *à madame Sinclair.*

Ah ! madame,
Veuillez me seconder, il le faut, je réclame [d'hui
Pour mon oncle, pour moi, pour tous ceux qu'aujour-
L'attrait d'un grand plaisir doit attirer chez lui.

Mme SINCLAIR.

Mais je ne pense pas que ma fille refuse.

HORTENSE.

Monsieur fera, j'espère, agréer mon excuse.

Mme SINCLAIR.

C'est triste : à te parer j'avais pris tant de soin !
Chez soi de tant d'éclat n'avoir qu'un seul témoin !
On eût dit : quelle est donc cette belle personne
Qui fixe tous les yeux, que la foule environne ?
C'est ma fille, monsieur !.. chacun de te vanter ;
Le ministre à son tour vient me complimenter...
Mais ton mari prononce, alors je me récuse :
Une grand'mère est faible, et son amour l'abuse.
Je reste, si tu veux.

LE DUC.

Ah! que deviendrons-nous?

(A madame Sinclair.)

Que fera la princesse? Elle comptait sur vous,
Pour elle votre esprit doit se mettre en dépense :
J'ai dit, pardonnez-moi, j'ai dit ce que je pense,
C'est que vous conversez avec un abandon,   [don!
Un choix de mots, un charme, oh! chez vous c'est un
Elle vient pour vous voir, elle veut vous connaître;
Mais de la prévenir il serait temps peut-être?

Mme SINCLAIR.

Non pas, monsieur le Duc, oh! non, je vous en veux
De m'avoir compromise avec de tels aveux.
Un princesse! ô Dieu! ma fille, une princesse!

HORTENSE.

Oui, je sens bien...

Mme SINCLAIR.

Rester tient de l'impolitesse.

LE DUC, à madame Sinclair.

Et puis je vous préviens que le vieux chevalier
Vous appelle au piquet en combat singulier.
Ah! c'est un beau joueur, un joueur admirable :
Sitôt qu'il est assis on fait cercle à sa table.
C'est l'homme du piquet, enfin, sous le soleil,
Pour les quatre-vingt-dix il n'a pas son pareil.

Mme SINCLAIR.

J'espère que monsieur me fait l'honneur de croire
Qu'on pourra quelque temps disputer la victoire !

LE DUC.

Il est bien fort.

Mme SINCLAIR, *à Hortense.*

Pourtant, juge, examine, voi,
C'est pour toi que j'y vais, je n'y vais que pour toi.
Si ton mari s'obstine, en femme bien soumise...

HORTENSE.

A vous suivre, il est vrai, Danville m'autorise,
Et tout à l'heure encore il vient de m'inviter...

LE DUC.

Plus d'obstacle à présent.

Mme SINCLAIR.

Qui peut donc t'arrêter,
S'il te l'a permis ?

HORTENSE.

Mais...

LE DUC.

L'agréable soirée !
Je vous vois par mon oncle accueillie, admirée.
A votre aspect s'élève un murmure soudain ;
Les cavaliers en foule assiégent votre main,
Tout danse et se confond au bruit de la musique,

Les grâces de la cour, l'orgueil diplomatique ;
La banque, l'institut, et jusqu'aux facultés,
Jusqu'aux fleurons d'argent des graves députés !
Mais c'est peu, vous verrez : quel champ pour la satire !
Ce ténébreux auteur dont vous aimez à rire,
Qui, perdu dans un bal, promène tristement,
Sous un long frac anglais, son grand air allemand,
Semble de se voir là s'adresser des excuses,
Et ne danse jamais par respect pour les muses ;
Ce savant, qui pour vous déridant son front sec...

HORTENSE.

Un jour sur mon album écrivit un mot grec ?

LE DUC.

Et le gros général qui rit bien comme trente.
Par malheur sa gaîté suit le cours de la rente ;
Je n'en répondrais pas, mais sans lui nous rirons.
Pour des originaux, ma foi, nous en aurons :
Tout Paris y sera, jugez... Dans le grand monde,
Si l'esprit est commun, le ridicule abonde.
Vos bons mots vont courir, et, répétés cent fois,
Feront vivre les sots défrayés pour un mois,
Et la ville et la cour diront que tant de charmes,
Bien qu'ils soient tout puissans, sont vos plus faibles

HORTENSE.   [armes.

A m'amuser beaucoup comme vous je pensais,

J'en conviens, mais prétendre à de si grands succès!..

LE DUC.

Près des femmes! oh! non! redoutez leur colère;
On ne vante jamais que ceux qu'on ne craint guère.
Que de dames ce soir vont mourir de dépit!

HORTENSE.

Vous croyez?

LE DUC.

J'en suis sûr. Nos beautés en crédit
Ne pourront sans fureur vous céder la victoire;
Mais beaucoup d'ennemis prouvent beaucoup de
[gloire;
A force de succès on s'en fait tant qu'on peut,
Vous en aurez bon nombre, et n'en a pas qui veut.
Venez.

HORTENSE.

Si par un mot j'avertissais Danville?

LE DUC.

Ah! quelle heureuse idée!

Mme SINCLAIR.

Et quoi de plus facile;

(Faisant asseoir Hortense auprès d'une table, et arrangeant sa coiffure
pendant qu'elle écrit.)

Peins-lui ton embarras, le mien, en ajoutant
Que tu ne veux d'ici t'absenter qu'un instant.

LE DUC.

Entre les candidats le ministre balance.

Mme SINCLAIR.

Il est très-important de voir son excellence.

HORTENSE, *en écrivant.*

Il n'aura pas le temps d'en prendre du chagrin,
Nous allons revenir.

(A madame Sinclair.)

Valentin.

Mme SINCLAIR.

Valentin !

SCÈNE VI.

LES PRÉCÉDENS ; VALENTIN.

VALENTIN.

Que vous plaît-il, madame?

Mme SINCLAIR.

Un billet qu'il faut rendre.

VALENTIN.

A qui?

Mme SINCLAIR.

C'est à monsieur.

VALENTIN.

Je ne saurais comprendre...

Où donc, madame?

Mme SINCLAIR.

Ici.

VALENTIN.

Que lui dirai-je?

Mme SINCLAIR.

Rien.

HORTENSE, *remettant la lettre.*

Je n'ose examiner si je fais mal ou bien.
Partons vite ou je reste.

SCÈNE VII.

VALENTIN, *seul.*

Ils s'en vont, on l'entraîne.
Monsieur seul avec moi va faire quarantaine;
Mais gare la tempête, il pourra s'en fàcher.
Les voilà descendus, et puis fouette, cocher.
Ils sont, ma foi, partis. Une lettre, c'est drôle;
Monsieur, à mon avis, joue un singulier rôle.
En vain pour tout saisir j'ai l'esprit à l'affût:
Quand il était au Havre, où je voudrais qu'il fût,

19

Et que madame ici faisait sa résidence,
Je concevais entre eux une correspondance ;
Mais dans le même hôtel , pouvant au coin du feu...
Ces courses-là du moins me fatigueront peu.

SCÈNE VIII.

DANVILLE, VALENTIN.

DANVILLE , *s'essuyant le front.*

Te voilà, Valentin , tiens , vois, je suis en nage !
Fais-moi donc souvenir que j'ai mon équipage :
J'y pense quand je rentre , et vraiment je suis las.

(Il s'assied.)

VALENTIN.

Vous vous fatiguez trop.

DANVILLE.

Hein ! quand j'étais là-bas,
Que j'arrivais le soir après ma promenade ,
Souvent tu m'as surpris bien triste , bien maussade.
Pourquoi? j'étais garçon; j'ai ma femme aujourd'hui;
Elle est là ; loin de moi la tristesse et l'ennui !

VALENTIN.

Il me fait de la peine.

DANVILLE.

En crois-tu tes présages ?
Pour ma femme et pour moi quels chagrins ! que d'o-
[rages !

(Il se lève.)

Pauvre fou ! grâce au ciel, tu n'as pu m'effrayer ;
Je cours rejoindre Hortense, elle va m'égayer ;
Guéri des visions qui te troublaient la tête,   [te ?
Sens-tu qu'un vieux corsaire est un mauvais prophè-

VALENTIN.

Monsieur.

DANVILLE.

Qu'est-ce ?

VALENTIN.

Une lettre

DANVILLE.

Ah ! donne, et tu la tiens ?

VALENTIN.

De madame.

DANVILLE.

(Il lit.)

Comment ? qu'ai-je appris ? va-t'en, viens.

(Froidement.)

Madame est donc sortie ?

VALENTIN.

Oui, monsieur.

DANVILLE.

Et sa mère?

VALENTIN.

Oui , monsieur.

DANVILLE.

Et le Duc ?

VALENTIN.

Oui , monsieur.

DANVILLE.

La colère,

La surprise.... est-il vrai ? je demeure interdit ?
Laisse-moi. Se peut-il ?

(Il tombe dans un fauteuil.)

VALENTIN.

Je vous l'avais bien dit

Qu'un jour...

. DANVILLE, *furieux*.

Va-t'en. Le sot !

DANVILLE , *puis* VALENTIN.

A peine je la quitte,

Qu'avec le Duc , le Duc dont le nom seul m'irrite,
Elle qui tout à l'heure... Ah ! que de fausseté !
Et qui donc l'y forçait ? quel prix de ma bonté !
Quand j'avais tout permis, céder sans résistance,
Et m'éloigner exprès... Hortense ! ô ciel ! Hortense,

Qui semblait s'attendrir en me voyant heureux!...
Je ne l'aurais pas cru, c'est bien mal, c'est affreux!
Et sa mère!... ah! morbleu! quand une vieille femme
Aime encor les plaisirs, pour eux elle est de flamme.
Je dois, je dois punir tant de légèreté;
Courons à cette fête où je suis invité.
En galans procédés vous êtes un grand maître,
Monsieur le Duc; eh bien, vous allez me connaître.
On trouve à qui parler, quand on s'adresse à moi.
J'irai, je le verrai, je veux lui dire... Eh! quoi?
Que je viens... moi jaloux! non, cette frénésie
N'a point part aux transports dont mon ame est saisie.
Je ne suis pas jaloux; ma femme est jeune encor,
Je veux l'accompagner, pour qu'elle ait un mentor,
Par simple bienséance. Oui, quelqu'un! qu'on s'em-
Mon habit!   [presse!

VALENTIN.

Quoi, monsieur?

DANVILLE.

Obéis et me laisse.

VALENTIN.

Où voulez-vous aller?

DANVILLE.

Je veux... je vais... je sors.

Obéis.

19.

VALENTIN.

Il est tard; que ferez-vous dehors?

DANVILLE.

(Valentin sort.)

Ah! je te chasserai... C'est vrai, que vais-je faire?
Un éclat! non sans doute. Amant sexagénaire,
Suivant ma femme au bal d'un pas mal affermi,
J'y vais pour l'épier, j'y vais en ennemi,
Et là, comme un fantôme errant avec tristesse,
J'y vais troubler ses jeux et glacer son ivresse.
Pauvre Hortense! elle est jeune, est-ce un crime à mes
Peut-elle se vieillir parce que je suis vieux?   [yeux?
A sa suite aujourd'hui si le dépit m'entraîne,
J'irai demain, toujours, et toujours à la chaîne;
Plus esclave cent fois, cent fois plus inquiet,
Rongé de plus d'ennuis qu'au temps où l'intérêt
Tenait à ses calculs ma jeunesse asservie,
Je vais à soixante ans recommencer ma vie!
Allons, Danville, allons, sois homme; il faut rester.

(Valentin rentre.)

Au fait, sa mère est là, que puis-je redouter?

(Il met son habit.)

Je reste. Prouvons-lui qu'on peut se passer d'elle.
Mon chapeau!... Des amis Bonnard est le modèle!
On nous laisse, tant mieux! nous serons entre nous,
Nous rirons, et déjà je suis... je suis jaloux!

Je ne puis résister au démon qui m'obsède :
Il maîtrise mes sens, il me conduit, je cède.
Adieu donc pour toujours ma chère liberté !
Bonheur que j'ai connu, repos et dignité,
Adieu ! je n'en crois plus ni pitié, ni scrupule.
Soyons, c'est mon destin, soyons donc ridicule,
J'y consens ; mais du moins échappons au tourment
De douter, de trembler, de mourir lentement :
Ce supplice est horrible.

VALENTIN.

Il a perdu la tête.

DANVILLE.

Qu'il finisse ; partons. Ma voiture !

VALENTIN.

Elle est prête.

DANVILLE, *rencontrant Bonnard.*

Ah ! courons. Ciel !

SCÈNE IX.

LES PRÉCÉDENS, BONNARD.

BONNARD, *gaîment.*

C'est moi, mon cher, je viens souper.
Il est tard ; de ton fils j'avais à m'occuper.

De plus je viens à pied, n'ayant pas de carrosse,
Et, ma foi... mais, dis donc, c'est ton habit de noce!
Quel honneur!

DANVILLE.

Ah! pardon!...

BONNARD.

Je n'y vois aucun mal;

Je te trouve, mon cher.

DANVILLE.

Mais ma femme est au bal.

Et...

BONNARD.

Tu restes pour moi, c'est d'un ami fidèle.

DANVILLE.

J'allais la chercher.

BONNARD.

Bon! quelqu'un est avec elle;

Il la ramènera.

DANVILLE.

Non pas, non pas.

BONNARD.

Pourquoi?

Serais-tu donc jaloux quand ta femme est sans toi?

DANVILLE.

Non, certe.

BONNARD.

Eh bien ! alors, quelle mouche te pique?
Tu m'étonnes, tu vas, tu viens, et, c'est unique,
Tu n'as pas l'air content de me voir ?

DANVILLE.

Dieu ! Bonnard,
Je suis heureux, ravi, mais je... tu viens si tard !
Excuse-moi, vois-tu... cette fête est charmante,
Et je voudrais... pardon, c'est une envie ardente
Que j'ai... j'aime le bal, un bal fait mon bonheur !
Tu comprends.

BONNARD.

Pas du tout.

DANVILLE.

Un bal de grand seigneur,
C'est si gai ! cet éclat, ce bruit, cette jeunesse...
Si fait, ce cher Bonnard, il comprend mon ivresse,
Il l'excuse, il permet...

BONNARD.

Oh ! ne badinons pas.

DANVILLE.

Je n'irai qu'un moment.

BONNARD.

Je te tiens par le bras.

DANVILLE.

Viens avec moi.

BONNARD.

Tu sais que ce plaisir m'assomme :
Si j'étais comme toi, si j'étais un jeune homme,
D'accord ; mais entre nous ton goût met quarante ans.
Qui diable aurait prévu ce nouveau contre-temps ?
Joseph est au spectacle avec ma gouvernante ;
Il te prend pour la danse une ardeur surprenante,
Des retours impromptu dont je suis alarmé.
Chez moi je n'ai personne et tout est enfermé.
Je suis sur le pavé, mon souper m'embarrasse.
Quand on dîne le soir, comme toi, l'on s'en passe ;
Mais moi...

DANVILLE.

Du célibat fais l'éloge à présent !

BONNARD.

Oui-dà, le mariage est bien plus amusant.

(Le rappelant.)

Cours donc, va danser... Ah!... que voulais-je te dire !
Je ne m'en souviens plus... M'y voilà, je désire
Que tu dînes chez moi. Quel est ton jour ?

DANVILLE.

Le tien.

BONNARD, *le retenant.*

Voyons, il faut choisir : veux-tu mardi ?

DANVILLE.

C'est bien.

BONNARD, *le rappelant.*

Ah !

DANVILLE.

Quoi ?

BONNARD.

Ma gouvernante aimera mieux la veille.

DANVILLE.

Bon.

BONNARD.

Attends-donc ; sais-tu mon adresse ?

DANVILLE.

A merveille.

Adieu !

BONNARD, *le rappelant.*

Danville !

DANVILLE.

Encor ! Parle.

BONNARD, *après une pause.*

Bien du plaisir.

(Danville sort à grands pas ; Bonnard le suit lentement en levant
les épaules.)

VALENTIN, *qui les observait, appuyé sur un fauteuil.*

Vieux mari, vieux garçon, si j'avais à choisir,

Je... Ma foi ! j'ai bien fait d'entrer jeune en ménage;
Avec le même goût on arrive au même âge.
Ma femme a son humeur, j'ai su m'y faire, enfin
Quand j'ai sommeil, je dors, et soupe quand j'ai faim.

FIN DU TROISIÈME ACTE.

ACTE QUATRIÈME.

SCÈNE I.

HORTENSE, MADAME SINCLAIR.

Mme SINCLAIR.

Non, je ne puis, Hortense, approuver tes manières ;
A peine te montrer, revenir des premières !

HORTENSE.

C'est qu'avant d'être au bal j'avais senti mes torts.

Mme SINCLAIR.

Il est une heure au plus, on arrive, et tu sors.

HORTENSE.

Trop tard. Il est parti, pour me chercher, sans doute.
Son premier mouvement est le seul qu'il écoute.
Ma faiblesse à ses yeux tient de la trahison ;
Je vous ai résisté, n'avais-je pas raison ?
Dieu ! que je me repens de vous avoir suivie !

TOME III.   20

Mme SINCLAIR.

Certes, je n'ai rien fait pour t'en donner l'envie.

HORTENSE.

A vous accompagner quand le Duc m'engageait,
Il fallait m'affermir dans mon sage projet.

Mme SINCLAIR.

Par exemple, il est bon qu'à présent tu me blâmes.
Eh! ne l'ai-je pas fait? Voilà les jeunes femmes!

HORTENSE.

Qui, moi, vous accuser! Je suis folle aujourd'hui.
Pardon, ma bonne mère; ah! je souffre pour lui.
Que ma légèreté doit lui causer de peine!
Quels chagrins pour tous deux à sa suite elle amène!
Je vois, j'aime le bien, c'est le mal que je fais;
Et qu'une inconséquence a de tristes effets!

Mme SINCLAIR, *tendrement*.

Hé bien! oui! je conviens qu'en mère de famille
Je devais... Que veux-tu! je t'aime trop, ma fille.

HORTENSE.

Il ne reviendra pas!

Mme SINCLAIR.

Mais est-il arrivé?

HORTENSE.

Voilà le dernier coup qui m'était réservé.

Mme SINCLAIR. [file;

Quand on part de bonne heure, on passe, on se fau-
Mais avec sa voiture, engagé dans la file,
On gêle, on se dépite, et l'on n'avance pas;
Peut-être dans la rue est-il encore au pas?

HORTENSE.

Fatigué, malheureux, après un long voyage...
Chaque mot que j'entends me fait perdre courage.
A travers ce chaos que l'on appelle un bal,
Il va pour nous trouver se donner tant de mal!
Rencontrant dans la foule obstacle sur obstacle...

Mme SINCLAIR.

Oui, l'on étouffe un peu, mais c'est un beau spectacle!
Il ne le connaît point; ma fille, espérons mieux,
Le plaisir qu'il aura va t'absoudre à ses yeux.

HORTENSE.

Je le voudrais.

Mme SINCLAIR.

Dis donc, as-tu vu la princesse,
Et ce vieux chevalier qu'on nous vantait sans cesse?
J'avais fait dans ma tête, et je voulais lancer
Deux ou trois petits mots que je n'ai pu placer.
Personne...

HORTENSE.

Je le vois, le Duc est seul coupable.

Mme SINCLAIR.

Il ne t'a pas quittée.

HORTENSE.

Il est pourtant aimable.

Mme SINCLAIR.

Le ministre t'a fait un excellent accueil ;
Tu n'as pas remarqué qu'il nous suivait de l'œil?

HORTENSE.

Si fait.

Mme SINCLAIR.

Avec mystère il semblait nous sourire.

HORTENSE.

Je le sais.

Mme SINCLAIR.

A Danville, ô Dieu! s'il allait dire....

HORTENSE.

Qu'il est nommé? mais non, non, je ne crois plus rien.
Le Duc pour m'entraîner a saisi ce moyen.
Danville est là sans guide ; il ne connaît personne;
Et comment voulez-vous, mon Dieu, qu'on l'y soup-

Mme SINCLAIR.   [çonne?

Si le Duc le rencontre, il va le présenter.

HORTENSE.

Dieu! s'ils se rencontraient, j'ai tout à redouter :
Fier, et jusqu'à l'excès poussant la violence...

Mme SINCLAIR.

Tu rêves des malheurs qui sont sans vraisemblance.
Allons, viens, je suis lasse et vais me retirer;
Viens-tu?

HORTENSE.

Non, laissez-moi, j'aime mieux différer,
Je veux revoir Danville.

Mme SINCLAIR.

Allons.

HORTENSE.

Non, je vous prie.

Mme SINCLAIR, *avec bonté.*

Reste; mais j'ai ma part de ton étourderie;
Que ton mari le sache, accuse-moi de tout.
Je sais que pour le monde il va blâmer mon goût.
N'importe, sans humeur je m'avoûrai coupable :
Mais pour peu qu'il te gronde, ah ! je suis intraitable.

SCÈNE II.

HORTENSE, *seule.*

A quel frivole espoir mon cœur s'abandonna !
On prévoit un plaisir, c'est un chagrin qu'on a;
Cet heureux lendemain qui promettait merveille,

20.

Il arrive, et souvent on regrette la veille.
Cependant cette fête enchantait mes regards !
Je triomphais ; le Duc me montrait tant d'égards !
Que d'esprit !... quelle grâce !... il n'était pas possible,
Quand il m'offrait ses soins, d'y paraître insensible.
Et moi j'y répondais... sans doute, eh ! pourquoi pas ?
J'éprouve, en y songeant, un secret embarras.
N'y pensons plus, lisons... Mon œil court sur la page,
Sans fixer mon esprit, que trouble une autre image.
De tout ce que j'ai vu le tableau me poursuit ;
De l'orchestre, en lisant, j'entends encor le bruit...
Et Danville ! attendons. Quel tourment que l'attente !
Qu'il tarde à revenir, que cette aiguille est lente !
Par ces mortels délais voudrait-il se venger ?
Souffre-t-il loin de moi ? court-il quelque danger ?
J'entends... non, je me trompe. Oui, c'est une voiture.
Il vient, il va monter, c'est lui ! je me rassure.
C'est Danville, courons... Le Duc !

SCÈNE III.

HORTENSE, LE DUC.

LE DUC.

Ah ! pardonnez

Au plus triste de ceux que vous abandonnez.
Je rentrais, et cédant à mon inquiétude,
Je vous trouble à regret dans votre solitude.

HORTENSE.

Monsieur...

LE DUC.

Vous nous fuyez, et sans m'en avertir;
J'ai cru qu'un mal soudain vous forçait de partir.

HORTENSE, *saluant comme pour se retirer.*

Aucun, monsieur le Duc, je me sens un peu lasse;
Rien de plus. Je suis bien, très-bien, je vous rends

LE DUC.   [grâce.

Me voilà rassuré! Je vous quitte... Et pourtant
Je puis vous confier un secret important.

HORTENSE.

Parlez...

LE DUC.

J'étais porteur d'une grande nouvelle.
J'ai peur d'être indiscret, je vous quitte.

HORTENSE.

Laquelle?

LE DUC.

J'aurai dû, moins zélé, la remettre à demain;
J'ai craint de différer votre plaisir...

HORTENSE.

Enfin?

LE DUC.

Il a fallu des soins, et la brigue était forte;
Mais notre candidat est celui qui l'emporte.

HORTENSE.

Danville!

LE DUC.

Il est nommé.

HORTENSE.

J'avais perdu l'espoir :
Ah! que je suis heureuse!

LE DUC.

Et mon oncle, ce soir,
Par le choix qu'il a fait, jaloux de vous surprendre,
Se réservait chez lui l'honneur de vous l'apprendre!
Il m'a remis ce soin, ne vous trouvant plus là,
Et cet heureux brevet, je le tiens, le voilà.

HORTENSE.

Que Danville en rentrant va bénir tant de zèle!...
Car Danville est au bal.

LE DUC.

C'est lui, je me rappelle,
C'est lui que j'ai cru voir; même j'ai fait un pas...
Mais vous m'aviez tant dit que nous ne l'aurions pas.

HORTENSE.

En lisant ce papier, concevez-vous sa joie?

Et ma mère... oh ! je veux que ma mère le voie ;
Oui, je cours...

LE DUC, *vivement.*

Arrêtez : vous allez me priver
D'un plaisir qu'à mon tour j'osais me réserver ;
Que la nouvelle au moins par vous lui soit transmise,
Quand je pourrai plus tard jouir de sa surprise.

HORTENSE.

Ah ! c'est tout naturel , vous défendez vos droits ;

(Elle rend le brevet au Duc qui le pose sur la table.)

Mais quels remercîmens nous vous devons tous trois !
Que mon cœur est ému ! que je me plais d'avance
A vous entretenir de leur reconnaissance !

LE DUC.

La vôtre me suffit , la vôtre est tout pour moi.
N'ajoutez rien , madame , au prix que je reçoi :
Il est déjà trop grand et je n'en suis pas digne.
De ce peu que j'ai fait mon zèle ardent s'indigne.
Payé d'un mot de vous , puis-je désirer mieux ?
Ou le plaisir que j'ai se peint mal dans mes yeux,
Ou vous devez y lire à quel excès me touche
Un mot reconnaissant qui sort de votre bouche.

HORTENSE.

Si ces remercîmens ont tant de prix pour vous ,

Que ceux de mon mari vont vous paraître doux !
Combien son amitié...

LE DUC.

    Parlez-moi de la vôtre ;
Près de ce bien si cher je n'en conçois pas d'autre ;
Lui seul, il satisfait aux besoins de mon cœur.
Puissé-je l'obtenir cette amitié de sœur !
Moi, votre ami, madame ! ah ! fier d'un tel partage,
Que je devrais alors m'estimer davantage !
Votre ami ! quelle gloire et quel charme à la fois
D'en mériter le titre et d'en avoir les droits !
Respectable union, attachement sincère,
Lien durable et pur que l'estime resserre !
Ah ! loin d'un monde vain où je ris sans plaisir,
Où je flotte incertain de désir en désir,
Que n'aurais-je à gagner dans ce commerce aimable,
Ardent, léger, frivole et quelquefois... coupable !
Je trouverais en vous un guide, un confident
Sage, mais sans rigueur ; facile, mais prudent ;
Et vous n'auriez en moi qu'un disciple fidèle,
Enchaîné pour la vie aux pieds de son modèle.

HORTENSE.

C'est m'honorer beaucoup ; mais ce sublime emploi,
Ce titre de mentor est bien grave pour moi,
Et ce serait, je pense, une folie extrême·

De donner des avis dont j'ai besoin moi-même.

LE DUC.

Pourquoi donc? à mon tour dans nos doux entretiens,
Il me serait permis de hasarder les miens.
Je ne vous vante pas ma raison trop fragile :
Mais le conseil d'un fou parfois peut être utile.

HORTENSE.

Danville, comme nous, n'est pas sage à demi ;
Voilà mon vrai mentor, mon guide, mon ami ;
En est-il un meilleur ?

LE DUC.

Comment, je le révère ;
Mais... dans son indulgence un vieillard est sévère.
Ses conseils sont fort bons, d'accord ; mais...absolus.
On est moins tolérant pour des goûts qu'on n'a plus.
Au même âge on s'entend, l'un l'autre on se pardonne;
Dans cet échange égal on reçoit ce qu'on donne.
Votre époux de sa femme est l'orgueil et l'appui ;
Mais que sa jeune épouse est encor plus pour lui ;
Quel charme elle répand sur sa triste vieillesse;
Il l'adore, il l'admire, il peut la voir sans cesse ;
Il lui peint ses transports, il n'a pas le tourment
De feindre une froideur que son trouble dément;
Il peut, sans l'offenser, lui dire : Je vous aime.

HORTENSE, *naïvement.*

Pourquoi m'en offenser? je le lui dis moi-même.

LE DUC.

Vous!... Aussi j'admirais ce bonheur mutuel.
Moi seul... étrange effet d'un souvenir cruel!
Pardonnez au désordre où la douleur me plonge;
Autrefois j'espérai... Cet espoir fut un songe :
Hélas! je me souviens, troublé par vos aveux,
Qu'un bonheur aussi grand fut permis à mes vœux.

HORTENSE.

A vous, monsieur le Duc?

LE DUC.

Et l'on me porte envie!
Et le plaisir lui seul semble remplir ma vie !
Doux et triste voyage où je vins me livrer
A l'attrait du poison qui devait m'enivrer !
Ah ! qu'un premier amour a sur nous de puissance !
J'aimai... c'était la grâce unie à l'innocence ;
Naïve comme vous, elle charmait sans art.
Votre voix est la sienne; elle avait ce regard ;
Et sa beauté, la vôtre à mes yeux la rappelle :
Mais non, plus jeune alors, elle était bien moins belle.
Si sa grâce eût brillé de cet éclat vainqueur,
Aurais-je pu cacher le trouble de mon cœur? [lence
Mes traits, mes yeux, ma voix, tout jusqu'à mon si-

Eût de ma passion trahi la violence ;
Mais jeune, mais tremblant, la fuyant à regret,
Peut-être moins épris, j'ai gardé mon secret.
Et depuis...

HORTENSE.

Quel motif peut vous forcer encore,
A renfermer l'aveu d'un amour qui l'honore ?

LE DUC.

La peur de l'offenser m'a toujours retenu.

HORTENSE.

Comment ?

LE DUC.

Tout mon malheur ne vous est pas connu.

HORTENSE.

Quel nom pour une épouse est plus beau que le vôtre ?

LE DUC.

La femme qui m'est chère est l'épouse d'un autre !

HORTENSE.

Ciel !

LE DUC, *vivement*.

Et juste pourtant, j'estime, j'ai servi
Cet heureux possesseur du bien qui m'est ravi.
Mais celle que j'aimai, je l'aime, je l'adore.
Le feu qui me brûlait, aujourd'hui me dévore :
Elle me voit, m'entend, j'ai bravé son courroux ;

21

Oui, je tombe à ses pieds, je vous aime, c'est vous !

HORTENSE.

Se peut-il ! vous osez... muette à ce langage,
J'hésite, et doute encor qu'à ce point l'on m'outrage.

LE DUC.

Pardonnez ; cet aveu n'eût pas dû m'échapper,
Mais sur vos sentimens j'eus droit de me tromper.
Vous vous plaisiez aux soins que j'aimais à vous ren-
[dre ;
Votre accueil fut si doux que j'ai pu m'y méprendre.
Non, vous m'aviez compris ; non, vous ne croyez pas
Qu'on puisse impunément admirer tant d'appas ;
Vous vous faisiez un jeu de me voir misérable ;
Ah ! je le suis, mais vous, vous seule êtes coupable!

HORTENSE.

Quoi ! j'ai pu mériter !... levez-vous, laissez-moi,
Vous remplissez mon cœur de remords et d'effroi.

LE DUC.

De vos feintes bontés mon erreur fut la suite.

HORTENSE.

O juste châtiment de ma folle conduite !
Sortez !

LE DUC.

    Ah ! pardonnez !

HORTENSE.

Jamais, jamais ; sortez.

LE DUC.

Dites-moi...

HORTENSE.

Je vous dis que vous m'épouvantez ;
Si Danville... Ah ! grand Dieu ! tous deux seuls ! à
                                    [cette heure....
De honte à son aspect voulez-vous que je meure ?

LE DUC.

Pardonnez, et je fuis.

HORTENSE.

Mais quel bruit ! je l'entends :
Il monte ; c'est sa voix, fuyez... Il n'est plus temps.

LE DUC.

Que m'ordonnez-vous ?

HORTENSE.

Rien... je ne sais, je frissonne...
Ainsi que la raison la force m'abandonne.

LE DUC.

Calmez-vous.

HORTENSE.

Eh ! le puis-je ?... ah ! si quelqu'amitié...
Si j'en crois vos aveux... de grâce... ah ! par pitié...
Monsieur, je me tairai, cachez-vous à sa vue.

Là, là, j'oublîrai tout. Ah! vous m'avez perdue.

(Le Duc entre dans le cabinet qui fait face à l'appartement de Danville.)

Mais non, quelle imprudence! il vaut mieux.. le voici.

SCÈNE IV.

DANVILLE, HORTENSE, *assise auprès de la table; elle a saisi un livre qu'elle semble lire.*

DANVILLE, *à part.*

Valentin m'a dit vrai : ce trouble... il est ici.
Vous êtes seule, Hortense?

HORTENSE. *Elle se lève.*

Ah! c'est vous. Je respire...
J'attendais... j'étais là... je... j'essayais de lire.

DANVILLE.

Ce livre vous émeut, et beaucoup, je le vois.

HORTENSE.

Mais... beaucoup, oui.

DANVILLE.

Donnez : Molière... ah! je conçois
Au fait, c'est très-touchant.

HORTENSE.

Non, j'avais pris ce livre,
Je ne le lisais pas, je parcourais... sans suivre.

DANVILLE.

J'entends, et pour vous voir personne n'est venu?

HORTENSE, *vivement.*

Le ministre avec vous s'est-il entretenu?

DANVILLE.

Il ne m'a point parlé. Mais ce trouble m'étonne.

HORTENSE.

Ah! ce n'est rien, non, c'est...

DANVILLE.

          Il n'est venu personne?

HORTENSE.

C'est que l'esprit frappé de vous savoir absent...
Je m'en inquiétais.

DANVILLE.

          J'en suis reconnaissant;
Oui, c'est moi qui vous trouble.

HORTENSE.

          Hélas! je dois vous craindre :
De moi, je le sens bien, vous avez à vous plaindre.

DANVILLE.

Pas du tout : en esclave à vous suivre réduit,
Captif dans un carrosse un bon quart de la nuit,
Coudoyé dans un bal, épuisé, hors d'haleine,
Je rentre au désespoir d'une recherche vaine.
Mon Dieu! c'est moins que rien.

                       21.

HORTENSE.

Vous êtes irrité;
Accablez-moi, c'est juste, et je l'ai mérité.

DANVILLE.

Votre Duc! il m'a vu, mais sans me reconnaître;
Vous n'étiez plus présente, il a dû disparaître.

HORTENSE, *prenant le brevet sur la table.*

J'y songe! Ah! mon ami... quoi, j'ai pu l'oublier!
Le ministre... lisez.

DANVILLE.

Quel est donc ce papier,

(A part.)   (Il lit.)

La preuve est dans mes mains, je tremble de colère.
Et qui vous l'a remis?

HORTENSE, *timidement.*

Le Duc.

DANVILLE.

Au bal?

HORTENSE.

J'espère
Qu'avec plus de chaleur on ne peut vous servir.

DANVILLE.

Au bal?

HORTENSE.

Cette nouvelle aurait dû vous ravir.
Et...

DANVILLE, *avec violence.*

C'est au bal? Le Duc!... ma fureur se réveille;

Là, cent propos cruels ont blessé mon oreille.

Il ne vous quittait pas, vous suivant, vous parlant,

Il affichait pour vous un amour insolent,

Et, fort de ma vieillesse...

HORTENSE, *effrayée.*

Ah! songez que nous sommes...

DANVILLE.

(Élevant la voix.)

Tous deux seuls!... Je le tiens pour le dernier des

HORTENSE.   [hommes.

Monsieur!

DANVILLE, *élevant la voix.*

Pour un faux brave.

HORTENSE.

Ah! monsieur!

DANVILLE, *de même.*

Que ce bras

Peut châtier encor...

HORTENSE, *qui se tourne involontairement vers le cabinet.*

Monsieur, parlez plus bas!

DANVILLE, *qui l'a suivie des yeux.*

(A part.)

Il est là!

HORTENSE.

Si vos gens venaient à vous entendre!

DANVILLE.

Scrupule très-prudent auquel je dois me rendre !
J'ai besoin de repos ; rentrez chez vous... Eh bien !
Vous n'obéissez pas , Hortense?

HORTENSE.

Et le moyen ,
Quand nous restons fâchés, quand je suis au martyre?

DANVILLE.

Vous voulez demeurer? C'est moi qui me retire.
Adieu.

HORTENSE.

Danville !

DANVILLE.

Eh quoi?

HORTENSE.

Donnez-moi votre main.
Je suis coupable.

DANVILLE, *vivement.*

Vous !

HORTENSE.

Je le suis, et demain
Je veux faire à vous seul un aveu qui me coûte.

DANVILLE, *avec colère.*

Lequel ? expliquez-vous. Parlez, j'attends, j'écoute.

HORTENSE.   [ment

Non, monsieur ; non , demain, demain ; dans ce mo-
Vous ne pourriez , je crois, l'entendre froidement.

DANVILLE.

A la bonne heure. Adieu.

HORTENSE.

                Mais cet adieu me glace ;
Vous ne m'embrassez pas ce soir ?

DANVILLE. *Il l'embrasse.*

                        (A part.)
                Oui. Quelle audace !

(Il rentre dans son appartement dont il ferme la porte.)

HORTENSE, *qui l'observe , fait un pas vers le cabinet ,
        s'arrête , et dit en sortant :*

Il pourra s'échapper !

SCÈNE V.

DANVILLE , *revenant vivement sur la scène.*

                Je suis seul. Son erreur
Laisse enfin un champ libre à ma juste fureur !

SCÈNE VI.

DANVILLE, LE DUC.

DANVILLE, *courant ouvrir le cabinet.*
(A voix basse.)

Sortez, c'est trop long-temps éviter ma présence.
Venez.

LE DUC.

Que voulez-vous?

DANVILLE.

Punir votre insolence.

LE DUC.

Qui, vous?

DANVILLE.

Moi.

LE DUC.

Mais, monsieur....

DANVILLE.

Quand? dans quel lieu? comment?

LE DUC.

Que votre sang plus froid se calme un seul moment.

DANVILLE.

Ah! ce peu que j'en ai, s'il est glacé par l'âge,

Bouillonne et rajeunit aussitôt qu'on l'outrage.
Vous m'aviez confondu parmi ces vils époux
Qui, de tous méprisés, et bien reçus de tous,
Diffamés par l'affront moins que par le salaire,
Vivent du déshonneur qu'ils souffrent sans colère.

LE DUC.

Pourquoi le supposer, et qui vous le prouvait?

DANVILLE.

Avant de le nier, reprenez ce brevet.
Tenez, prenez-le donc, tenez, je le déchire.
Je ne vous dois plus rien et je puis tout vous dire.

LE DUC.

Du moins si mon amour, follement déclaré,
Offense un titre en vous qui dut m'être sacré,
Votre épouse innocente...

DANVILLE.

A quoi bon cette ruse?

LE DUC.

Ma voix doit la défendre.

DANVILLE.

Et votre aspect l'accuse.

LE DUC.

Quand c'est moi qui l'atteste, osez-vous en douter?

DANVILLE.

Quand c'est une imposture, osez-vous l'attester?

LE DUC.

Cette lutte entre nous ne saurait être égale.

DANVILLE.

Entre nous votre injure a comblé l'intervalle :
L'agresseur, quel qu'il soit, à combattre forcé,
Redescend par l'offense au rang de l'offensé.

LE DUC.

De quel rang parlez-vous? si mon honneur balance,
C'est pour vos cheveux blancs qu'il se fait violence.

DANVILLE.

Vous auriez dû les voir avant de m'outrager.
Vous ne le pouvez plus quand je veux les venger.

LE DUC.

Je serais ridicule et vous seriez victime.

DANVILLE.

Le ridicule cesse où commence le crime,
Et vous le commettrez; c'est votre châtiment.
Ah! vous croyez, messieurs, qu'on peut impunément,
Masquant ses vils desseins d'un air de badinage,
Attenter à la paix, au bonheur d'un ménage.
On se croyait léger, on devient criminel :
La mort d'un honnête homme est un poids éternel.
Ou vainqueur, ou vaincu, moi, ce combat m'honore;
Il vous flétrit vaincu, mais vainqueur plus encore :
Votre honneur y mourra. Je sais trop qu'à Paris

Le monde est sans pitié pour le sort des maris ;
Mais dès que leur sang coule, on ne rit plus, on blâme.
Vous, ridicule ! non, non : vous serez infâme !

LE DUC.

C'en est trop à la fin, et j'ai fait mon devoir :
Ma crainte fut pour vous, j'ai pu la laisser voir ;
Mais, contraint de céder, je vais vous satisfaire.
Vous êtes, je l'avoue, un bien digne adversaire.
Ah ! pourquoi votre bras est-il donc aujourd'hui
D'un aussi noble cœur un aussi faible appui !

DANVILLE.

Ma vengeance par lui ne sera pas trompée.

LE DUC.

Votre heure ?

DANVILLE.

Au point du jour.

LE DUC.

Et votre arme ?

DANVILLE.

L'épée.

LE DUC.

Le lieu ?

DANVILLE.

J'irai vous prendre.

LE DUC.

Adieu , je vous attends.

DANVILLE.

Vous n'aurez pas l'ennui de m'attendre long-temps.

FIN DU QUATRIÈME ACTE.

ACTE CINQUIÈME.

SCÈNE I.

DANVILLE, VALENTIN.

(Ils se regardent quelque temps sans rien dire.)

VALENTIN.

Nous avons fait, monsieur, une belle campagne!

DANVILLE.

Désarmé! Le malheur en tout lieu m'accompagne.
Ah! pourquoi de mon fils me suis-je séparé?
Il m'aurait vengé, lui!

VALENTIN.

Mais...

DANVILLE.

Je le reverrai.

VALENTIN.

Vous battre, vous!

DANVILLE.

Sais-tu que ce discours m'assomme ?

VALENTIN.   [homme.

Allons, n'en parlons plus... Ce Duc est un brave

DANVILLE.

Lui !

VALENTIN.

Mais, monsieur....

DANVILLE.

Lui ! traître !

VALENTIN.

Il se bat sans témoin :

C'est un bon procédé.

DANVILLE.

Je reconnais ce soin,

Il pensait à ma femme.

VALENTIN.

En outre, après l'affaire,

Que d'excuses sans nombre il est venu vous faire !
Que de raisonnemens, qui m'ont paru fort beaux !
Son récit m'a touché.

DANVILLE.

Je te dis qu'il est faux.

Mais je n'y croirais pas, non, fût-il véritable.

VALENTIN.

Oh! pour moi, j'y croirais : c'est bien plus agréable.

DANVILLE.

Imbécile! Va voir si quelqu'un est debout.

VALENTIN.

Je pense qu'à présent on est levé partout.

DANVILLE.

Il est donc tard?

VALENTIN.

Très-tard. Quoi! cela vous étonne?
De Vincenne à l'hôtel d'abord la course est bonne;
Le combat fut très-court.

DANVILLE, *avec impatience.*

Ah!

VALENTIN.

Monsieur, j'en convien,
Il fût court le combat, mais non pas l'entretien.
Le Duc pour vous calmer....

DANVILLE.

Que fait, que dit ma femme?

VALENTIN, *montrant l'appartement de Danville.*

Je venais de chez vous, j'ai rencontré madame
Cette nuit...

DANVILLE.

Eh bien donc?

22.

VALENTIN.

Il a fallu mentir :
« Le Duc est-il ici? — Non, il vient de sortir.
— Mais a-t-il vu monsieur? — Non pas, non, je suppose;
Monsieur était chez lui, déjà même il repose. »
C'était adroit !

DANVILLE.

Après ?

VALENTIN.

En quittant le salon,
Elle m'a dit bonsoir, mais d'un air, mais d'un ton !

DANVILLE.

Ensuite ?

VALENTIN.

Ce matin, beaucoup moins agitée,
Deux fois à votre porte elle s'est présentée.
La première, on a dit : Monsieur n'est pas levé;
Et ce mot de Dubois me semble bien trouvé.
Monsieur sort à l'instant, voilà pour la seconde;
Mais la troisième fois que faut-il qu'on réponde?

DANVILLE.

Que... non, rien !

VALENTIN.

Pensez-vous, monsieur, à déjeûner ?

DANVILLE.

Ce misérable-là veut me faire damner !

VALENTIN.

Ne prenez pas en mal ce que je viens de dire ;
C'est l'appétit que j'ai qui pour vous me l'inspire.
Le grand air du matin...

DANVILLE.

On vient ; c'est elle, eh ! non,
C'est sa mère. Va, sors.

SCÈNE II.

DANVILLE, MADAME SINCLAIR.

Mme SINCLAIR.

N'avais-je pas raison,
Quand je vous ai prédit et mille fois pour une,
Qu'ici vous attendaient les honneurs, la fortune ?
Receveur général ! le beau titre ! et je peux
Vous saluer enfin de ce titre pompeux !

DANVILLE.

Ma femme viendra-t-elle !

Mme SINCLAIR.

Ah ! quel trésor, mon gendre !

DANVILLE.

Oui, j'ai depuis hier des grâces à lui rendre.

Mme SINCLAIR.

Vous m'en devez aussi.

DANVILLE.

Vous aurez votre tour.
Ma femme doit savoir que je suis de retour.
Je veux lui parler seul; est-elle enfin visible?

Mme SINCLAIR.

Non, mon cher.

DANVILLE.

Comment non?

Mme SINCLAIR.

Pour vous seul? impossible.
Elle n'eût pas reçu, si je l'avais permis;
Mais non. Sans le savoir que nous avions d'amis!
Pour Hortense, entre nous, je ne puis la comprendre,
Regardant sans rien voir, écoutant sans entendre,
Elle parle au hasard, à peine elle sourit;
Votre bonheur, je crois, lui trouble un peu l'esprit.
Au reste, c'est un bruit! visite sur visite.
Chacun nous fait la cour, chacun nous félicite,
Vous vante, et dit tout haut que de tous les époux,
Passés, présens, futurs, le plus heureux, c'est vous.

DANVILLE.

Quoi? ma femme tient cercle?

Mme SINCLAIR.

Et ce qui m'a fait rire,

C'est que le grand salon ne pouvait plus suffire.

DANVILLE.

Ce nouveau contre-temps est aussi trop cruel!

Mme SINCLAIR.

C'en est un véritable : il faut changer d'hôtel.

Demain, pour chercher mieux, je cours toute la ville.

DANVILLE.

Je n'y tiens plus.

SCÈNE III.

LES PRÉCÉDENS; BONNARD.

BONNARD, *en dehors.*

Danville ! où le trouver ? Danville !

Danville !...

DANVILLE.

Eh ! qu'as-tu donc pour crier aussi fort,

Bonnard?

BONNARD.

Ce que j'ai? Dieu !

DANVILLE.

D'où te vient ce transport?

BONNARD.

Ce que j'ai ?

DANVILLE.

Voyons, parle.

BONNARD.

Il faut que je t'embrasse.

DANVILLE.

Il ne parlera pas !

BONNARD.

Et ta place, ta place !

Ah ! que je suis content !

Mme SINCLAIR, *à Danville.*

Soyez donc plus joyeux.

DANVILLE.

Mais tous ces bruits sont faux.

BONNARD.

Non, non, j'en crois mes yeux.

Tu ne peux récuser cet oracle suprême.

Le Moniteur, Danville, est la vérité même.

Ah ! tu n'es pas nommé? regarde, lis :

DANVILLE.

O ciel !

On n'en doutera plus.

BONNARD.

Parbleu, c'est officiel !
Et d'autant plus heureux que, tremblant pour ma
J'oppose ton crédit au coup qui la menace ; [place,
Car tous tes beaux sermens, quand on en vient au fait,
Sont, comme tes soupers, de grands mots sans effet.
Mon affaire avec toi prend un tour fort sinistre.
J'ai su qu'on en parlait hier chez le ministre.

DANVILLE.

(A madame Sinclair.)

Voilà le dernier coup ! Comment !

Mme SINCLAIR.

Sans contredit :
Il l'a dit à sa femme, Hortense me l'a dit,
Moi, je l'ai dit au bal : le tout pour votre gloire.

DANVILLE.

Exposer un ami !

Mme SINCLAIR.

Non, je ne puis le croire.
Un mot d'Hortense au Duc, et tout est arrangé.

BONNARD, *avec joie.*

Ah !

DANVILLE.

L'on t'abuse ici sur le crédit que j'ai ;
Je n'en ai pas, Bonnard.

Mme SINCLAIR.

Monsieur, venez me prendre;
Avec vous chez le Duc c'est moi qui veux descendre.
Tout à l'heure en son nom je vais vous présenter.

DANVILLE.

Eh ! madame !

BONNARD.

Mon cher, permets-moi d'accepter.
Répare au moins le mal que tu viens de me faire.

DANVILLE, *à part.*

Maudit respect humain qui me force à me taire !

BONNARD, *à madame Sinclair.*

J'ai deux mots à lui dire et vous m'excuserez ;
Deux mots, et je vous suis.

Mme SINCLAIR.

Monsieur, quand vous voudrez.

SCÈNE IV.

DANVILLE, BONNARD.

BONNARD.

Tu sauras, mon ami, que ton bonheur m'enchante!
Je m'en fais une image agréable et touchante;
D'un désir tout nouveau je me sens embrasé,

J'en rêve... Je t'ai dit qu'on m'avait proposé
Une jeune personne aimable et fort jolie...

BONNARD.

DANVILLE.

Et de te marier tu ferais la folie ?

BONNARD.

Du ton que tu prends-là je suis émerveillé.
N'est-ce pas toi, mon cher, qui me l'as conseillé ?

DANVILLE.

Te marier, Bonnard !

BONNARD.

Vois, dans un ministère
Supprime-t-on quelqu'un, c'est un célibataire.
Les pères de famille ont un titre éloquent,
Qui plaide en leur faveur dès qu'un poste est vacant,
Les défend dans leur place; eh bien, je me marie,
Pour me trouver enfin dans leur catégorie.

DANVILLE.

A ton âge !

BONNARD.

De grâce, es-tu moins vieux que moi ?

DANVILLE.

Oh ! moi, c'est autre chose, entends-tu bien ; mais
Je te vois en victime aller au sacrifice,   [toi,
Tu cours tête baissée au fond du précipice.
Quand tu vas t'y jeter, je dois te retenir.

Hé! sais-tu, malheureux, sais-tu quel avenir
Te punirait un jour d'une telle incartade?
Cette idée, à ton âge, est d'un cerveau malade :
Mon Dieu! qu'un vieux garçon connaît mal son bon-
Fuis d'un nœud inégal le charme suborneur. [heur!
C'est unir par contrat la raison au délire,
Et l'amour qu'on éprouve au dégoût qu'on inspire.
Prendre une jeune femme à soixante ans passés,
Pour mourir de chagrin, vois-tu, c'en est assez.
Il faut rester garçon, il faut que tu me croies,
Ou l'abîme t'attend, tu te perds, tu te noies,
Tu n'en reviendras pas.

BONNARD.

Ton effroi me confond :
Et que fais-je, après tout? ce que bien d'autres font,
Ce que tu fis toi-même.

DANVILLE.

Oh! moi, c'est autre chose :
Mais toi, songe à quel sort ton fol hymen t'expose
Va, le grand mot lâché, ton bonheur t'aura fui,
Tes rêves orgueilleux s'en iront avec lui.
Que devient de tes goûts le flegme sédentaire,
Si ta femme, à vingt ans, n'a pas ton caractère?
Elle ne l'aura pas. Tu seras tourmenté,
Tu seras le jouet de sa frivolité.

Tu chéris au Marais ton pacifique asile,
Et tu suivras ta femme au centre de la ville ;
Un vieil ami te reste, et ta femme en rira ;
Tu veux dormir, ta femme au bal te conduira ;
Ta femme a ton argent, et sa dépense est folle ;
Ta femme a ton secret, et ton secret s'envole.
Alors l'humeur, les cris, les pleurs à tous propos ,
Et les nuits sans sommeil, et les jours sans repos:
Voilà, voilà ta femme !

BONNARD.

Ah ! ça, mais c'est étrange !
Pourquoi voudrais-tu donc, quand la tienne est un
[ange,
Que la mienne, mon cher, fût un démon ? Pourquoi ?

DANVILLE.

Oh ! moi, c'est autre chose, encore un coup, mais toi...
Heureux si la traîtresse à ton amour ravie,
D'un chagrin plus amer n'empoisonne ta vie !
Tu verras malgré toi , du jour au lendemain ,
Ce volage trésor s'échapper de ta main.
Tu deviendras jaloux, Bonnard; et quel supplice
Si tu surprends chez elle un amant, un complice !
Enflammé d'un beau feu pour l'honneur de ton nom ,
Tu te battras...

BONNARD.

Du tout.

DANVILLE.

Tu te battras.

BONNARD.

Eh non !

Tu peux pour ton honneur prendre ainsi fait et cause;
Mais je dis, à mon tour, que moi, c'est autre chose.
Je ne me battrai pas. M'exposer ! un moment.
Un duel pour cela ne m'irait nullement;
Tu me parles d'un ton qui fait que je balance;
Mais ailleurs notre affaire exige ma présence.
Je me rends sans tarder chez notre protecteur.
J'y cours. Peste ! un duel ! je suis ton serviteur.

SCÈNE V.

DANVILLE, puis HORTENSE.

DANVILLE.

Ce vieux Bonnard ! où diable avait-il la cervelle?

HORTENSE, *une lettre à la main.*   [pelle?

Dubois, Picard, quelqu'un ! Viendra-t-on quand j'ap-

(Apercevant Danville et cachant la lettre dans son sein.)

Mon mari !... Pour vous voir j'ai couru ce matin;

Je vous ai cru souffrant, je vous savais chagrin;
J'étais très-inquiète, et l'on m'a rassurée :
Il repose... à l'instant je me suis retirée,
Sur la pointe du pied, sans bruit, parlant tout bas;
Vous reposiez encor, mon ami, n'est-ce pas?

DANVILLE.

Sans doute.

HORTENSE, *à part.*

Il ne sait rien.

DANVILLE.

Et cette confidence
Que vous deviez me faire...

HORTENSE, *embarrassée.*

Est de peu d'importance...

DANVILLE.

Vous teniez un papier!

HORTENSE.

Qui n'a nul intérêt.

DANVILLE.

Intéressant ou non, quel est-il?

HORTENSE.

Un billet.

DANVILLE.

Vous me le montrerez.

23.

HORTENSE.

C'est un mot que j'envoie.

DANVILLE.

A qui donc?

HORTENSE.

Eh!... qu'importe?

DANVILLE, *avec violence.*

Il faut que je le voie.

HORTENSE.

Pourquoi? De quel soupçon semblez-vous agité?
Je ne vous vis jamais tant de sévérité.
Indigné contre moi...

DANVILLE.

Je le suis, je dois l'être.
D'étouffer sa fureur mon cœur n'est plus le maître.
Il s'ouvre, il laisse enfin éclater ses transports,
Et leur trop juste excès les répand au dehors.
Je vous aimais, ingrate, et jusqu'à la faiblesse.
Que vous a refusé mon aveugle tendresse?
Ai-je forcé vos vœux? ai-je contraint vos goûts?
Quel innocent plaisir ai-je éloigné de vous?
Suis-je un vieillard morose, un tyran qui vous gêne?
Vous ai-je fait sentir le poids de votre chaîne?
Et vous l'avez rompue, et vous m'avez trahi!
Ah? je vous aimais trop pour n'être point haï :

Mais me rendre à jamais malheureux, ridicule,
Mais me déshonorer !

HORTENSE.

Croyez....

DANVILLE.

Je fus crédule !

Et je ne le suis plus ; je sais tout, j'ai surpris
Celui de qui l'affront me condamne au mépris.
J'en ai voulu raison, et j'ai fait peu de compte
D'un vain reste de sang dont je lavais ma honte.

HORTENSE.

Vous, Danville? Ah! d'effroi tout le mien s'est glacé!

DANVILLE.

Ne vous alarmez pas, le Duc n'est pas blessé.

HORTENSE.

Ah! monsieur!

DANVILLE.

Il l'emporte, et ma honte me reste ;
Mais que le sort bientôt me soit ou non funeste,
Je ne vous dois plus rien, plus d'amour, de respect;
Tout me devient permis, lorsque tout m'est suspect ;
Le passé contre vous tient mon ame en défense.
Je veux voir ce billet; quel qu'il soit, il m'offense.
Vous le rendez coupable en le cachant ainsi :
Je veux, je veux le voir; je le veux.

HORTENSE.

Le voici.

DANVILLE.

Il ne saurait m'apprendre un malheur que j'ignore ,
Et je tremble... Ah! je sens que je doutais encore.

(Lisant l'adresse.)

Ciel! au Duc!

HORTENSE.

A lui-même.

DANVILLE.

Au Duc! j'avais raison.
Mon cœur m'avertissait de cette trahison.

HORTENSE.

Lisez.

DANVILLE.

Il le faut bien... Mais non , mon œil se trouble.
Ne lit rien , ne voit plus, et ma fureur redouble.
Ah! perfide!

HORTENSE.

Donnez.

(Elle lit la lettre.)

» Monsieur le Duc,

« C'est une femme que vous avez offensée qui vous
» adresse ses justes plaintes contre vous-même. J'ai
» pu vous paraître légère, mais je ne pensais pas avoir

» mérité l'outrage d'un aveu que j'ai rougi d'entendre
» et que j'ai honte de rappeler. J'aime mon mari, je
» l'aime de tout mon cœur, et croyez-moi, monsieur
» le Duc, je pourrais vous revoir sans danger ; mais
» je dois à mon honneur blessé autant qu'à la tran-
» quillité de monsieur Danville, de vous interdire
» désormais sa maison. En cessant de m'accorder
» votre attention dans le monde, vous me prouverez
» que vous me croyez digne de votre estime et que
» vous méritez encore la mienne »

DANVILLE, *reprenant la lettre.*

Est-il vrai ? Qu'ai-je lu ?

HORTENSE.

De grâce, écoutez-moi, Danville, j'ai voulu,
Craignant de vos transports la juste violence,
D'un rival à vos yeux dérober la présence.
J'amenai le péril en pensant l'éloigner,
Et j'exposai vos jours, que je crus épargner,
Vos jours qui sont les miens !... Mais, tremblante,

[éperdue,

La terreur m'égarait, et fut seule entendue.
Au moment de me vaincre et de tout déclarer,
Je sentis mon aveu dans ma bouche expirer,
Et même ce matin, décidée à me taire,
Sauvons, m'étais-je dit, sauvons par ce mystère

Un chagrin à Danville, et faisons mon devoir,
En défendant au Duc de jamais me revoir.
Je n'ai rien déguisé, je ne veux rien défendre;
Mais consultez ce cœur qui pour moi fut si tendre;
Qu'il me juge, il le peut, j'ai parlé sans détours.

DANVILLE.

Est-il vrai? cette lettre... oui; le Duc... ses discours,
Pour vous justifier, s'offrent à ma mémoire...

HORTENSE, *avec tendresse.*

Ou vous ne m'aimez plus, ou vous devez me croire.

DANVILLE.

Ah! je vous aime encore, et ma crédulité
Prouve à quel fol excès cet amour est porté.
Ce que le Duc m'a dit me semblait impossible,
Et prend d'un mot de vous une force invincible.
Mon trop facile cœur s'élance malgré moi
Au devant de l'appât qu'on présente à sa foi,
Et fût-il abusé, se trahissant lui-même,
Il ne se débat point contre une erreur qu'il aime.
Je ne puis démentir une si douce voix,
Je me rends; vous parlez, Hortense, et je vous crois.

HORTENSE.

Que cette confiance et me touche et m'accable!
Je veux la mériter; je serais trop coupable
Si dans votre bonheur vous n'en trouviez le prix.

Eh bien! soyez heureux, partons, quittons Paris,
Il le faut : d'aujourd'hui je conçois vos alarmes.
Dans ce monde enchanteur le piége a trop de char-
Plus loin que je ne veux peut-être je suivrai [mes.
Ce brillant tourbillon qui m'entraîne à son gré.
Il exalte ma tête, il m'étourdit, m'enivre ;
Je ne vois, n'entends plus, je ne me sens pas vivre.
Je crois fuir les périls : mais j'ai beau les prévoir,
Mes projets du matin ne sont plus ceux du soir.
Le plaisir règne alors, je cède, il me maîtrise,
Et ma raison revient quand la faute est commise.
Danville, emmenez-moi, mon ami, mon époux,
Je ne crains rien, je n'aime et n'aimerai que vous ;
Et par moi cependant la paix vous fut ravie!
Emparez-vous donc seul de mon cœur, de ma vie.
Mais, partons, mon esprit est changeant, incertain ;
Je le veux aujourd'hui, le voudrai-je demain !
Emmenez-moi, partons.

DANVILLE.

                    Tu finis mon supplice.
Que je te sais bon gré d'un si grand sacrifice !
Que je t'en remercie!...

SCÈNE VI.

LES PRÉCÉDENS; VALENTIN.

DANVILLE, *à Valentin qui traverse le salon.*

Ah! viens, approche, accours :
Pour le Havre, mon vieux, nous partons dans trois
[jours.

VALENTIN.

Pour le Havre !

DANVILLE.

Oui, vraiment.

VALENTIN.

Excusez, mais la joie...
Est-ce bien sûr, madame ?

DANVILLE.

Allons; pour qu'il me croie
Il faudra que le fait soit par vous attesté.

HORTENSE, *à Valentin.*

Quand monsieur vous l'a dit.

VALENTIN.

Je n'en ai pas douté;
Mais je suis marié, que voulez-vous, madame ?
Je ne me crois jamais sans consulter ma femme.

HORTENSE.

Bon principe!

SCÈNE VII.

LES PRÉCÉDENS; BONNARD, MADAME SINCLAIR.

BONNARD.

Mon cher, on m'a fait un accueil
Qui doit toucher ton cœur et flatter ton orgueil.
Le Duc à tous mes vœux promet de satisfaire,
En ajoutant, pour toi, que sur certaine affaire
Qui t'inspire, dit-il, un très-vif intérêt,
Il jure de garder le plus profond secret.

Mme SINCLAIR.   [ne?

Mais moi, ce qu'il m'apprend me chagrine et m'éton-
Vous refusez, monsieur, la place qu'on vous donne ?

HORTENSE.

Ma mère, il a raison.

DANVILLE.

Et Bonnard doit sentir
Que mon fils sans délai nous force à repartir.

Mme SINCLAIR, *étonnée.*

(A Hortense.)   (A Danville.)

J'admire ta sagesse ! Est-on plus raisonnable ?

DANVILLE.

Aussi je lui rendrai notre terre agréable :

24

Quelques petits concerts, deux bals dans la saison,

(A Valentin.)

Tout sera pour le mieux ; qu'en dis-tu, mon garçon?

Et comment trouves-tu nos châteaux en Espagne?

VALENTIN.

(A part.)

Superbes. Nous aurons Paris à la campagne.

DANVILLE.

Et mon ami Bonnard, s'il obtient un congé,

Arrive avec sa femme...

HORTENSE, *à Bonnard.*

Eh ! quoi...

BONNARD, *à Danville.*

Bien obligé.

De tes réflexions j'ai la tête remplie :

Epouser aussi tard femme jeune et jolie,

Cela peut réussir, mais ce n'est pas commun.

Tu fus heureux, d'accord : sur mille on en trouve un.

Quand je touche, Danville, au terme du voyage,

Dans un chemin douteux tu veux que je m'engage?

Où d'autres ont glissé, je puis faire un faux pas

Et ton ami Bonnard ne se mariera pas.

FIN DE L'ÉCOLE DES VIEILLARDS.

LA PRINCESSE

AURÉLIE,

COMÉDIE EN CINQ ACTES,

REPRÉSENTÉE SUR LE THÉATRE-FRANÇAIS,
LE 6 MARS 1828.

PERSONNAGES.

—◦◦◦—

AURELIE, princesse de Salerne. — Mlle MARS.

LE COMTE DE SASSANE, régent de la principauté.—
M. PERRIER.

LE DUC D'ALBANO, régent de la principauté. —
M. SAMSON.

LE MARQUIS DE POLLA, régent de la principauté. —
M. GRANVILLE.

LE COMTE ALPHONSE D'AVELLA. — M. ARMAND.

BEATRIX, dame d'honneur de la princesse. —
Mlle MANTE.

LE DOCTEUR POLICASTRO, premier médecin de la
cour. — M. MONROSE.

LE MARQUIS DE NOCERA. — M. St-AULAIRE.

LE GRAND-JUGE. — M. DUMILATRE.

LE BARON D'ENNA. — M. DELAFOSSE.

LE DUC DE SORRENTE, capitaine des gardes. —
M. MARIUS.

UN MEMBRE DE L'ACADÉMIE DE SALERNE.

SÉNATEURS.

COURTISANS.

DAMES D'HONNEUR.

GARDES.

La scène se passe à Salerne.

LA PRINCESSE AURÉLIE.

ACTE PREMIER.

SCÈNE PREMIÈRE.

BEATRIX, POLICASTRO, *entrant par le fond.*

BÉATRIX, *qui prélude sur une guitare, s'interrompt
en apercevant Policastro.*

Docteur, docteur, un mot !

POLICASTRO.

A moi, belle comtesse ?
Mes livres, mes travaux, et jusqu'à son altesse,
Pour un seul mot de vous que n'aurais-je quitté !

BÉATRIX.

Qui, vous ! brusquer ainsi sa royale santé !
Vous ne l'auriez pas fait.

POLICASTRO.

        C'est la vérité pure.

BÉATRIX.

Bon ! vérité de cour !

POLICASTRO.

        Eh bien ! je vous le jure.

BÉATRIX.

Parole de docteur ! Allez, on vous connaît :
Je vois un courtisan sous ce docte bonnet.
Vous êtes très-malin...

POLICASTRO.

        Ah ! quelle calomnie !
Je voudrais que la grâce au savoir fût unie ;
Plaire est tout à Salerne, et c'est là l'embarras
Depuis que le vieux prince, en mourant dans mes
Remit à trois régens la suprême puissance. [bras,
La princesse elle-même est sous leur dépendance,
Et ne se mariera qu'à sa majorité,
A moins que des régens l'expresse volonté
N'abdique, en approuvant l'hymen formé par elle,
Un pouvoir qui dès-lors tombe avec leur tutelle.
Dans ce conflit de goûts, d'intérêts opposés,
Voulez-vous réussir ? Comment faire ! Amusez.
Sachez envelopper, selon la convenance,
D'un petit conte aimable une grave ordonnance,

Il faut d'un peu de miel, avec dextérité,
Couvrir les bords du vase où l'on boit la santé :
Le Tasse nous l'a dit, et ces fous de poëtes
Nous offrent quelquefois d'excellentes recettes.
Le malade distrait se sent mieux quand il rit ;
Et, pour guérir le corps, je m'adresse à l'esprit.

BÉATRIX.

Eh bien ! guérissez-moi, car j'ai l'esprit malade ;
Oui, cher Policastro, je suis triste, maussade.

POLICASTRO.

Vous dansez !

BÉATRIX.

Par devoir.

POLICASTRO.

Vous riez !

BÉATRIX.

Sans gaîté,
Et j'ai, je le sens bien, le moral affecté.

POLICASTRO.

Si je disais tout haut ce qu'au fond je suppose,
L'amour dans tout ceci serait pour quelque chose.

BÉATRIX.

O science profonde ! oui, l'amour.

POLICASTRO.

Et constant ?

BÉATRIX.

Non, j'ai cessé d'aimer.

POLICASTRO.

                Ah ! c'est intermittent !

Bon signe !

BÉATRIX.

       Dégagé d'une première entrave ,

Mon cœur, mon faible cœur...

POLICASTRO.

            Rechute , c'est plus grave.

BÉATRIX.

Pour sortir d'embarras, à vous seul j'ai recours,

Et je meurs de chagrin sans votre prompt secours.

POLICASTRO.

Danger de mort! voyons. Mais notre art d'ordinaire

Attend pour s'éclairer quelque préliminaire.

Vous aimiez! et qui donc?

BÉATRIX.

        Alphonse d'Avella.

POLICASTRO.

C'était un fort bon choix que vous aviez fait là.

Il est beau, jeune, fier, d'une maison illustre,

Et dont la pauvreté ne peut ternir le lustre.

Son nom touche au berceau de la principauté :

Même il eut pour aïeule une aimable beauté...

Et notre roi Tancrède est, selon la chronique,
Pour une branche ou deux dans son arbre héraldique
Ainsi, par alliance, il remonte aux Normands.

BÉATRIX.

La belle caution pour la foi des sermens !
Qu'en dites-vous ?

POLICASTRO.

Bouillant, mais d'un esprit très-ferme,
Il ouvrit un conseil au siége de Palerme,
Qu'un jour, où j'excitais nos soldats d'assez haut,
Nos preux à barbe grise ont suivi dans l'assaut.
C'est un brave.

BÉATRIX.

Officier dans les gardes du prince,
Il soutenait son nom d'un revenu fort mince,
Car le duc d'Albano, qui depuis fut régent,
Tient à ce cher neveu bien moins qu'à son argent.
Mais la cour l'estimait, d'autant que ses ancêtres
Ont prodigué leurs biens pour défendre leurs maîtres.
Il m'aima ; tout dès-lors l'embellit à mes yeux ;
Ses soins toujours nouveaux, l'éclat de ses aïeux,
Son mérite, à son âge une gloire si belle...
Et puis, comme il dansait, docteur, la tarentelle !
Dame de la princesse, et voulant son aveu
Pour conclure un hymen dont on jasait un peu,

J'en parle : avec froideur on reçoit ma prière,
Et l'on envoie Alphonse au nord de la frontière.
Le dépit nous dicta les plus tendres adieux ;
Nous prîmes à partie et la mer et les cieux ;
Et devant ces témoins d'une longue tendresse,
De ne jamais changer nous fîmes la promesse.

POLICASTRO.

Jamais ! c'est long, comtesse, et ce mot à la cour
Nous trompe en politique aussi bien qu'en amour.

BÉATRIX.

Je ne le sais que trop. Cependant sur ces rives,
Mêlant au bruit des mers quelques chansons plainti-
Au rochers d'Amalfi, sous ces orangers verts, [ves,
Confidens de mes pleurs, de nos chiffres couverts,
De tristes souvenirs j'allais nourrir ma flamme,
Hormis les jours de bal où la cour me réclame ;
Et quand l'astre des nuits répandait ses clartés,
Sassane quelquefois errait à mes côtés.

POLICASTRO.

Sassane ! un des régens ! ce politique habile
Qui s'accommode à tout d'un esprit si mobile !
Il a donc pris alors un goût qu'il n'avait point :
Je ne le savais pas idolâtre à ce point
De cet astre des nuits, providence éternelle
Du poète rêveur et de l'amant fidèle.

BÉATRIX.

Il me parlait d'Alphonse, et moi je l'écoutais ;
Je ne vis pas le piége, aveugle que j'étais !
Plus hardi par degrés, il parlait de lui-même,
Je l'écoutais encore... Enfin, c'est lui que j'aime.
L'hymen doit avec lui m'unir dans quelques jours,
Et je sens cette fois que j'aime pour toujours.

POLICASTRO.

Pour toujours ! Béatrix, voilà comme on se vante !
Bien que pour l'avenir le passé m'épouvante,
Je vous crois sur parole... Et d'où naît votre ennui ?

BÉATRIX.

C'est qu'Alphonse à la cour reparaît aujourd'hui ;
Il revient. Cher docteur, mon appui tutélaire,
Bravez le premier feu de sa juste colère...

POLICASTRO.

L'emploi serait piquant, pour moi dont les aveux
Vous ont toujours trouvée insensible à mes vœux.
Car enfin, je vous aime !...

BÉATRIX.

                    Et vous êtes aimable ;
Mais la robe d'hermine est par trop respectable.
Pouvez-vous m'en vouloir, docteur, si le hasard
Nous fit naître tous deux, vous trop tôt, moi trop tard ?

Et puis, c'est un malheur; mais, s'il faut vous le dire,
Je n'ai jamais pu voir un médecin sans rire.

POLICASTRO.

Voilà bien sur les fous l'effet de la raison !
Avec vous ses avis sont pourtant de saison :
Je blâme votre choix ; malheur à qui se fie
Aux amours calculés de la diplomatie !
Votre comte, entre nous, je le crois ruiné;
Car, bien qu'il soit régent, on dit qu'il est gêné.
Il eut mainte ambassade, et savait qu'en affaire
Un cuisinier profond vaut un vieux secrétaire :
Aussi de ses festins la royale splendeur,
Ce mérite obligé de tout ambassadeur,
A fait sa renommée, et dès-lors je soupçonne
Qu'il a payé fort cher tout l'esprit qu'on lui donne.
Je sais qu'à tous les yeux vous avez mille appas :
Mais croyez-vous qu'aux siens votre dot n'en ait pas?
Tenez, s'il est permis que tout bas je m'explique,
Je crains après l'hymen un retour politique :
Il peut, s'indemnisant de ses frais amoureux,
Prélever sur vos biens des impôts onéreux,
Et, quand par un contrat vous lui serez soumise,
Administrer sa femme en province conquise.

BÉATRIX.

Ainsi l'intérêt seul formerait ces liens,

Et l'on ne peut alors m'aimer que pour mes biens !

POLICASTRO.

Vous ai-je dit cela ? Puis-je, quand je vous aime,
Douter de ce pouvoir que je ressens moi-même ?
Blâmant ma folle ardeur, désespéré, confus,
En ai-je moins cherché vos dédains, vos refus,
Le ridicule enfin ? Jugez du sacrifice :
Un ridicule ici fait plus de tort qu'un vice.
Dites, frivole objet que je m'en veux d'aimer,
Par quels défauts Sassane a-t-il pu vous charmer ?
Est-ce l'ambition qui trouble votre tête ?
Eh bien ! il ne faut pas dédaigner ma conquête :
Vers les honneurs aussi je me fraie un chemin ;
Un rhume quelquefois met l'état dans ma main ;
Le plus noble malade a ses jours de faiblesse :
C'est moi qui règne alors, même sur la princesse.

BÉATRIX.

Ne vous y fiez pas : quoiqu'en minorité,
Elle défend les droits de son autorité.
Assemblage imposant de grâce et de noblesse,
Bonne avec fermeté, naïve avec finesse,
La princesse Aurélie aux honneurs qu'on lui rend
A droit par son esprit bien plus que par son rang.
Elle sait opposer la ruse à l'artifice ;
Calculer mûremeut ce qu'on croit un caprice ;

25

Tolérer nos défauts afin de s'en servir ;
Sans faiblesse apparente, elle sait à ravir,
Nous cachant ses secrets et devinant les nôtres,
Tourner à son profit les faiblesses des autres.
Enfin je la crois femme à jouer à la fois
Et sa cour de justice, et ce conseil des Trois
Où siége des régens la sagesse profonde,
Et vous, son médecin, qui jouez tout le monde.

POLICASTRO.

Et moi, je vous réponds que je la sais par cœur.
J'ai pris sur sa jeunesse un ascendant vainqueur ;
Mais c'est sans la flatter : tout le monde l'admire ;
Quand la vérité flatte, il faut pourtant la dire.
Souvent à son avis je me rends sans effort ;
Mais quand elle a raison, puis-je lui donner tort ?
Le matin au palais, où mon devoir m'appelle,
Grave ou gai tour à tour, je cause et j'apprends d'elle.
Je lis dans son regard où penche son désir,
Et donnant un conseil, je prépare un plaisir ;
Mais c'est pour sa santé : d'après notre maxime,
Le plaisir sans excès est le meilleur régime.
Son goût change parfois, et je sais l'observer :
C'est un art innocent ; un jour, à son lever,
L'ardeur de gouverner dans sa tête fermente ;
Je dis : c'est un beau feu qu'il faut qu'on alimente,

Et ce serait pitié, quand nos jours sont comptés,

D'abaisser à des riens ces hautes facultés.

Une affaire l'ennuie, et j'ose lui défendre

D'accabler son esprit du soin qu'elle va prendre.

L'école de Salerne a dit en bon latin :

Qui veut marcher long-temps se repose en chemin...

Cette candeur lui plaît : son ennui se dissipe,

Jusqu'à parler affaire alors je m'émancipe ;

Elle en rit, moi de même, et je suis écouté.

Jugez de mon pouvoir à sa majorité,

Si la fortune veut que pour vous je recueille

L'héritage vacant de quelque porte-feuille !

O fortune des cours, ce sont là de tes jeux !

Le ciel du ministère est changeant, orageux ;

Et dans ces régions au mouvement sujettes,

Pour une étoile fixe on a vu cent planètes.

Ah ! que le cercle tourne, et je puis quelque jour,

Poindre, monter, briller, me fixer à mon tour,

Ingrate ! et vous offrant une illustre alliance,

Vous couvrir des rayons de ma toute-puissance !

BÉATRIX.

Un médecin ministre !

POLICASTRO.

Eh bien ?

BÉATRIX.

On vous verrait
Signer une ordonnance en rendant un décret ?

POLICASTRO.

Mais si l'événement enfin vous persuade,
Vous direz...

BÉATRIX.

Que l'état, docteur, est bien malade.

POLICASTRO.

Et je vous servirais !

BÉATRIX.

Oui, vous êtes si bon !
Alphonse au grand lever viendra dans ce salon ;
Restez, il faut l'attendre. Hélas ! qu'il m'intéresse !
Non, vous ne savez pas jusqu'où va sa tendresse !
Pour flatter ses douleurs vous pouvez me blâmer ;
C'est un pauvre malade enfin qu'il faut calmer.
Employez ces grands mots, ces phrases, ces formules,
Dont la solennité trompe les moins crédules ;
Soyez bien éloquent : parlez comme les jours
Où nous vous écoutons, quand vous ouvrez un cours ;
Car ces jours-là, docteur, vous êtes admirable,
Et vos raisonnemens ont l'air si raisonnable !...

POLICASTRO.

Mais...

BÉATRIX, *sortant.*

La princesse attend, je cours à mon devoir.
Parlez, priez, blâmez : vous avez plein pouvoir.

SCÈNE II.

POLICASTRO, *seul.*

Elle me raille encor ! ma faiblesse m'indigne.
Dieu ! pour la faculté quel déshonneur insigne !
Mes élèves aussi souffrent de mes amours ;
Un amant professeur manque souvent son cours.
Je vais manquer le mien. N'importe, je m'immole.
Quelqu'un !...

(A un huissier.)

Partez sur l'heure ; aux portes de l'école
Qu'on affiche ces mots dès qu'on les recevra :

(Il écrit.)

« Policastro, docteur, recteur, et cœtera...
» Attaqué... » mais de quoi? « d'une grave ophtalmie,
» Remet au premier jour son cours d'anatomie. »
Allez.

(L'huissier sort.)

Voyons ma liste : ah ! ah ! le cardinal !

25.

Un rhumatisme aigu qu'il a pris dans un bal.
Peste ! un prélat ! j'irai... L'économe Fabrice !
Il fait jeûner un peu les pauvres de l'hospice,
Et dans son lit hier, avec componction,
Déguisait en migraine une indigestion ;
Mais nos appointemens sont de sa compétence,
Je le verrai... Le reste est de peu d'importance :
Des bourgeois, trois captifs revenus de Tunis,
La consultation que je donne gratis...
Ces bonnes actions nous sont très-nécessaires ;
Mais notre humanité passe après nos affaires.
C'est trop juste : ainsi donc, tout pesé mûrement,
J'ai quelque temps de reste. Ah ! voici notre amant ;
Pauvre comte !... On ne peut, dans le siècle où nous
            [sommes,
Se fier en amour qu'aux promesses des hommes.

SCÈNE III.

POLICASTRO, ALPHONSE.

ALPHONSE, *serrant la main du docteur.*
Que je revois Salerne avec ravissement ! [ment !
Quel spectacle enchanteur ! quel bruit, quel mouve-

Quand il fait nuit ici, c'est vraiment bien dommage.
Ces palais, cette mer où se peint leur image,
Tous ces jardins en fleurs, ces voiles, ces drapeaux,
Cette forêt de mâts qui flottent sur les eaux,
C'est superbe! On renaît, docteur, et pour sourire,
Il suffit en ces lieux qu'on voie et qu'on respire;
Le pays est divin et l'air est embaumé.

POLICASTRO, *à part.*

Comme on voit tout en beau quand on se croit aimé!
Il va changer de ton.

ALPHONSE.

La princesse Aurélie,
Charmante à mon départ, est encor plus jolie,
Plus belle, n'est-ce pas?

POLICASTRO.

Oui, cher comte, le temps
N'est pas un ennemi de dix-neuf à vingt-ans;
Mais la jeune comtesse est bien aussi.

ALPHONSE.

Laquelle?

POLICASTRO.

Béatrix.

ALPHONSE, *froidement.*

Ah! c'est vrai. Comment se porte-t-elle?

POLICASTRO.

(A part.)

Au mieux. Il est discret.

ALPHONSE.

Eh bien ! donc, malgré vous,
Le prince a succombé, docteur?

POLICASTRO.

Que pouvons-nous
Quand la nature enfin?...

ALPHONSE.

La réponse était sûre;
On guérit, c'est votre art; on meurt, c'est la nature.
Nous avons des régens, et trois : pourquoi pas dix?
Que font-ils? qu'en dit-on?

POLICASTRO.

Que ce sont trois phénix,
Trois aigles, c'est le mot : du centre à la frontière
Ils versent sur l'état des torrens de lumière.
C'est ainsi que la cour en parle hautement;
Mais quand on parle bas, on s'exprime autrement.

ALPHONSE.

Ah ! voyons !...

POLICASTRO.

De votre oncle on a fait un grand homme;
Et le duc d'Albano sans doute est économe,

Mais de ses fonds à lui. Les comptes du trésor
Qu'il n'a pas trouvés clairs, sont plus obsurs encor.
Perdu dans ce chaos de chiffres et de nombres,
Il voulut séparer la lumière des ombres.
C'était là son orgueil, et dès son premier pas
Il dit : Que le jour soit : mais le jour ne fut pas.
Changeant, confondant tout et s'embrouillant lui-
Il va, roule à tâtons de système en système. [même,
Dans cette épaisse nuit, troublé par ses grands biens,
Il mêle quelquefois nos fonds avec les siens,
Et par distraction garde ce qu'il faut rendre ;
Mais l'argent se ressemble, et l'on peut s'y méprendre.
C'est votre oncle, après tout...

ALPHONSE.

Qui, lui ? le bon parent !
Il n'a jamais voulu me faire qu'un présent,
Sa terre de Pœstum, dont l'entretien l'ennuie ;
Un parc, des fleurs, des eaux qui vont les jours de
Et la fièvre, docteur, qui gâte tout cela.   [pluie ;

POLICASTRO.

C'est à moi qu'il devait faire ce présent-là.

ALPHONSE.

Aussi j'ai refusé : mais parlons de Sassane.

POLICASTRO.

De plein vol au conseil sur ses rivaux il plane ;

Mais sans voler très-haut, terre à terre, et pourtant
Aux yeux des étrangers c'est un homme important.
Nourrir entre eux et nous la bonne intelligence,
C'est la part qu'il choisit pour son tiers de régence.
Grave dans ses travaux, le soir moins solennel,
Il s'est fait pour le monde un sourire éternel.
Nul soin ne vient rider son front diplomatique.
Sans jamais s'expliquer, parlant pour qu'on s'expli-
                                    [qué,
Il est fin ; mais souvent, dupe d'un moins adroit,
Il arrive trop tard, faute de marcher droit.
Du reste, à ce qu'on dit, grand amateur des belles,
Et par sa vanité, sans défense contre elles :
Il ne se doute pas qu'une femme à seize ans [sans.
En sait plus, pour tromper, que nos vieux courti-

ALPHONSE.

Et voilà du pouvoir les suprêmes arbitres !
Enfin à cet honneur ils ont bien quelques titres.
Mais qui pouvait s'attendre à voir arriver là
Le mérite inconnu du marquis de Polla?

POLICASTRO.

C'est bien la nullité la plus impertinente
Qui gouverna jamais de Palerme à Tarente !
Battu, je ne sais quand, il se trouva fort mal
Du choc de l'ennemi dans un combat naval.

Il s'enfuit vent en poupe, et du nom de retraite
En citant les dix mille, honora sa défaite,
En exploita la gloire, et, fier de son laurier,
Se fit brusque depuis, pour avoir l'air guerrier.
Il tranche, il dit : morbleu ! mais sa franchise austère
Adoucit au besoin ce vernis militaire.
Il prétend qu'à la cour il se croit dans un camp,
Et, louangeur outré, vous flatte en vous brusquant.
Qui descend comme moi dans ses terreurs intimes,
Sait qu'il est dégoûté des palmes maritimes ;
Et telle est son horreur, qu'on le vit quelquefois
Pâle de souvenir en contant ses exploits.
Un roi guerrier qui meurt dit du mal de la gloire ;
Le prince en expirant, blasé sur la victoire,
Dans les mains de Polla mit la guerre, et jamais
Prince n'a mieux prouvé son amour pour la paix.

ALPHONSE.

Mais sa fille, sa fille, aimable autant que belle,
Sans leur consentement ne peut disposer d'elle ?
Chacun en le donnant perd son autorité ;
L'obtenir, impossible !

POLICASTRO.

                    Ah ! c'est la vérité.
Conserver ce qu'on tient est un parti commode,
Et les démissions ne sont pas à la mode.

Mais la princesse un jour rentrera dans ses droits.
Que veut le testament ? qu'elle fasse un bon choix ;
Le temps seul nous éclaire , et ce n'est pas folie
De réfléchir un an au bonheur de sa vie.

ALPHONSE.

Vous êtes d'un sang-froid à me désespérer !
Le temps !... Eh ! sa raison suffit pour l'éclairer.
Je m'irrite en pensant... et pourquoi ? que m'importe ?
Que dis-je ? ah ! quand on aime...

POLICASTRO.

Aisément on s'emporte ;
Mais n'en rougissez pas ; nous sommes tous deux fous.

ALPHONSE.

Comment ?

POLICASTRO.

Je suis épris du même objet que vous.

ALPHONSE.

Vous aimez la princesse !

POLICASTRO.

Allons donc ! quel blasphème ?
Qui, moi ! vous vous moquez.

ALPHONSE.

Mais c'est elle que j'aime.

POLICASTRO , *à part.*

La princesse !

ALPHONSE.

Écoutez : vous apprendrez par moi
Combien un cœur malade est peu maître de soi,
Et, quand à notre perte un fol amour nous mène,
Jusqu'où peut s'égarer l'extravagance humaine.
Vous comprendrez mes maux : mon Dieu ! qu'il est
                                        [heureux
Que, pour les mieux sentir, vous soyez amoureux !

POLICASTRO.

Bien obligé.

ALPHONSE.

Du jour que j'aimai la princesse,
Habile à me tromper, j'ignorai ma faiblesse.
Je vis, je voulus voir dans ce fatal penchant
Pour le sang de mes rois un culte plus touchant,
Plus tendre, et cette ardeur, imprudemment nourrie,
Redoubla, s'exalta jusqu'à l'idolâtrie.   [miens !
Quels jours plus beaux alors, mieux remplis que les
Je l'aimais, l'admirais, et dans ses entretiens,
Dans ses éclairs d'esprit dont la flamme est si vive,
Dans le mol abandon de sa grâce naïve,
Dans ses yeux, dans ses traits, je puisais chaque jour
Ce poison dévorant qui m'enivrait d'amour.
Ma tête se perdait : jugez de mon délire,
Je crus que dans les miens ses yeux avaient su lire.

Vingt fois je crus les voir, pleins d'un trouble enchan-
Se reposer sur moi, s'attendrir... Ah! docteur, [teur,
Quels regards! mon cœur bat quand je me les rappelle,
Et semble me quitter pour s'élancer près d'elle.
Ils égaraient mes sens, je cédais; mes efforts
Ne pouvaient dans mon sein contenir mes transports;
Vaincu, j'allais parler... jamais beauté plus fière
Ne vous fit d'un coup d'œil rentrer dans la poussière;
Jamais plus froid sourire à la cour n'a glacé
Sur les lèvres d'un sot un aveu commencé.
Je restais confondu, muet, tremblant de rage;
Mais en la détestant je l'aimais davantage.

POLICASTRO, *à part.*

A mes instructions je ne comprends plus rien.
(Haut.)
Cependant Béatrix...

ALPHONSE.

Pour former ce lien,
J'écoutais ma raison ou plutôt ma colère:
Las d'être dédaigné, je résolus de plaire,
D'inspirer cet amour dont j'étais consumé;
D'aimer qui que ce fut, mais au moins d'être aimé:
Je courus au devant d'un plus doux esclavage;
La comtesse était belle et reçut mon hommage.
D'un affront tout récent la tête encore en feu,

Un jour de désespoir je lui fis mon aveu.
Le dirai-je ? insensé ! je crus que son Altesse
D'un dépit mal caché ne serait pas maîtresse.
Erreur ! il fallut plaire et je m'y condamnai.
Pour me rendre amoureux, quel mal je me donnai !
Souvent plus on est morne et plus on intéresse :
Je touchai Béatrix : j'étais d'une tristesse,
Je m'effrayais déjà de mon bonheur prochain ;
Mais je m'y résignais, quand un ordre soudain
En garnison, docteur, m'exile et nous sépare.

POLICASTRO.

Ah ! c'était rigoureux.

ALPHONSE.

                    Comment ! c'était barbare ;
M'envoyer à Nola ! sans doute pour rêver ;
Car l'ordre de la cour m'enjoignait d'observer :
C'était l'emploi prescrit à mon corps de réserve :
Mais où l'on ne voit rien, que veut-on qu'on observe?
Je sentis quelle main brisait de si doux nœuds :
Ah ! vous aviez le droit de mépriser mes feux,
Orgueilleuse beauté ; mais quand ce cœur se donne,
Ne pouvant être à vous, doit-il n'être à personne ?
Non : ma faiblesse au moins n'ira pas jusque-là.
J'y pensais, quand un soir je vis dans sa villa
Une veuve encor jeune, aimable et fort jolie,

La baronne d'Elma, par son deuil embellie.
Respirant la vengeance, en amant révolté
Dans ce nouveau lien je me précipitai.
Mais, soigneux de la fuir, je parais son visage
Des traits toujours présens dont j'adorais l'image,
Je prêtais à sa voix ces dangereux accens
Que rêvait mon oreille, et lorsque sur mes sens
Cette erreur avait pris un souverain empire,
J'écrivais... Malheureux ! à qui pensais-je écrire ?
A ma verve amoureuse alors rien ne coûtait ;
Mon inspiration jusqu'aux vers se montait ;
Oui, j'ai jusqu'aux sonnets poussé la frénésie !
Quelle flamme éloquente et quelle poésie !
Allez, si du public un beau jour ils sont lus,
De Laure et de Pétrarque on ne parlera plus.
Mais chaque lettre, hélas ! était pour la princesse,
Fureurs, transports, sermens, tout... excepté l'a-
La baronne lisait ; qui m'aurait résisté?   [dresse.
Je lui parlais d'hymen, j'allais être écouté ;
Tout à coup son Altesse à la cour me rappelle.

POLICASTRO.

Certes, votre colère était bien naturelle.

ALPHONSE.

Furieux, j'obéis ; je pars, docteur, j'accours.
Quels siècles se traînaient dans ces instans si courts,

Où mes vœux empressés dévoraient la distance !
J'arrive : du néant je passe à l'existence ;
Mais triste, mais ravi, plein de crainte et d'espoir,
Je vais, je viens ; je brûle et tremble de la voir.
Ah ! je vous le demande, est-on plus misérable ?
Trouble toujours croissant, contrainte insupportable,
Mal d'autant plus cruel que j'aime à le souffrir,
Que je sens ma folie, et n'en veux pas guérir !

POLICASTRO.

On se moque de vous, et c'est du despotisme.

ALPHONSE.

Que d'intérêt pourtant dans un tel égoïsme !

POLICASTRO.

Pure coquetterie !

ALPHONSE.

Oui, j'en conviens, j'ai tort.

POLICASTRO.

Le célibat par ordre !

ALPHONSE.

Il est vrai, c'est trop fort !

POLICASTRO.

Bien.

ALPHONSE.

Je prends mon parti.

26.

POLICASTRO.

C'est très-bien.

ALPHONSE.

Son Altesse

Saura que je prétends épouser la comtesse.

POLICASTRO.

Comment?

ALPHONSE.

Non, la baronne... Un scrupule que j'ai,
C'est qu'avec Béatrix je me suis engagé.
Voyez de quels chagrins une faute est suivie :
Peut-être je ferai le malheur de sa vie.

POLICASTRO.

Grande leçon, jeune homme! On plaît à force d'art,
Et le cœur qu'on séduit est constant... par hasard.

ALPHONSE.

Le sien, si vous saviez à quel excès il m'aime!

POLICASTRO.

Je le sais.

ALPHONSE.

N'est-ce pas? O ciel ! c'est elle-même !
Je m'en vais.

POLICASTRO.

Non, restez.

ALPHONSE.

Ne lui parlez de rien.

POLICASTRO.

Mon Dieu ! n'ayez pas peur.

ALPHONSE.

Le fâcheux entretien !

SCÈNE IV.

LES MÊMES; BEATRIX.

BÉATRIX, *à part.*

Comme il paraît ému ! son désespoir me glace.

ALPHONSE, *à part.*

Elle est loin de prévoir le coup qui la menace.
(Haut.)
Après un an d'exil, madame, il est permis
D'éprouver quelque trouble auprès de ses amis.

BÉATRIX.

Comte, j'en puis juger par celui qui m'agite,
Et c'est presque en tremblant que l'on se félicite.

POLICASTRO.

Quel spectacle touchant, et que je suis heureux
Du plaisir qu'à vous voir vous goûtez tous les deux !

BÉATRIX.   [ne...

Oui, quelque changement qu'un an d'absence amè-

ALPHONSE.   [peine...

Bien qu'on semble moins tendre et qu'on écrive à

BÉATRIX.

N'importe, il est bien doux...

ALPHONSE.

Sans doute, on est charmé

De voir ceux qu'on aimait...

BÉATRIX.

Et dont on fut aimé.

(Au docteur.)

Venez à mon secours.

ALPHONSE, *au docteur.*

Tirez-moi donc d'affaire,

Sans rien brusquer pourtant.

POLICASTRO, *bas à Alphonse.*

Allons, je vais le faire.

(Haut.)

Complimentez madame; à ses pieds un contrat
Fixe le plus galant de nos hommes d'état,
Sassane, et vous avez le charmant avantage
D'apprendre en arrivant son prochain mariage.

ALPHONSE.

Quoi! vous?... J'en suis ravi, madame, assurément.

(A part.)

Les femmes!

POLICASTRO, *à Béatrix.*

Il a droit au même compliment :
La baronne d'Elma vivait dans la tristesse,
Il va la consoler en la faisant comtesse.

BÉATRIX.

(A part.)

Ah! j'en suis... tout le monde en doit être enchanté.
Et moi qui m'effrayais de sa fidélité !

POLICASTRO.

Vous ne dites plus rien ?

ALPHONSE.

J'en aurais trop à dire.

BÉATRIX.

J'aurais trop à me plaindre.

POLICASTRO.

Alors il faut en rire.

BÉATRIX, *à Alphonse en souriant.*

Voulez-vous ?

ALPHONSE, *riant aussi.*

Volontiers.

POLICASTRO, *qui rit aux éclats.*

Eh bien! rions tous trois.
Sans se donner le mot, se guérir à la fois!
Voyez quel embarras pouvait être le vôtre,

Si l'un était resté plus fidèle que l'autre.
C'est un coup de fortune, et ceci vous fait voir
Combien l'on a souvent raison sans le savoir.

BÉATRIX, *tendant la main à Alphonse.*

Comte, je vous pardonne.

ALPHONSE.

O bonté sans égale!

POLICASTRO.

Mais chut! voici la cour.

UN HUISSIER.

Son Altesse royale!

SCÈNE V.

LES PRÉCÉDENS; AURELIE, LE GRAND-JUGE, LE DUC DE SORRENTE, LE BARON D'ENNA, LE MARQUIS DE NOCERA, UN MEMBRE DE L'ACA-DÉMIE DE SALERNE, COURTISANS, DAMES D'HONNEUR, ETC.

(Au moment où l'huissier annonce la Princesse, elle sort de son appartement; les courtisans entrent par la galerie du fond.)

AURÉLIE.

Bonjour, messieurs. Baron, j'ai fait valoir vos droits :

(A un autre courtisan.)

Le conseil pense à vous. Le duc va mieux, je crois.

Complimentez pour moi notre pauvre malade.

(A un autre.)

Comte, vous l'emportez, vous aurez l'ambassade.

(A un membre de l'Académie.)

Ah ! notre Académie a fait un fort bon choix :

Le public comme vous a nommé cette fois.

(Au duc de Sorrente.)

Pour ce vieil officier j'ai lu votre demande :

Ses droits sont peu fondés, mais sa détresse est gran-

Il sera secouru.   [de ;

LE DUC DE SORRENTE.

Que de bontés !

AURÉLIE.

Marquis,

Votre fête d'hier était d'un goût exquis :

Rien de mieux entendu que ce bal sous l'ombrage.

Tout m'a semblé charmant.

LE MARQUIS.

Pardonnez, si l'orage...

AURÉLIE.

Que voulez-vous, du temps on ne peut disposer.

LE MARQUIS.

Votre Altesse a daigné...

AURÉLIE.

J'ai daigné m'amuser.

Vous avez fait honneur à votre présidence,

Et combattu le luxe avec une éloquence,
Grand-juge !...

LE GRAND-JUGE.

Mon discours...

AURÉLIE.

Admirable, accompli,
Au point qu'en parcourant vos jardins d'Eboli,
J'y rêvais... Le beau lieu ! ces marbres, ces antiques,
Quels trésors ! Vous avez des jardins magnifiques. '

ALPHONSE, *à part.*

Pas un seul mot pour moi !

AURÉLIE.

Que dit-on à la cour,
Béatrix ? contez-moi les nouvelles du jour.

BÉATRIX.

Des princes d'Amalfi la brillante héritière,
Si vaine de son rang, de son titre si fière,
Votre Altesse va rire, elle épouse, dit-on,
Un homme de néant : quelque mérite, un nom ;
Mais on la blâme...

AURÉLIE.

En quoi ? pour quels torts ? Est-ce un crime
D'immoler son orgueil à l'amant qu'on estime ?
Ce choix, que je connais, ne peut faire un ingrat ;
Je l'approuve, et demain je signe le contrat.

Ayons de l'indulgence : honorer ce qu'on aime,
Comtesse, quelquefois c'est s'honorer soi-même.

BÉATRIX.   [nœuds.

J'avais tort ; tout est bien, vous approuvez leurs

AURÉLIE, *à Policastro.*

Quel temps, docteur ?

POLICASTRO, *qui observe la princesse.*

Madame, un temps...

AURÉLIE.

Un temps ?

POLICASTRO.

Douteux.

AURÉLIE.

Mon Dieu ! de mille soins j'ai la tête accablée...
Je voulais sur le golfe... Ah ! je suis désolée !

POLICASTRO.

Un admirable temps pour respirer le frais :
Point de soleil, de pluie ; un temps fait tout exprès.

AURÉLIE.

Je pourrais retarder le conseil de régence ?

POLICASTRO, *gravement.*

Dussiez-vous m'accuser d'un peu trop d'exigence,
Il le faut.

BÉATRIX.

Oui, vraiment.

27

AURÉLIE,

Si vous le voulez tous,

J'y consens. Et bien donc, messieurs, préparez-vous.

(A Béatrix.)

Il faudra ce matin chercher les barcaroles,

Dont le docteur hier nous donna les paroles;

Ma guitare, comtesse, est si bien dans vos mains !

Vous nous répèterez vos airs napolitains.

Allez, messieurs, la mer effraie un peu les femmes ;

Je saurai gré pourtant à celles de vos dames

Qui, sur la foi des vents prêtes à tout oser,

Au naufrage avec moi voudront bien s'exposer.

(Toute la cour sort par le fond.)

ALPHONSE, *à part.*

Rien ! rien ! que de froideur ! Ah! je suis au martyre.

AURÉLIE, *à Alphonse avec sévérité.*

Comte, j'aurai plus tard quelques mots à vous dire.

(A Béatrix.)

Venez; et vous, docteur, passons dans les jardins.

(Tout le monde sort.)

SCÈNE VI.

ALPHONSE, *seul.*

Comme on me traite, ô ciel ! que d'orgueil ! quels
[dédains !

Mon cœur en a saigné; mais du moins cette injure
Est un remède amer qui guérit ma blessure.
Enfin je n'aime plus : ce serait lâcheté
Que d'adorer encor cette altière beauté.
Revenons à l'objet dont mon ame est éprise,
Au seul objet que j'aime. Oui, vos nœuds, je les brise;
Mais je vous le dirai, mais en quittant ce lieu
Ce sera ma vengeance et mon dernier adieu.
Adieu donc pour jamais, fière et froide Aurélie !
A de plus grands que soi vouloir plaire est folie :
N'aimons que nos égaux ! pour qui pense autrement,
L'amitié n'est qu'un piège et l'amour qu'un tourment.

FIN DU PREMIER ACTE.

ACTE DEUXIÈME.

SCÈNE I.

BEATRIX, AURELIE.

AURÉLIE, *à quelques personnes de sa suite.*
Le départ dans une heure; à mes ordres fidèles,
Faites au pied du môle attendre les nacelles.
(A Béatrix.)
Le docteur vous suivait en vous parlant tout bas :
Que disait-il?

BÉATRIX.

Oh ! rien.

AURÉLIE.

Ne le saurai-je pas,
Eh bien, il vous disait!

BÉATRIX.

Un mot du comte Alphonse;
Il le plaint.

AURÉLIE, *en prenant la guitare qu'elle cherche à accorder.*

A cela quelle est votre réponse?

BÉATRIX.

Que je le plains aussi. N'est-il pas malheureux
D'avoir pu mériter cet accueil rigoureux,

AURÉLIE, *lui donnant la guitare.*

J'y renonce, tenez.

BÉATRIX.

Je suis moins habile;
Mais si madame veut, je puis...

AURÉLIE.

C'est inutile.
Malheureux, vous croyez?

BÉATRIX.

Ah! le comte?

AURÉLIE.

Et qui donc?

BÉATRIX.

Désespéré, madame, et digne de pardon.
Oui, quels que soient ses torts, je le crois excusable.
Et je viens demander la grâce du coupable.
En toute humilité, voyez, à deux genoux...

AURÉLIE.

Enfantillage; allons, comtesse, levez-vous.
Il vous inspire donc un intérêt bien tendre?

27.

BÉATRIX.

Lui, la seule amitié m'oblige à le défendre :
Et j'atteste à madame...

AURÉLIE.

Eh non! j'ai plaisanté.
Ouvrez ce porte-feuille.

BÉATRIX.

A tant d'activité,
On succombe.

AURÉLIE.

Est-ce fait?

BÉATRIX.

Je tiens la clef fatale;
Il s'ouvre en gémissant et l'ennui s'en exhale.
Ma main sonde le gouffre. O Dieu! que de placets
Qui d'un regard auguste attendent leur succès!
S'il faut répondre à tout pour gouverner l'empire,
On doit être tenté de répondre sans lire.

AURÉLIE.

On le fait quelquefois; mais je crois qu'on a tort.
Mes yeux sont fatigués : lisez-moi ce rapport,
J'écoute.

BÉATRIX.

Une dépêche. Elle a plus d'une page...
Oh! madame! des vers! Est-ce que c'est l'usage?

AURÉLIE.

Une dépêche en vers!

BÉATRIX.

Non pas, mais un sonnet,

Oublié par hasard sous le premier feuillet.

Le lirai-je?

AURÉLIE.

Voyons.

BÉATRIX, *lisant.*

Vers composés à Nola sur le tombeau d'Auguste.

« Modèle d'amitié pour un sujet perfide,

» Sans pitié pour l'amour, ton cœur qui pardonna

» Le crime avéré de Cinna,

» Punit les torts secrets d'Ovide. »

AURÉLIE.

Je veux voir l'écriture.

(Elle lit.)

» Amant d'une princesse, il trahit un devoir;

» Une si douce erreur est-elle si coupable?

» Sans y prétendre on est aimable,

» Et l'on aime sans le vouloir »

BÉATRIX.

C'est bien vrai.

AURÉLIE.

« Loin, bien loin du beau ciel dont l'azur nous éclaire,

» Il meurt, mais il avait su plaire,

» Et l'amour dut le regretter.

« Sur ce froid monument où mon exil m'enchaîne,

» Je consens à subir sa peine,

» Mais je voudrais la mériter. »

BÉATRIX.

Je connais... Voyons la signature.
Souffrez...

AURÉLIE, *vivement, repliant le papier.*

Laissons cela, nous ferons beaucoup mieux,
Et je dois m'occuper d'objets plus sérieux.
Ne dessinez-vous pas ?

BÉATRIX.

Oui, Pœstum, je commence...

(Elle s'établit sur la table qui est de l'autre côté du théâtre, et
regarde son dessin.)

Les trois temples debout dans un désert immense;
La mer où le soleil darde ses derniers traits,
Et sous leurs grands chapeaux trois brigands cala-

AURÉLIE, *signant un placet.*   [brais.

C'est juste, et j'y consens.

BÉATRIX, *dessinant.*

Si j'étais son Altesse,
Je rendrais un édit dont la teneur expresse
Serait que les brigands obtiendront plus d'égards...

AURÉLIE.

Vu ?

BÉATRIX.

Vu que leur costume est utile aux beaux-arts.

AURÉLIE.

De ce considérant j'admire la prudence,
Et je veux vous admettre au conseil de régence.

BÉATRIX.

Moi ? la discussion n'en irait pas plus mal.

AURÉLIE.

Si l'on délibérait sur les apprêts d'un bal.

BÉATRIX.

J'ai fait de grands progrès, madame, en politique.

AURÉLIE.

Le comte de Sassane, il est vrai, vous l'explique.

BÉATRIX.

Son Altesse saurait...

AURÉLIE.

Tout, et vous conviendrez
Que les secrets d'état seraient aventurés.

BÉATRIX.

(Elle se lève et vient s'appuyer sur le dos du fauteuil de la princesse.)

Pourquoi donc ?

AURÉLIE.

Vous voyez qu'on devine les vôtres?

BÉATRIX.

On peut dire les siens et garder ceux des autres.

AURÉLIE.

Il faut garder les siens ; car, en fait de secrets,
Une indiscrétion fait beaucoup d'indiscrets.

SCÈNE II.

LES MÊMES ; UN HUISSIER DU PALAIS.

L'HUISSIER.

Le comte d'Avella demande une audience.

BÉATRIX.

Madame l'admettra sans doute en sa présence ?

AURÉLIE, *à l'huissier.*

Vous allez l'introduire.

BÉATRIX.

Ah ! j'espère...

AURÉLIE.

Ecoutez :

Sur toute autre disgrâce appelez mes bontés.
On doit punir un tort comme on paie un service ;
La bonté dans les rois passe après la justice.
Allez.

BÉATRIX, *à part.*

Quel ton sévère ! Il n'est pas bien en cour.

(Elle sort.)

SCÈNE III.

ALPHONSE, AURELIE.

ALPHONSE.

Votre Altesse...

AURÉLIE.

J'ai dû presser votre retour;
Comte, on se plaint de vous : je m'afflige et m'irrite
Qu'un homme dont mon père estimait le mérite,
D'un dévoûment connu, d'un nom si respecté,
Ait donné quelque prise à la malignité.

ALPHONSE.

J'étais trop malheureux pour redouter l'envie;
Et c'est moi qu'on outrage! On veut noircir ma vie!
Moi! vous trahir! comment? de quoi m'accuse-t-on?

AURÉLIE.

Ce n'est pas tout-à-fait de haute trahison :
Je ne l'aurais pas cru; mais d'un défaut de zèle.

ALPHONSE.

Votre Altesse n'a pas de sujet plus fidèle,
Plus ardent, plus zélé.

AURÉLIE.

Je l'ai cru jusqu'ici;

Mais j'ai lieu de penser qu'il n'en est plus ainsi.
Ce dévoûment vous lasse ; un sentiment contraire
Des devoirs qu'il impose est venu vous distraire.
Quels sont-ils ? et pourquoi faut-il vous en parler ?
Mais à qui les oublie on doit les rappeler.
Hâter les armemens que le conseil prépare,
Surveiller les travaux de nos forts qu'on répare,
En établir les plans , exercer le soldat,
Placer des corps d'élite aux confins de l'état,
Tels étaient ces devoirs.

ALPHONSE.

                Madame , je vous jure
Que je les ai remplis.

AURÉLIE.

                Cependant on assure
Que votre cœur , troublé de soins moins importans,
Pour vous en occuper vous laissait peu de temps.

ALPHONSE.

De quels soins parle-t-on ?

AURÉLIE.

                Je ne veux rien connaître :
Des penchans de son ame on n'est pas toujours maître,
Et ce sont des secrets que j'aurais ignorés ,
S'ils n'avaient compromis des intérêts sacrés.

ALPHONSE.

Permettez qu'à vos yeux ce cœur...

AURÉLIE, *sévèrement.*

Monsieur le comte,
C'est de vos travaux seuls qu'il faut me rendre compte.

(Elle s'assied.)

ALPHONSE.

J'obéis : nos soldats, divisés en trois corps,
De Nola sur trois points protègent les abords.
Aux défilés des monts j'en ai placé l'élite...

AURÉLIE.

Ah ! près d'une villa qu'une baronne habite.
Le régent de la guerre un jour me la nomma...
La baronne... aidez-moi.

ALPHONSE.

La baronne d'Elma.

AURÉLIE.

D'Elma ! c'est cela même.

ALPHONSE.

Il ajoutait peut-être
Qu'auprès d'elle assidu...

AURÉLIE.

C'est ce qui devait être.

ALPHONSE.

Madame !...

28

AURÉLIE.

Nos soldats, comme vous le disiez?...

ALPHONSE.

Ont réparé les forts qui m'étaient confiés ;
Et de Saint-Angelo l'antique citadelle,
Par un nouveau rempart...

AURÉLIE.

Cette baronne est belle ?

ALPHONSE.

Elle a quelque beauté. Convenait-on du moins,
Madame, en m'accusant de lui rendre des soins,
Que jamais...

AURÉLIE.

Nos soldats !

ALPHONSE.

J'eus l'honneur de vous dire
Qu'à mon poste fidèle...

AURÉLIE.

Oui ; mais écrire, écrire,
Toujours peindre un amour qu'on ne peut renfermer,
Ou voir l'objet, qu'au reste on est libre d'aimer,
Le mal n'est pas moins grand : chaque heure ainsi
[remplie,
Est un larcin qu'on fait au devoir qu'on oublie.

ALPHONSE.

Soigneux de diriger les travaux pas à pas...

AURÉLIE.

Mais il est des travaux dont vous ne parlez pas ;
A vos lauriers, dit-on, (la gloire est indiscrète),
Vous ajoutez encor les palmes du poète?

ALPHONSE.

Pardonnez...

AURÉLIE.

C'est donc vrai? le prodige est réel?
Quoi! poète et guerrier, c'est être universel.
Je doute cependant que cette renommée
Puisse augmenter pour vous le respect de l'armée ;
Mais qu'on se perde ou non dans tous les bons esprits,
L'amour d'une baronne est d'un bien autre prix,
Quand d'ailleurs sur vos vers, qu'elle-même publie,
On la juge en tous lieux une femme accomplie.

ALPHONSE.

On a tort.

AURÉLIE.

Et pourquoi?

ALPHONSE.

Des souvenirs plus chers
Pour une autre, madame, avaient dicté ces vers.

AURÉLIE.

Une autre! ah! Béatrix ; elle est vraiment aimable :

Mon père à votre hymen ne fut pas favorable ;
Vous l'aimiez : dans le temps je sais qu'on en parla :
C'est elle que vos vers célébraient à Nola ?

ALPHONSE, *vivement.*

Non, madame, c'était...

AURÉLIE, *avec fierté.*

Qui donc ?

ALPHONSE, *avec embarras.*

En poésie,
On prend un personnage... un nom de fantaisie.
On embellit alors cet objet idéal
D'un charme si puissant qu'il nous devient fatal.
Le poète en aimant croit aimer son ouvrage :
Mais non, trompé lui-même, il a tracé l'image
Que de son triste cœur le temps n'a pu bannir,
Et sa création n'était qu'un souvenir.

AURÉLIE.

Un souvenir ! vraiment ? Si l'image est fidèle,
D'une beauté si rare où trouver le modèle ?

ALPHONSE.

Sur le trône, sans doute.

AURÉLIE.

Alors quel souverain
Peut se croire assez grand pour prétendre à sa main ?

ALPHONSE.

Les rois, oui, les rois seuls ont le droit d'y prétendre ;
Mais l'admirer du moins quand on a pu l'entendre,
De l'oublier jamais quand on a pu la voir,
Ah ! c'est le droit de tous, et c'est presqu'un devoir.
Le culte de respect et de reconnaissance,
Que l'on rend aux vertus bien plus qu'à la naissance,
Un peuple vous le doit ; mais s'il est des sujets
Admis par votre Altesse à jouir de plus près
Du charme qui s'attache à sa présence auguste,
Leur respect plus ardent n'en devient que plus juste.
Un an, tel fut mon sort ; funeste souvenir !
De quels objets depuis il vint m'entretenir !
Lui seul il m'égarait ; il causa ma folie.
N'est-on pas malgré soi poète en Italie ?
Lui seul il me rendait ces jardins, ce séjour,
Ce tumulte enivrant des fêtes de la cour ;
Ces bals où la grandeur noblement familière
Semblait pour régner mieux s'oublier la première ;
Le spectacle touchant des pleurs qu'elle essuyait,
Ce golfe où, sur les flots, lorsque le jour fuyait,
Votre Altesse chantait les airs de sa patrie
Où les accens plus doux de sa voix attendrie,
Dans ce calme du soir, ce silence des vents,
Au milieu des parfums dont s'enivraient nos sens...

AURÉLIE , *émue.*

La saison fut charmante ; oui, je me le rappelle.

ALPHONSE.

Et l'on accuserait la froideur de mon zèle
Quand un seul souvenir remplissait mes esprits !
Qu'on en blâme l'excès, en le peut, j'y souscris ;
Qu'on en fasse à vos yeux un crime impardonnable
Mais si du dévoûment l'excès même est coupable
Jamais devant son juge avec moins de remords
Sujet plus criminel n'a reconnu ses torts.

AURÉLIE.

Eh bien donc!...ces remparts.. oui, cette forteresse..
Vous disiez?

ALPHONSE.

J'eus l'honneur de dire à votre Altesse
Qu'avant de me résoudre à former un lien
Où tout est convenance, où le cœur n'est pour rien.

AURÉLIE.

Vous me disiez cela?

ALPHONSE.

Souffrez que je le dise ;
Il faut qu'à m'engager votre aveu m'autorise.

AURÉLIE.

Comte, vous l'obtiendrez.

ALPHONSE.

Mais...

AURÉLIE.

Je crois, entre nous,

Que l'état, la noblesse, attendaient mieux de vous.
Votre pays sur vous peut avoir d'autres vues.

ALPHONSE.

Oh! ce sont des raisons que je n'ai pas prévues.
Plutôt que de blesser de si chers intérêts,
Je puis à cet hymen renoncer sans regrets.

AURÉLIE.

On doit à son pays son temps et ses services,
Mais il n'exige pas de pareils sacrifices.

ALPHONSE, *avec chaleur.*

Madame, à son pays on doit tout immoler.
Non, je n'immole rien : pourquoi vous le céler?
Hélas! il faut aimer pour faire un sacrifice; [plice,
Mais plus fier, plus heureux, quel qu'en fut le sup—
Je l'offrirais encore au devoir tout puissant
Qui dispose à son gré de mon cœur, de mon sang,
A vos nobles aïeux, à votre auguste père,
A vous surtout, madame, à vous que je révère,
A vous qu'avec transports je....

AURÉLIE, *se levant*

Vous aimez vos rois :

Cet amour m'est connu ; j'y compte et je vous crois.
Dans de tels sentimens persévérez sans cesse ;
Je vois qu'on m'a trompée, et j'en gémis.

ALPHONSE.

Princesse...

AURÉLIE.

Tout juger de trop bas ou tout voir de trop haut,
Des sujets et des rois c'est là le grand défaut :
Grâce aux détails nombreux, aux nouvelles lumières,
Que j'ai reçus de vous sur l'état des frontières,
Je juge vos travaux, je conçois mieux vos plans,
Et rends justice entière à vos soins vigilans.
Restez auprès de moi, la cour vous est si chère !
C'est un défaut pourtant dans un homme de guerre.
Je l'excuse. Adieu, comte... Ah ! j'avais oublié,
Il faudra des régens cultiver l'amitié.
Que votre oncle vous voie et qu'il vous félicite...
A notre promenade aussi je vous invite,
Si ce délassement a pour vous quelque attrait :
Mais n'y venez qu'autant que cela vous plairait.
En serez-vous ?

ALPHONSE.

Madame !

AURÉLIE.

Adieu donc.

SCÈNE IV.

ALPHONSE, *seul.*

                               C'est un ange.
De fierté, de douceur, adorable mélange !
Que son regard royal a de charme et d'éclat !
Et puis quelle aptitude aux affaires d'état !
Discuter sur un fait purement militaire ;
Cet esprit à lui seul vaut tout un ministère.
C'est par amour du bien que j'en suis amoureux !...
Sous son gouvernement que nous serons heureux !...
Je bravais son pouvoir ; je voulais m'y soustraire,
Tenir à mes projets : j'ai fait tout le contraire.
J'ai tort, mille fois tort, ma raison me le dit ;
Mais quoi ! mon traître cœur tout bas s'en applaudit,
S'humilie avec joie, et, vaincu par ses charmes,
Trouve un plaisir d'esclave à lui rendre les armes.
C'en est fait !

SCÈNE V.

LE DUC D'ALBANO, ALPHONSE.

UN HUISSIER, *annonçant.*

Sa Grandeur, le régent du trésor!

ALPHONSE.

Mon oncle! Un plan nouveau le préoccupe encor':
Il paraît tourmenté d'un calcul de finance.

ALBANO, *sans voir Alphonse.*

Je ne pourrai jamais établir la balance :
C'est toujours mon écueil; les emprunts sont char-
Hormis les intérêts et les remboursemens.   [mans,
Pour assainir Pœstum c'est ma ressource unique ;
Mais quel projet! projet d'utilité publique,
Projet dont le pays se trouvera très-bien!...

ALPHONSE.

Et puis vous aurez là, mon oncle, un fort beau bien.

ALBANO.

Qui! vous ici, monsieur!

ALPHONSE.

Moi-même.

ALBANO.

Eh! mais, de grâce,

Par quel ordre ?

ALPHONSE.

D'abord que mon oncle m'embrasse.

ALBANO.

Répondez, s'il vous plaît?

ALPHONSE.

A quoi bon ce courroux ?
Par l'ordre des régens : eh quoi ! l'ignorez-vous?

ALBANO.   [tête
Monsieur, quand on gouverne, on sait tout; mais ma
Roulait ce grand dessein qu'au passage on arrête.
Me prendre à l'improviste, et venir se heurter
Contre un calcul naissant que j'allais enfanter !

ALPHONSE.

Je reconnais mes torts !

ALBANO.

C'est trop heureux. J'augure
Que vous faites en cour une triste figure.
On vous a mal reçu?

ALPHONSE.

Moi ! mon oncle; un accueil
Qui d'un régent lui-même eût satisfait l'orgueil !
Une grâce achevée ! une bonté touchante !

ALBANO, *avec tendresse*   [chante!
Ah ! cher comte, tant mieux : votre bonheur m'en-

ALPHONSE.

Des éloges sans nombre ! et je dois ajouter
Qu'on invite mon oncle à me féliciter.

ALBANO, *lui serrant la main.*

Du meilleur de mon cœur ; ce cher neveu ! Mon frère
M'engagea si souvent à te servir de père !...

ALPHONSE.

Et vous m'en servirez ; car, ma foi ! c'est urgent :
Dieu ! qu'on est orphelin quand on n'a pas d'argent !

ALBANO.

Quoi ! des fonds de l'état crois-tu que je dispose ?

ALPHONSE.

Non : mais, à votre aspect, vous comprendrez la chose,
Les vapeurs du trésor me montent ou cerveau :
J'inventais en finance un procédé nouveau.

ALBANO.

Toi !

ALPHONSE.

Je suis sans fortune, et créais sur la vôtre
Un système d'emprunt...

ALBANO.

Qui me plaît moins qu'un autre.

ALPHONSE.

Qui vous plaira, mon oncle ; et c'est avec raison
Que j'ai compté sur vous pour monter ma maison.

ALBANO.

Par intérêt public, restez célibataire ,
Vous avez des neveux qui vous sortent de terre ;
Et pour peu qu'un seul jour on ait administré,
On connaît ses cousins au trentième degré.

ALPHONSE.

Un de vos trois palais me serait très-commode ;
Veuillez me le céder.

ALBANO.

Ce n'est pas ma méthode.
Dans celui du sénat tu seras grandement.

ALPHONSE.

Mais ce palais, mon oncle, est au gouvernement.

ALBANO.

Et le gouvernement, c'est moi : donc, mon système
Est qu'un gouvernement loge un neveu qu'il aime.

ALPHONSE.

Pour vivre avec mon nom il faut des revenus ,
Et les miens jusqu'ici ne me sont pas connus.

ALBANO.

Je me mettrai pour toi l'esprit à la torture ;
Je te promets...

ALPHONSE.

Vos fonds ?

ALBANO.

Non, quelque sinécure.

ALPHONSE.

A moi?

ALBANO.

Comme ton rang t'oblige au décorum,
Je veux en ta faveur créer un muséum,
Une direction d'antiquités étrusques,
De médailles.

ALPHONSE.

Pour moi?

ALBANO.

Sans raison tu t'offusques;
Te voilà directeur, ou bien conservateur,
D'un établissement dont je suis fondateur.

ALPHONSE.

Cherchez pour cet emploi quelque brave antiquaire.

ALBANO.

J'en connais : j'aurai soin qu'un bibliothécaire,
Qui ne conserve rien, pour une indemnité
Gagne le traitement qui te sera compté.

ALPHONSE.

Par le gouvernement?

ALBANO.

Va donc au fond des choses : a

est une abstraction, mon cher, que tu m'opposes,
Et ton oncle lui seul paîra ce traitement,
Mais sur ses revenus, comme gouvernement.
Veux-tu qu'en publiciste avec toi je m'explique?
C'est de l'économie...

ALPHONSE.

Allons donc!

ALBANO.

Politique.

ALPHONSE.

Eh bien ! ce que par là vous me prouvez le plus,
C'est que l'abus des mots mène à beaucoup d'abus.
Pour moi, quand de mes fonds l'état n'est pas pros-
[père,
J'ai recours sans scrupule à mon oncle, à mon père ;
Mais être à charge à tous, et, fort de votre appui,
M'relever un impôt sur le travail d'autrui !
Non : je renonce au faste, et sens que la noblesse
Tient à la dignité bien plus que la richesse.

ALBANO.

Ah ! vous me refusez ; soit.

UN HUISSIER.

Leurs Grandeurs !

ALBANO.

Allez :

Mes collégues et moi, nous voici rassemblés ;
Laissez-moi recueillir mes sens et ma mémoire,
Pour vaquer aux travaux d'un conseil provisoire.

SCÈNE VI.

LE MARQUIS DE POLLA, LE COMTE DE SAS-
SANE, LE DUC D'ALBANO, TROIS HUISSIERS AVEC
DES PORTEFEUILLES.

ALBANO.

Messieurs, je méditais quelque chose de grand ;
Je vous en ferai part.

POLLA.

      Tenez ; moi, je suis franc :
Sassane, et vous, cher duc, pardon si je vous blesse
Mais vous travaillez trop ; vous travaillez sans cesse
Vous vous sacrifiez.

SASSANE, *au duc d'Albano.*

      Pour vous c'est dangereux ;
Un esprit créateur est un don malheureux.

ALBANO.

Je m'immole, c'est vrai ; mais j'ai droit de le dire
Votre exemple m'y force.

SASSANE, *lui serrant la main.*

Union que j'admire !

POLLA.

Sans jamais se fâcher, c'est un rare bonheur
Que de se dire ainsi ce qu'on a sur le cœur.

(Il fait un signe aux huissiers de se retirer.)

SASSANE.

Asseyons-nous, messieurs ; la circonstance est telle
Que sur l'état, le trône, ainsi que la tutelle,
Dont les trois intérêts semblent se compliquer,
J'ai des réflexions à vous communiquer.
Par nos grands aperçus, notre sagesse active,
Nous sommes du pouvoir l'ame administrative :

(Montrant Polla.)

Soit qu'un esprit sans borne en sa capacité
Combatte sur la carte ou prépare ou traité,

(Se tournant vers Albano.)

Soit que par des impôts un soin prudent tempère
L'essor commercial devenu trop prospère,
Soit qu'une politique, ignorée au dehors,
Ebranle l'Italie en cachant ses ressorts.
Mais ce pouvoir, messieurs, que chacun nous envie,
Et dont le poids peut-être abrége notre vie,
Si d'un commun accord nous l'avons demandé,
Si nous l'avons reçu, si nous l'avons gardé,

29.

Si, par un dévoûment qui tous trois nous honore,
Nous sentons le besoin de le garder encore,
Pourquoi? dans quel motif et pour quel résultat?
Le plus noble de tous, l'intérêt de l'état.
Nous gouvernons donc bien?

ALBANO.

La question m'étonne.

SASSANE.

Et pour nous remplacer nous ne voyons personne.
En esprits du même ordre, il faut en convenir,
Le présent est stérile, ainsi que l'avenir.

ALBANO.

J'avoûrai qu'au pouvoir je ne resterais guère,
Si le marquis cessait d'administrer la guerre.

POLLA.

Et les finances donc, morbleu! j'ose assurer
Que personne après vous ne pourra s'en tirer.

ALBANO.

Je m'en flatte.

SASSANE.

Pour moi, ma grandeur me fatigue;
Que le siècle en talens n'est-il donc plus prodigue!
Sûr d'être remplacé, libre de soins...

ALBANO.

Erreur!

Vous retirer! qui? vous!

POLLA.

Ma foi! j'entre en fureur.
Egoïsme tout pur qu'une telle manie,
Et ce n'est pas pour soi que l'on a du génie.

SASSANE.

Ce dégoût des honneurs par moi manifesté
Vous semble pour l'empire une calamité ;
Je le combattrai donc ; mais si je dois conclure
Que la chose publique irait à l'aventure,
Que tout serait abus, confusion, chaos,
Pour peu qu'un seul de nous rentrât dans le repos,
Veuve de tous les trois, que devient la patrie ?

ALBANO.

Et pourquoi donc prévoir ce malheur, je vous prie ?
Mon cher collègue, au fait.

POLLA.

C'est vrai, plus de détours ;
J'ai puisé dans les camps l'horreur des longs discours,
Et si je vous en veux, si vous êtes coupable,
C'est que vous me rendez l'éloquence agréable.

SASSANE.

Ce malheur est prochain : à sa majorité,
La princesse de droit reprend l'autorité,
Règne, et sur les débris d'un pouvoir qu'elle brise
Place un prince inconnu de Toscane, de Pise,

de Ferrare ou de Lucque ; enfin je vous apprends
Que le duc de Modène est déjà sur les rangs.

ALBANO.

Gagnons l'ambassadeur.

POLLA.

Mais, pour Dieu ! point de guerre.

SASSANE.

Le fer qui tranche tout n'est qu'un moyen vulgaire ;
Alexandre le Grand me plaît sous un rapport ;
Mais comme diplomate il s'est fait bien du tort..
Ne tranchons pas le nœud : qu'une manœuvre habile
Le forme à notre gré pour nous le rendre utile.
La princesse, messieurs, nous estime tous trois,
Nous aime : unissons-nous pour diriger son choix,
Non sur un étranger qui, fier du diadème,
Se mettrait dans l'esprit de gouverner lui-même ;
Il faudrait dans sa cour choisir un souverain,
Un roi digne de l'être, un roi de notre main,
Noble comme... nous trois.

POLLA.

D'accord.

ALBANO.

C'est sans réplique.

Grand administrateur...

SASSANE.

Ou profond politique.

POLLA.

Ou capitaine habile.

SASSANE.

Et qui nous conservât ;
Car avant tout, messieurs, l'intérêt de l'état !

POLLA.

Eh bien ! je vais au fait : à quoi bon le mystère ?
Il est temps de parler en loyal militaire.
Je vois qu'aucun de nous ne veut penser à lui :
Pourquoi ? Qu'un de nous règne, et son royal appui
Préserve ses rivaux d'une double disgrâce ;
Vous restez, nous restons, et tout reste à sa place.

SASSANE.

Alors, cherchons à plaire ; et pour moi, je promets
Qu'au choix de son Altesse en tout je me soumets.

ALBANO.

Faisons-nous par nos soins des droits à la couronne,
Sans nous nuire entre nous et sans nuire à personne.

POLLA.

M'en préserve le ciel ! Pourtant, sans intriguer,
Tous trois contre Modène il faudra nous liguer.

SASSANE.

La vérité suffit en pareille matière,

Et je veux au conseil la dire tout entière.
Appuyez-moi.

ALBANO.

C'est bien.

SASSANE, *à Albano.*

Mais votre cher neveu
Est un témoin gênant.

POLLA.

Je l'embarque, morbleu !
Je veux humilier la puissance ottomane ,
Et voici quatre mois que la flotte est en panne.
Qu'elle parte : au conseil appuyez mon projet.

SASSANE.

Vous pouvez y compter.

ALBANO.

Moi, sur un autre objet,
J'y réclame à mon tour votre utile assistance.

SASSANE.

(Ils se lèvent.)

Vous l'aurez : ainsi donc, tout est réglé d'avance.

POLLA.

Arrêtez : nous savons ce que vaut un serment.
Jurons donc d'accomplir ce saint engagement,
En conservant chacun dans ses prérogatives,
Titres, pouvoirs, emplois, dignités respectives.

ALBANO.

Et traitemens, messieurs.

SASSANE.

En un mot, jurons tous
De forcer nos neveux à redire après nous,
Que trois rivaux d'amour...

POLLA.

De gloire...

ALBANO

De fortune.

SASSANE.

En disputant le trône ont fait cause commune,
Pour se le partager, sans regret, sans débat,
Et pour un but sacré :

TOUS TROIS, *étendant la main pour jurer.*

L'intérêt de l'état !

FIN DU SECOND ACTE.

ACTE TROISIÈME.

SCÈNE I.

SASSANE, *seul.*

Rompre avec la comtesse est un mal nécessaire.
Jeune, on croit qu'en amour le grand art est de plaire,
Plus tard, on s'aperçoit que rompre sans éclat,
Par calcul ou fatigue, est le point délicat.
Tromper un vieux ministre, amener par la ruse
Un ennemi vainqueur à la paix qu'il refuse,
Demandent moins de soins qu'il n'en faut pour traiter
Avec l'orgueil déçu d'un cœur qu'on veut quitter
J'y parviendrai pourtant, j'en ai quelque habitude,
Tandis qu'à plaire ailleurs je mettrai mon étude,
Mes rivaux, bonnes gens, que je redoute peu,
Mais qu'il faut ménager pour avoir leur aveu !...
Roi, je verrai par suite... Oui, dans notre sagesse

Nous verrons à quel point nous lie une promesse,
Et si ce grand mobile à qui tout doit céder,
L'intérêt de l'état, permet de les garder.
Mais voici la comtesse : au risque d'un orage,
Je veux entre elle et moi mettre un léger nuage.

SCÈNE II.

BÉATRIX, SASSANE.

BÉATRIX.

Ah! quel évènement !

SASSANE.

Qu'avez-vous?

BÉATRIX.

Je promets
Que j'ai fait à la mer mes adieux pour jamais.

SASSANE.

Parlez.

BÉATRIX.

Un ouragan, des vagues, le tonnerre !
La belle horreur à voir, quand on la voit de terre !

SASSANE.

Contez-moi vos malheurs.

30

BÉATRIX.

Dans ce commun danger,
Un tiers de la régence a failli naufrager.
Car pour narguer les vents, le tonnerre et Neptune,
Notre barque portait César et sa fortune :
Plus galant que jamais, le marquis de Polla,
Le gouvernail en main, avec nous s'enrôla.
Son titre d'amiral et son air d'importance
Me rassuraient d'abord sur ma frêle existence. [peu.
Je chantais.. comme on chante alors qu'on tremble un
Soudain la mer s'élève et le ciel est en feu.
Le marquis, l'air troublé, riait de mon martyre,
Mais de ce rire éteint qui ne vous fait pas rire,
Quand un grand flot survint, qui de front nous cho-
Notre amiral pâlit, et la voix me manqua.   [qua ;
La barque est en suspens, l'air siffle, le mât crie.
Alphonse au gouvernail se jette avec furie ;
Repousse le régent qui, sans voix, sans coup d'œil,
Effaré, nous menait tout droit sur un écueil,
Et, si ce bras sauveur n'eût changé la manœuvre,
Dans les flots avec nous achevait son chef d'œuvre.
A qui donc se fier, alors qu'un amiral
N'entend pas la marine et gouverne aussi mal ?

SASSANE.

Et son Altesse ?

BÉATRIX.

Oh! rien : une toilette à faire.
Ce soin, que le voyage a rendu nécessaire,
Dans sa maison du golfe, ici près, la retient.
Mais qu'avait le marquis? Comprend-on d'où lui vient
Cette galanterie à nos jours si fatale?

SASSANE, *à part.*

Le sot! il eût noyé son Altesse royale,
Pour lui faire sa cour!

BÉATRIX.

J'en ris dans ce moment.
Mais à vous, loin du port, je pensais tristement :
Oui, comte, à chaque flot dont j'étais menacée,
Votre désespoir seul occupait ma pensée.
Il ne me verra plus! qu'il va me regretter!
Disais-je, et que de pleurs ce jour va lui coûter!...
M'auriez-vous survécu, Sassane?

SASSANE.

Moi! comtesse!
O Dieu!

BÉATRIX.

Non? Quoi! vraiment? Voilà de la tendresse!
Et l'on dit qu'à la cour on ne sait pas aimer!
Que sur vos sentimens j'eus tort de m'alarmer!

SASSANE , *d'un air piqué.*

Un tel aveu me blesse et jusqu'au fond de l'ame.

BÉATRIX.

Mais je n'en doute plus.

SASSANE.

Pourquoi donc pas, madame ?

Certes vous le pouvez.

BÉATRIX.

Ce courroux est charmant;

Et pour me rassurer il vaut mieux qu'un serment.

SASSANE, *à part.*

Elle a paré le coup.

BÉATRIX.

Dieu ! que je suis ravie !

Quand on a cru la perdre, on aime tant la vie !

SASSANE.

Et la vôtre est si douce ! A l'abri des chagrins,

Tous vos jours sont à vous ! ils sont purs et sereins!

Les miens.... O vain éclat ! faux biens ? grandeur

[fragiles!

Les miens sont condamnés au malheur d'être utiles!

Du souffle de l'envie agités dans leur cours,

Eu proie aux soins amers, aux tourmentes des cours!

Quels destins ! ah ! comtesse ! et ce cœur sans courage

Veut vous associer à leur triste esclavage !

Et je crois rendre heureuse, et je prétends chérir
Celle à qui, pour présent, ma main vient les offrir!...
Ah! puissé-je employer la force qui me reste
A détourner de vous cet avenir funeste,
A vaincre le désir dont je suis combattu!
Je le veux, je le dois, j'en aurai la vertu.

BÉATRIX.

Ce combat généreux m'attendrit jusqu'aux larmes,
Et jamais votre amour n'eût pour moi tant de char-

SASSANE, *à part.*   [mes!

Comment donc la fâcher?

BÉATRIX.

Je sens mieux près de vous,
Ce qu'au fort du danger le comte osa pour nous.

SASSANE, *à part.*

(Haut.)

Ah! voilà le moyen! Même avant ce service,
On sait qu'en l'admirant vous lui rendiez justice.

BÉATRIX.

Comment!

SASSANE.

Il est trop vrai; je l'avais soupçonné;
Et de votre froideur je m'étais étonné.
Non, depuis quelque temps vous n'êtes plus la même.

BÉATRIX.

Moi!

30.

SASSANE, *vivement.*

Ne m'expliquez point cette réserve extrême ;
Je la comprends, j'eus tort ; et c'est trop présumer
Que de prétendre au cœur qu'un autre a su charmer.
Je ne m'arrête pas au vain motif qu'on donne
A ce retour soudain qui n'abuse personne.
On sait qui s'employa pour le solliciter ;
Il revient, il vous sauve : il devait l'emporter.
Il l'emporte en effet : pourquoi vous en défendre ?
Vous me faites justice et je dois me la rendre.

BÉATRIX.

Vous, jaloux ! se peut-il ? vous m'aimez à ce point !

SASSANE, *à part.*

Rien ne me réussit : mais ne faiblissons point.

(Haut.)

Jaloux ! oui, je le suis ; je l'étais !… sans se plaindre
On s'obstine à douter, on souffre à se contraindre.
Le soupçon qu'on veut fuir vous ronge à tous mo-
[mens ;
On se brise le cœur pour cacher ses tourmens ;
Mais on se lasse enfin d'un si cruel mystère !

BÉATRIX.

Non, jamais comme vous on n'aima sur la terre !
Quel bonheur !

SASSANE, *à part.*

C'est vraiment de la fatalité ;

(Haut avec violence.)

Mais je la fàcherai. Je ne suis pas quitté :
Je brise le premier des nœuds dont on se joue ;
Je romps tous mes sermens et je les désavoue :
Mais vous l'avez voulu ; mais j'ai trop supporté
Tant de coquetterie et de légèreté !
Qu'un autre soit aimé, j'y consens ; que m'importe ?
Perfide !... Mais, pardon, je sens que je m'emporte,
Que ce reproche est dur, que j'ai pu prononcer
Quelques mots trop amers pour ne vous pas blesser ;
Que ce honteux oubli de toute bienséance
Vient d'attirer sur moi votre juste vengeance,
Que votre dignité vous en fait un devoir,
Et qu'après ce transport je ne dois plus vous voir.

BÉATRIX.

C'est l'amour à son comble ! il me touche, il me flat-
Et si je résistais, je serais trop ingrate.   [te ;
Je dois par notre hymen couronner cet amour,
Je cède, et c'est à vous d'en fixer l'heureux jour.

SASSANE.

(A part.)   (Froidement.)

Impossible... Je sors : je cherchais la princesse...

BÉATRIX, *gaîment.*

Et pas moi, n'est-ce pas ?

SASSANE.

             Dites à son Altesse,

Si vous le trouvez bon...

BÉATRIX.

             Que vous êtes jaloux,

Et que pour vous guérir il faut m'unir à vous !

SASSANE.

Pas un mot de cela, comtesse, je vous prie !

BÉATRIX.

On rirait... Bien vous prend de m'avoir attendrie.

Je dirai : Sa Grandeur, madame, a tout quitté

Pour s'informer ici d'une auguste santé.

C'est bien ?

SASSANE.

     Je vous rends grâce ; on ne peut pas mieux dire.

(A part.)

Pour rompre, quand on plaît, le meilleur est d'écri-

                                    [re.

SCÈNE III.

BEATRIX, *seule.*

C'est qu'il est très-jaloux !... avec un peu de soin,

Si l'on était coquette, on le mènerait loin ;

On ne l'est pas; oh! non! et pourtant quelle gloire!
Traîner une excellence à son char de victoire!
S'amuser des tourmens d'un ministre amoureux,
C'est venger son pays... Non, vous serez heureux,
Monseigneur, on vous plaint, on pardonne au cou-
                                              [pable.
Ah! tant que nous l'aimons, qu'un jaloux est aimable!

SCÈNE IV.

POLICASTRO, AURELIE, BEATRIX.

AURÉLIE, *au docteur qui la conduit.*

Quoi! tous les trois, docteur, et vous me l'assurez?

POLICASTRO.

J'ai su ce grand complot d'un des trois conjurés.

BÉATRIX, *courant au devant de la princesse.*

On conspire, madame?

AURÉLIE.

Ah! vous voilà, peureuse!

POLICASTRO, *arrêtant la princesse, qui fait quelques
pas vers Béatrix.*

Toute commotion pourrait être fâcheuse;
Doucement... Quel effroi tout à coup j'éprouvai,
Madame, quand chez moi le comte est arrivé,

Me pressant de partir, éperdu, hors d'haleine,
Tremblant pour votre Altesse, et pâle... il faisait
Dans un état...   [peine;

AURÉLIE, *vivement.*

            Il souffre, et vous l'avez quitté !
Mais courez donc !...

POLICASTRO.

            Il est en parfaite santé.

AURÉLIE.

Le singulier effet d'une terreur profonde.
Quand on a craint pour soi, l'on craint pour tout le
N'est-ce pas, Béatrix, on est faible ?   [monde.

BÉATRIX.

                    Oui, vraiment.

(Au docteur, en riant.)

Mais puisque la pâleur est un signe alarmant,
Comment va le marquis ?

AURÉLIE.

                Votre gaîté m'étonne.
A quelque chose au moins je veux qu'elle soit bonne;
Allez, et montrez-vous : que cet air satisfait
Répare un peu le mal que vos récits ont fait.
Consolez nos sujets, et dans la galerie
Rassurez cette foule inquiète, attendrie.

Leur visage, où j'ai lu l'événement du jour,
Est encor tout défait et presque en deuil de cour.

BÉATRIX.

J'y vais.

AURÉLIE, *à Béatrix qui reste.*

Eh bien !

BÉATRIX.

Madame a quelque chose à dire ?

AURÉLIE.

Oui.

BÉATRIX.

Des secrets d'état ?

AURÉLIE, *avec douceur.*

Laissez-nous.

SCÈNE V.

POLICASTRO, AURELIE.

AURÉLIE.

Je respire !
Etre seul, être heureux, et n'agir qu'à son goût,
Ces trois points exceptés, quand on règne on peut

POLICASTRO.   [tout.

Royale liberté !

AURÉLIE.

Nous sommes tête-à-tête :
Parlons des prétendans dont j'ai fait la conquête.
De qui le savez-vous ?

POLICASTRO.

D'un loyal chevalier :
Aux usages des cours trop franc pour se plier,
Le marquis se repose en mes faibles lumières.
Se défiant un peu de ses grâces guerrières,
Sur mon appui, madame, il fonde quelque espoir;
Car à votre docteur il suppose un pouvoir,
Que ce docteur n'a pas.

AURÉLIE.

Allons! c'est modestie :
Vous savez le contraire, et je suis avertie
Qu'on dit chez bien des gens que vous me gouvernez

POLICASTRO.

Qui? moi! bonté du ciel !

AURÉLIE.

Vous vous en étonnez?
Au fond, c'est un peu vrai. Parlez.

POLICASTRO.

Je vous révèle
Cette insurrection d'une espèce nouvelle,
Qui n'irait à rien moins qu'à faire un souverain,

Même trois, si l'un d'eux obtenait votre main.
Car chacun sacrifie une courte régence
A l'espoir plus réel d'en garder la puissance.

AURÉLIE, *à part.*

Dieu ! que l'occasion serait belle à saisir !
Libre... mais quel moyen?... Mon cœur bat de plaisir.

POLICASTRO.

Votre Altesse sourit du projet d'alliance ?

AURÉLIE, *de même.*

Je peux... oui, c'est cela !

POLICASTRO.

J'imaginais d'avance
Que le triple serment et l'hymen concerté
Feraient sur votre front naître l'hilarité.
Jamais hommes d'état, si le complot circule,
Ne seront affublés d'un plus beau ridicule.
Aussi le comte Alphonse, avec qui j'ai causé...

AURÉLIE.

Le comte !

POLICASTRO.

Ainsi que vous, il s'en est amusé,
Et m'a dit : si jamais votre noble maîtresse,
D'un sujet, cher docteur, couronne la tendresse,
Je ne présume pas que, pour faire un heureux,
Un tel excès d'honneur tombe sur un d'entre eux.

31

AURÉLIE.

Le comte a dit cela ! Ma surprise est extrême ;
Il connaît mieux alors mes projets que moi-même.

(A part.)

Pas un , pas même lui ne saura mon secret.

(Au docteur , à voix basse.)

Policastro !

POLICASTRO.

Madame ?

AURÉLIE.

Il faut être discret.

POLICASTRO.

De ce devoir sacré je fus toujours esclave.

AURÉLIE. *Elle s'assied.*

Approchez, parlons bas ; la circonstance est grave.
Décidons de mon sort : sur qui fixer mon choix ?

POLICASTRO.

Sur qui ? Madame veut...

AURÉLIE.

Couronner un des trois :
C'est décidé ; lequel ?

POLICASTRO.

Des trois régens ?

AURÉLIE.

Sans doute.

POLICASTRO , *à part.*

Dieu! comment deviner?...

AURÉLIE.

Lequel ? je vous écoute.

POLICASTRO.

(A part.)

Je n'hésiterais pas... C'est fort embarrassant :

(Haut.)

Mon avis est d'abord qu'en y réfléchissant,
Car il faut réfléchir avant de rien conclure,
Sassane....

AURÉLIE.

Y pensez-vous ?

POLICASTRO.

Moi, je pense à l'exclure.

AURÉLIE.

Lui qui pour vingt beautés s'est fait peindre, dit-on!

POLICASTRO.

En habit de ministre avec son grand cordon.

AURÉLIE.

Et dans ma galerie à s'admirer s'apprête,
Mon sceptre d'or en main, et ma couronne en tête;
Non : mes graves aïeux , je crois , n'y tiendraient pas ;
Ce serait trop plaisant.

POLICASTRO.

Ils riraient aux éclats;
Et depuis neuf cents ans qu'ils ont perdu la vie,
Un tel roi pouvait seul leur en donner l'envie.
Détrôné!

AURÉLIE.

Point de grâce!

POLICASTRO.

A perpétuité,
Lui, les rois de sa race et leur postérité.

AURÉLIE, *après une pause.*

Quant au duc d'Albano...

POLICASTRO.

J'y pensais.

AURÉLIE.

Homme utile!

POLICASTRO.

Indispensable.

AURÉLIE.

Esprit en ressources fertile.

POLICASTRO.

Il invente en finance, et ce n'est pas commun.

AURÉLIE.

Qui créa cent projets.

POLICASTRO.

S'il n'en avait fait qu'un,
On dirait : le hasard !... mais...

AURÉLIE.

Fût-ce une manie,
Elle est noble.

POLICASTRO.

C'est vrai ; grands moyens ! beau génie !

AURÉLIE.

Mais de tous les humains c'est le plus ennuyeux !

POLICASTRO.

Le grand homme, il est vrai, reçut ce don des cieux ;
Il l'était par nature, et les mathématiques
L'ont achevé... Chagrins, vapeurs mélancoliques,
Dégoût de tous les biens, abattement moral,
Voilà ce que l'ennui provoque en général.
Dérobons-lui vos jours dont le soin me regarde ;
On peut mourir d'ennui si l'on n'y prend pas garde.

AURÉLIE.

N'y songeons plus, docteur ; vos avis sont des lois.

POLICASTRO.

C'en est donc fait encor d'une race de rois ?

AURÉLIE.

Oui, détrônons le duc.

31.

POLICASTRO.

           Seconde dynastie,
Morte avant que de naître, éteinte, anéantie.

AURÉLIE.

Eh bien !

POLICASTRO.

       Eh bien, madame, entre les candidats,
J'ose le répéter, je n'hésiterais pas.
On n'a pas deux avis : le mien reste le même ;
Un d'eux m'avait semblé digne du rang suprême,
Je ne voyais que lui, c'est lui seul que je vois :
Enfin c'est au marquis que je donne ma voix.

AURÉLIE.   [croire.

Son grand nom, ses exploits, tout me porte à vous

POLICASTRO.

A votre avènement il vous faut de la gloire.
Dans des vers composés pour un avènement
Le myrte et le laurier font un effet charmant.

AURÉLIE.

J'en conviens : des lauriers l'éclat toujours magique
Change en amour pour nous la vanité publique.

POLICASTRO.

Ajoutons à cela trois mots de liberté,
Et voilà pour six mois tout un peuple en gaîté...
Puis on gouverne après comme on veut, c'est l'usage.

AURÉLIE.

Et comme on peut, docteur. Mais avec quel courage
Vous m'avez, en ami, dit votre sentiment,
Sans consulter le mien et sans déguisement !
Je ne vous promets rien ; c'est au roi votre maître
A vous récompenser, s'il vient à tout connaître.

(Elle se lève.)

POLICASTRO.

Quand je parlai pour lui ce fut sans intérêt ;
Je n'avais pas songé même qu'il le saurait.
Dois-je l'en informer ?

AURÉLIE.

Docteur, c'est votre affaire :
Tout ce qui n'est pas fait peut ne se jamais faire.
Ainsi rien en mon nom ; parlez de votre part,
Mais après le conseil.

(Elle sonne.)   *(A un huissier.)*

Au palais sans retard
Convoquez leurs Grandeurs.

POLICASTRO.

Je ne saurais vous taire
Que du conseil privé j'ai vu le secrétaire.
Du trajet maritime il s'est trouvé si mal,
Que son zèle échouait contre un procès-verbal.

(Avec intention.)

Mais un homme discret, remplaçant le malade...

AURÉLIE.

Je trouverai quelqu'un. Quant à votre ambassade,
Attendez le moment; pas un mot jusque là.

POLICASTRO.

Je vous obéirai.

UN HUISSIER, *annonçant.*

Le comte d'Avella!

AURÉLIE, *à Policastro.*

Songez que le marquis, s'il a quelque prudence,
Doit à ses deux rivaux cacher la confidence.

POLICASTRO, *qui sort.*

Le marquis! Dieu! quel rêve! à dater de ce jour,
Saluons de plus bas le soleil de la cour.

SCÈNE VI.

AURELIE, ALPHONSE.

AURÉLIE *sur le devant de la scène*

Ah! le comte a parlé! Qu'un moment on s'oublie...
Ils se ressemblent tous; réparons ma folie.
Otons-lui tout espoir... Mais le voici.

ALPHONSE.

Pardon !

Je crains d'être importun, et je m'éloigne....

AURÉLIE.

Oh! non ;

Je m'occupais de vous.

ALPHONSE.

(A part.)

Est-il vrai? Qu'elle est belle !

AURÉLIE.

C'était là ma pensée ; elle est bien naturelle :
Je vous dois tant !

ALPHONSE.

Mon sang n'a point coulé pour vous ;
Je cours et je vous sauve ; un bonheur aussi doux,
Dont j'aurais de mes jours payé la jouissance ,
Peut-il donner des droits à la reconnaissance ?

AURÉLIE.

Vous témoigner la mienne est un besoin pour moi ,
Comte, publiez-la , je vous en fais la loi.
N'éprouverez-vous pas quelque charme à redire
Ce qu'aujourd'hui pour vous ce sentiment m'inspire?

ALPHONSE.

Il suffit à mon cœur de l'avoir inspiré.

AURÉLIE.

Est-ce un bonheur parfait qu'un bonheur ignoré?
Le soin de votre gloire autant que ma justice
Veut qu'un prix éclatant honore un tel service.

ALPHONSE.

N'en ai-je pas reçu l'inestimable prix ?
Je crois voir ce concours de sujets attendris,
Ce tumulte, ces pleurs que vous faisiez répandre.
J'étais là, dans la foule, écoutant sans entendre.
Distrait au sein du bruit sans m'en pouvoir lasser,
A force de sentir j'oubliais de penser,
Et fier de leurs transports, ému de leur tendresse,
Heureux, je m'enivrais de la publique ivresse.
A l'aspect de ces traits plus beaux que leur bonté,
Où tous les yeux ardens de ce peuple enchanté,
Fixés comme les miens, venaient dans leur délire
Pour tant de pleurs versés se payer d'un sourire ;
A votre nom chéri tant de fois proclamé,
Je sentais seulement qu'il est doux d'être aimé,
Et qu'il est un bonheur ignoré de l'envie
Dont un rapide instant vaut seul toute une vie.

AURÉLIE.

(A part.)

Flatteur !... Ah ! l'indiscret ! s'il n'avait point parlé !...

(Haut.)

Au conseil des régens par mon ordre appelé,
Du secrétaire absent vous remplirez l'office.
Comte, puis-je de vous attendre ce service ?

ALPHONSE.

C'est un honneur, madame.

AURÉLIE.

Et vous le méritez.

ALPHONSE.

Heureux si je le prouve !

AURÉLIE.

Entre les qualités
Qu'exige au plus haut point ce grave ministère,
La principale, au reste, est de savoir se taire.
C'est aisé, n'est-ce pas ?

ALPHONSE.

Madame, je le croi.

AURÉLIE.

D'ailleurs il ne faut voir dans ce nouvel emploi
Qu'un pas vers les honneurs, un rang, une puissance,
Qui doivent de bien loin passer votre espérance.

ALPHONSE.

Ciel !

AURÉLIE.

Répondez d'abord et parlez franchement ;
N'avez-vous dans le cœur aucun engagement ?

ALPHONSE.

Aucun, madame, aucun ; déjà je viens d'écrire...

AURÉLIE.

Si vous n'étiez pas libre , il faudrait me le dire.

ALPHONSE.

Je le suis.

AURÉLIE.

Car j'avoue avec sincérité

Que j'ai de grands projets sur votre liberté.

ALPHONSE.

Qu'entends-je! elle est à vous: à vos pieds je l'enchaîne.

AURÉLIE.

Peut-être à m'obéir aurez-vous quelque peine?

ALPHONSE.

O Dieu! non : je le jure.

AURÉLIE, *en souriant.*

Eh quoi! sans rien savoir!

Attendez.

ALPHONSE.

Oui, j'attends : qui l'aurait pu prévoir?

Suis-je digne? Est-il vrai? Dieu! faut-il que je croie?...

AURÉLIE.

Ecoutez.

ALPHONSE.

Oui, j'écoute : ah! la crainte, la joie,

Ce bonheur douloureux dont je suis oppressé,

Il m'étouffe , il éclate , il me rend insensé;

Mon cœur n'y suffit plus.

AURÉLIE.

Arrêtez.

ALPHONSE.

Je m'arrête,

J'écoute, je me tais.

AURÉLIE, *à part*.

C'est sûr, avec sa tête

Il perdrait tout d'un mot. Allons, c'est pour son bien;
Mais qu'il faut de courage et qu'il m'en coûte!

ALPHONSE.

Eh bien?

AURÉLIE.

Je veux...

ALPHONSE.

Ma raison cède à l'espoir qui l'exalte.
Ah! de grâce, achevez.

AURÉLIE.

Vous envoyer à Malte.

ALPHONSE.

A Malte!

AURÉLIE.

Vous savez que cette île aujourd'hui
Est contre l'Orient notre plus ferme appui.
Sur le choix de ses chefs mon influence est grande.
Si l'un de mes sujets que son nom recommande,

Qu'illustrent ses exploits, dans leurs rangs est admis
A son ambition que d'honneurs sont promis !
Quels services alors ne peut-il pas me rendre !
Vous comprenez.

ALPHONSE.

Mais non, je ne saurais comprendre

AURÉLIE.

Votre noviciat dans cet ordre guerrier
Sera très-court...

ALPHONSE.

Comment !

AURÉLIE.

Sans doute : chevalier...

ALPHONSE.

Moi !

AURÉLIE.

Bientôt commandeur.

ALPHONSE.

Moi , madame !

AURÉLIE.

Et peut-être

Grand-maître un jour.

ALPHONSE.

Pardon !

AURÉLIE.

Oui, vous serez grand-maître,

ALPHONSE.

Permettez; avant tout il faut faire des vœux.

AURÉLIE.

Aussi vous en ferez : si j'en crois vos aveux,
Libre de tout lien, vous pouvez tout promettre.

ALPHONSE, *à part.*

De ma confusion j'ai peine à me remettre !

AURÉLIE.

Voyez quels nobles champs à vos exploits ouverts !
Du joug de l'infidèle affranchir nos deux mers,
Ne brûlant sous la Croix que d'une chaste ivresse,
Avoir pour maître Dieu, la gloire pour maîtresse,
Rival des Lascaris, des Villiers, des Gozon,
A tant de noms fameux unir un plus grand nom,
Un tel vœu, le passé m'en donne l'assurance,
Quand il est fait par vous, est accompli d'avance.

ALPHONSE.

Mais ce vœu, c'est celui de ne jamais aimer;
Ne fut-ce qu'un projet, qui l'oserait former?
N'eût-on à conserver, dans son indifférence,
Que cette liberté qui laisse l'espérance,
Qui donne un charme à tout, permet de tout rêver,
Se peut-il qu'à jamais on veuille s'en priver?

Qui? moi! par un serment funeste, irrévocable,
Du seul bonheur permis faire un bonheur coupable
Et dois-je m'y résoudre? et le puis-je? et commen
Jurer de l'avenir?.. Je doute du présent.
Il est trop vrai, madame; on s'aveugle soi-même,
On croit qu'on n'aime pas, et cependant...

AURÉLIE.

On aime

Vous m'aviez dit, pardon de vous le rappeler,
Qu'à son pays, je crois, on peut tout immoler...
Mais non, n'y songeons plus : ce serment qui vou
[coût
Ferait deux malheureux... on vous aime sans dout
Au reste, j'ai parlé : c'était là mon projet.
Je le ferai connaître : oui, comte, on vous perm
D'en instruire aujourd'hui notre cour qui l'ignore
Il prouvera du moins combien je vous honore.
Si j'en avais quelque autre...

ALPHONSE.

Ah! qu'il reste inconnu

De toute ambition me voilà revenu !

AURÉLIE.

C'est ce que nous verrons.

ALPHONSE, *à part, faisant un pas pour sortir.*

Après un si doux songe

Quel réveil!

AURÉLIE, *à part.*

J'ai pitié du trouble où je le plonge.
Je sens que mon dépit, malgré moi désarmé...

(A Alphonse qui revient.)

Comte!.. non, rien ; plus tard.

ALPHONSE, *à part.*

Je n'étais pas aimé !

(Il sort.)

SCÈNE VII.

AURELIE, *seule.*

Ah ! quand on est princesse, il faut donc se défendre
D'écouter quelquefois ce qu'on brûle d'entendre !
Mais on doit tout prévoir quand on veut tout oser.
Sur sa discrétion je puis me reposer,
Ou s'il parle il me sert : achevons mon ouvrage.
Tout marche : le docteur portera son message ;
Le conseil va s'ouvrir... Mais quel soudain effroi
Au moment du combat vient s'emparer de moi ?
Comptons nos ennemis : un, deux, trois adversaires :
Et je suis seule. Allons, point de terreurs vulgaires !
Plus le péril fut grand, plus grand est le vainqueur,
Et s'il trouble un cœur faible, il anime un grand
[cœur.

32.

Il m'exalte, il m'inspire, et seule je défie
Les finances, la guerre et la diplomatie.
Nous verrons qui de nous, messieurs, l'emportera.
Vous offrez la bataille : eh bien ! on combattra.
Vos pareils sont enclins à gouverner leurs maîtres :

(Aux tableaux de famille qui l'entourent.)

Cela s'est vu souvent... N'est-ce pas, mes ancêtres ?
Un favori sur vous eut souvent du pouvoir.
En ai-je un par hasard ? Je n'en veux rien savoir.
J'aspire à vous venger. Surpris de mon audace,
Je crois voir vos portraits, fiers auteurs de ma race,
La visière baissée et le glaive à la main,
S'élancer des lambris pour m'ouvrir le chemin.
Vous donnez le signal et j'entre dans la lice.
Que de mes ennemis le plus hardi pâlisse !
Je n'ai qu'un peu de ruse, et cependant je crois
Que cette arme suffit pour conquérir mes droits,
Et qu'avec son secours bien mieux qu'avec vos lances,
Une altesse en champ clos vaincra trois excellences !

FIN DU TROISIÈME ACTE.

ACTE QUATRIÈME.

(Au lever du rideau, le conseil est commencé.)

SCÈNE I.

ALPHONSE, *à droite de la princesse, devant une table ; il tient la plume* ; POLLA, SASSANE, AURELIE, ALBANO.

AURÉLIE.

Non ; c'est en vous, messieurs, que le pouvoir réside ;
Je donne mon avis, mais le vôtre décide.

ALBANO.

Vos avis sont des lois.

POLLA.

Comment leur résister ?

SASSANE.

Notre pouvoir se borne à tout exécuter.

AURÉLIE.

Je déciderai donc. Le duc a la parole.

ALBANO. *Il se lève.*

« Nous, régent du trésor... »

AURÉLIE.

Passons le protocole,

Expliquez le projet.

POLLA, *à qui le duc d'Albano fait un signe, bas à*
Sassane.

Vous l'appuîrez.

SASSANE.

D'accord.

ALBANO. *Il tient plusieurs papiers qu'il passe à ses*
collègues à mesure qu'il en parle.

« Vu que de tous les maux le plus grand est la mort,
» Et qu'on doit, quand on règne, autant qu'il est possible
» Préserver ses sujets d'un fléau si terrible ;   [sible,
» Vu la pétition de trois cents habitans
» Que la fièvre à Pœstum affligea de tous temps ;
» Vu les quatre rapports du conseil sanitaire,
» Signés Policastro, docteur du ministère ;
» Considérant de plus que l'état obéré
» Pour assainir Pœstum est par trop arriéré ;
» Proposons un emprunt sur trois juifs de Palerme
» Sauf à régler du prêt et la forme et le terme. »

Qu'on ne m'objecte pas un trésor endetté :
Les dettes du trésor font sa prospérité.
Le crédit comble tout : et s'il est hors de doute
Que prouver son crédit c'est l'augmenter, j'ajoute
Qu'emprunter à propos est le point important :
Car le crédit qu'on a se prouve en empruntant.

SASSANE.

Duc, c'est vu de très-haut.

POLLA.

Projet philantropique !

ALBANO.

Un peu d'humanité sied bien en politique.

ALPHONSE, *à part.*

Quand elle vous rapporte.

AURÉLIE.

On doit avec ardeur
Embrasser le projet émis par sa grandeur.
Sauver des malheureux, rendre à des bras utiles
Ces incultes marais qui deviendront fertiles ;
Bien : mais de ces travaux si le terrain produit,
Quelques riches seigneurs auront seuls tout le fruit ;
J'écarte donc l'emprunt. Ces travaux nécessaires
Se feront, mais aux frais des grands propriétaires.
Vous accordez ainsi, par un même décret,
Et l'intérêt de tous et leur propre intérêt.

ALPHONSE, *à part.*

Mon oncle est pris.

ALBANO.

Souffrez qu'ici je représente...

SASSANE.

Ah ! du raisonnement la force est imposante !

ALBANO, *piqué.*

Quant à moi, noble comte, il me paraît moins fort.

SASSANE.

Mon honorable ami, vous pourriez avoir tort :
C'est juste.

POLLA.

Assurément.

ALBANO.

Juste, mais arbitraire.

SASSANE.

Et quand cela serait, pourquoi ne le pas faire ?

POLLA.

Oui, pourquoi? L'arbitraire est en gouvernement
Ce que la discipline est sur un bâtiment :
Il en faut.

ALBANO.

Non, messieurs.

SASSANE.

Si fait.

ALBANO, *s'animant.*

Et la patrie !

SASSANE, *de même.*

Mais le trône !

ALBANO.

Et le peuple !

AURÉLIE.

Ah ! messieurs, je vous prie...
Messieurs !... Un point me frappe et va tout accorder :
Sa grandeur aujourd'hui doit encor posséder
Du côté de Pœstum un immense domaine.
A l'avis général ce seul mot la ramène ;
Et le décret dès-lors est sans doute adopté
Par sa philantropie et son humanité ?

ALBANO.

Je conviens...

AURÉLIE.

J'y comptais.

SASSANE, *bas à la princesse.*

Admirable, madame !

AURÉLIE, *à Alphonse.*

Secrétaire, écrivez : personne ne réclame.

ALBANO, *à part.*

Mon projet me ruine.

AURÉLIE, *à Albano.*

        Il me sera bien doux
De voir ce décret-là contre-signé par vous.

ALBANO, *à part.*

Chacun d'eux m'a trahi; mais si je règne, il saute.

ALPHONSE, *à part.*

Malheur aux employés qu'il va trouver en faute!

AURÉLIE.

La parole au marquis,

POLLA, *se levant.*

           Je vais m'y préparer.

SASSANE, *bas à Polla.*

Du jeune secrétaire il nous faut délivrer.

POLLA, *à Sassane.*

Soutenez-moi.

SASSANE, *bas à Polla.*

    Parlez.

POLLA.

        Mes maximes publiques
Sont d'incliner toujours aux moyens pacifiques:
Et mon soin, du moment qu'un traité s'est rompu,
Fut de pacifier autant que je l'ai pu;
Car tout guerrier, s'il a quelque philosophie,
N'est jamais plus heureux que lorsqu'il pacifie.
Aussi ces précédens donneront quelque poids

Aux belliqueux avis que j'émets cette fois.

Je me lasse des droits que le Croissant exerce. [ce,

Votre empire opulent, qui craint pour son commer-

Est grevé d'un tribut de vingt mille ducats,

Payé par sa marine aux Turcs qui n'en ont pas.

Réveillons-nous enfin! Trop long-temps débonnaires,

Jusqu'au fond de leurs ports rejetons leurs corsaires.

Un mot de votre Altesse, et la flotte qui part

De la Croix dans Tunis arbore l'étendard!

Mais comme il faut un chef à nos forces de terre,

Qui joigne à la vaillance un grand nom militaire,

Le comte d'Avella, sur l'autre continent,

Est seul digne à mes yeux de ce poste éminent.

SASSANE.

D'un tel commandement plus l'honneur est insigne,

Plus il est mérité par le chef qu'on désigne.

ALPHONSE, *se levant.*

De cet honneur, madame, ah! ne me privez pas!

Contre vos ennemis disposez de mon bras.

Ordonnez que sur eux je venge votre injure,

Et je cours les chercher, j'y vole, et je vous jure

De vaincre, ou sous leurs coups d'expirer sans pâlir :

Et ce vœu-là du moins je pourrai l'accomplir!

AURÉLIE, *sévèrement.*

Pour soutenir mes droits votre ardeur est trop vive :

33

Vous n'avez point ici voix délibérative;
Comte, rasseyez-vous.

ALPHONSE, à part.

Que de sévérité!

Et pour moi seul!

AURÉLIE.

Ce choix sans doute est mérité

Mais c'est peu d'un grand nom, d'une illustre vai
Ménager les soldats est la grande science,   [lancée
Et rarement, messieurs, une jeune valeur,
Qui prodigue son sang, est avare du leur.
Plaçons donc à leur tête un courage tranquille,
Qui sente le néant de la gloire inutile;
En qui le long amas des triomphes guerriers
Ait un peu refroidi l'ardeur pour les lauriers.
A des périls certains, nombreux, incalculables,
Opposons des talens qui leur soient comparables,
Un héros les possède, il les rassemble tous;

(Au marquis.)

Je le vois, je le nomme, et ce héros, c'est vous!

POLLA.

Moi!

AURÉLIE.

Vous, marquis, courez où l'état vous appelle
Dans vos regards déjà la victoire étincelle.

C'est à vous qu'appartient un triomphe si beau,
Ou l'immortel honneur d'un si noble tombeau !

POLLA.

Mais, madame...

ALBANO, *enchanté.*

À ce choix, le seul qu'on devait faire,
L'invincible marquis ne saurait se soustraire.

POLLA.

Le comte cependant...

ALBANO.

Oh ! non pas : mon neveu
Exciterait l'envie et mettrait tout en feu.

ALPHONSE.

Mon oncle, par pitié...

ALBANO.

Monsieur le secrétaire,
Réprimez, s'il vous plaît, cette ardeur militaire.

AURÉLIE, *avec plus de sévérité.*

Dois-je vous le redire ?

ALPHONSE.

O ciel !

SASSANE, *à part.*

En général,
Je vois avec plaisir qu'on le traite assez mal.

POLLA, *à Sassane.*

Cher comte, parlez donc.

SASSANE.

Que voulez-vous qu'on dise?
Vous-même vous avez proposé l'entreprise :
Vous en aurez la gloire.

ALBANO, *à part.*

Il est dupe à son tour.

POLLA, *à part.*

Comptez donc sur leur voix : mais si je règne un jour!...

AURÉLIE.

Nous revenons, messieurs, au projet d'alliance
(Montrant Sassane.)
Dont le comte parlait en ouvrant la séance.
Le prince de Modène a demandé ma main :
Qu'il apprenne par vous que son espoir est vain.
Un peuple à gouverner me suffit, et je n'ose
Me charger du fardeau qu'un double sceptre impose
Je l'avoûrai pourtant; de ma minorité
La dépendance est longue et pèse à ma fierté.
Prendre un époux, du moins c'est n'avoir plus qu'un
[maître;
Mais pour le bien choisir, il faut le mieux connaître
Par des talens prouvés aux honneurs parvenu,
Un de mes sujets seul peut m'être bien connu,

Et, dès long-temps admis aux secrets de l'empire,
Peut inspirer à tous l'estime qu'il m'inspire.
Un d'eux seul doit régner.

ALBANO.

Qu'entends-je?

POLLA.

Il se pourrait!

SASSANE, *à part.*

A-t-elle deviné?

ALPHONSE.

Ces mots sont mon arrêt.

AURÉLIE.

Il régnera bientôt, et dans cette journée,
Au plus digne, messieurs, ma main sera donnée.
Cet hymen, que vos soins différaient prudemment,
Veut être consacré par votre assentiment :
Sans doute il le sera. Ma justice royale
Pèsera tous les droits dans sa balance égale ;
Et l'on dira : ce trône où son sujet parvint,
L'équité le donna, le mérite l'obtint.
Ma volonté ce soir une fois approuvée,
Ma cour la connaîtra. La séance est levée.

(Elle s'approche d'Albano, et lui dit à voix basse.)

Ministre vertueux et désintéressé,
Votre zèle par nous sera récompensé.

33.

(En lui faisant signe de sortir.)

Silence !

ALBANO , *qui s'éloigne.*

Il serait vrai !

AURÉLIE , *bas à Polla.*

Guerrier vaillant et sage,

Vous saurez à quel point j'aime le vrai courage.

(Même signe.)

Silence !

POLLA , *en sortant.*

Quel espoir !

AURÉLIE , *bas à Sassane.*

Politique profond,

De vos destins futurs le passé vous répond. [faire,

Nous voulions vous le dire : oui, comte, et pour le

De ces témoins gênans il fallait nous défaire.

Nous nous verrons ce soir, et nous pourrons loin d'euxu

Sur de grands intérêts nous éclairer tous deux.

(Haut.)

Ayez soin de vous rendre à cette conférence.

SASSANE.

(A part.)

Oui, madame. O bonheur ! mais j'y comptais !

AURÉLIE , *mystérieusement.*

Silence!

SCÈNE II.

AURELIE, ALPHONSE.

AURÉLIE.

Pourquoi vous éloigner?

ALPHONSE.

Qu'attendez-vous de moi,
Hors ma démission de mon nouvel emploi?
Quand on sent qu'on déplaît, il faut qu'on se retire.
Je le fais, je m'éloigne et j'échappe au martyre
De prouver sans espoir à des **yeux** prévenus
Un zèle malheureux qui n'est qu'un tort de plus.

(Lui présentant un papier.)

Cette démission renferme mon excuse.

AURÉLIE.

Toujours celle qu'on offre est celle qu'on refuse.

(Elle déchire le papier.)

Je ne l'accepte pas.

ALPHONSE.

Ah! de grâce, arrêtez!
Mes efforts n'ont pas su répondre à vos bontés.
Pour tant d'emplois divers je sens mon impuissance :
Militaire d'abord, marin par circonstance,

Secrétaire au conseil, à Malte commandeur...
Madame, au nom du ciel, que suis-je?

AURÉLIE.

Ambassadeur.

ALPHONSE.

Maintenant?

AURÉLIE.

Sans délai, je vous charge de dire...

ALPHONSE. *Il s'approche de la table.*

Veuillez dicter, madame, et je m'en vais écrire!
Je serai sûr alors qu'aucun mot indiscret
D'un reproche nouveau ne me rendra l'objet.

AURÉLIE, *l'arrêtant au moment où il prend la plume.*

Non, cette défiance est aussi trop modeste :

(A part.)

Parlez. Ce qu'on dit passe et ce qu'on écrit reste.

(Haut.)

Je ne puis voir votre oncle.

ALPHONSE.

Eh quoi!

AURÉLIE.

Vous sentez bien

Quels soupçons ferait naître un semblable entretien;
Dites-lui, mais tout bas, mais à lui seul au monde,
Que j'ai pour ses talens une estime profonde.

ALPHONSE.

Madame, expliquez-vous?

AURÉLIE.

Il n'en est pas besoin,
Et de tout expliquer je vous laisse le soin.

ALPHONSE.

Dieu! mon oncle!

AURÉLIE.

Un seul mot a beaucoup d'éloquence,
Pour qui sait en tirer toute la conséquence.

ALPHONSE.

Il l'emporte! et c'est moi, moi que vous choisissez!...

AURÉLIE.

Vous, son neveu, son fils, vous qui le chérissez!

ALPHONSE.

Mais...

AURÉLIE.

Cette mission vous va mieux qu'à personne.

ALPHONSE.

Madame!

AURÉLIE.

Je le veux.

ALPHONSE.

Permettez...

AURÉLIE.

Je l'ordonne.

(Elle sort.)

SCÈNE III.

ALBANO, ALPHONSE.

ALPHONSE.

Tous les coups à la fois m'accablent aujourd'hui :
Mon oncle ! et l'on me force... et j'irais... Dieu ! c'est

ALBANO.   [lui !

La princesse te quitte : eh bien ! mon cher Alphonse,
Quel est l'heureux mortel pour qui son choix prononce
Je viens savoir le sens d'un mot qu'elle m'a dit ; [ce
Te l'a-t-elle expliqué ? tu parais interdit !
Alphonse, mon neveu !

ALPHONSE.

J'en aurai le courage.

ALBANO.

De quoi ? Je n'en veux pas connaître davantage :
C'est sûr, tout est perdu : je suis...

ALPHONSE.

Vous êtes roi.

ALBANO.

O ciel !

ALPHONSE.

On me l'a dit.

ALBANO.

Qui ?

ALPHONSE.

Son Altesse.

ALBANO.

Moi !

ALPHONSE.

En termes positifs, du moins j'ai su comprendre ;
On me donne à l'instant l'ordre de vous l'apprendre.

ALBANO.

Comment t'a-t-on parlé ?

ALPHONSE.

Vos rares qualités...
Vos grands talens... l'estime... enfin vous l'emportez.

ALBANO.

Répète, mon ami.

ALPHONSE.

Votre Grandeur l'emporte.

ALBANO.

Encor, mon cher, encor !

ALPHONSE.

Vous savez tout.

ALBANO.

N'importe :

Roi ! je suis roi ! Ce mot, qu'on aime à s'adresser,
Est de ceux qu'on entend vingt fois sans se lasser.

ALPHONSE, *hors de lui.*

Fut-on jamais chargé de mission semblable !

ALBANO.   [ble !

Jamais. C'est doux pour toi ; pour moi c'est admira-
Elle aurait pu choisir un jeune homme : eh bien ! non.
Admire comme moi cet effort de raison !

ALPHONSE.

Il me confond, mon oncle.

ALBANO.

                    Il m'a surpris moi-même,
Moi qui trouve ce choix d'une justice extrême.
Va, ton zèle me touche, et je suis enchanté
De la part que tu prends à ma félicité !
Je cours chez son Altesse, où ma reconnaissance...

ALPHONSE, *l'arrêtant.*

Vous ne la verrez pas.

ALBANO.

Pourquoi ?

ALPHONSE.

                    Sa défiance
Craint que cet entretien n'éveille les soupçons.

ALBANO.

Mes rivaux ! leur aveu !... C'est juste ; obéissons.

Mais demain je suis roi ; tout va changer de face.
J'élève, je détruis, je place, je déplace ;
J'organise en un mot. Hors ma famille et moi,
Nul ne peut obtenir ou donner un emploi.
Du sort de mes rivaux à la fin je dispose ;
Qu'ils tombent ! Au conseil qu'à moi seul je compose
Sans eux tout est porté, discuté, décrété :
Qui vote seul est sûr de la majorité !
T'imaginerais-tu que ces esprits vulgaires
Allaient jusqu'à se croire à l'état nécessaires ?...
Mais adieu ; désormais tes destins sont fixés :
Sois heureux.

ALPHONSE.

Je le suis.

ALBANO.

Tu ne l'es pas assez.

ALPHONSE.

Je fais ce que je peux.

ALBANO.

Mais sois donc dans l'ivresse,
Mon neveu ; te voilà neveu de son Altesse.

(Il sort.)

34

SCÈNE IV.

ALPHONSE, *seul.*

Non, l'enfer n'a jamais conçu pareil tourment.
Moi, de l'ivresse! moi! mais je suis son amant :
Je suis votre rival, aveugle que vous êtes!
Comprenez donc enfin le mal que vous me faites,
Mon dépit, ma fureur... Eh! non, vous m'ordonnez
D'applaudir aux transports dont vous m'assassinez!..
A qui parlai-je? où suis-je?... Ah! mon ame abattue
Ne peut rien opposer à ce choix qui me tue!

(Après une pause.)

Pourquoi? qu'ai-je à prévoir, à craindre, à ménager?
Je me révolte enfin et je veux me venger :
Vengeons-nous; et comment? écrivons! et que dire?
Quand sur moi ma raison a perdu tout empire,
Quand, trahi par mon cœur, dans le trouble où je suis,
L'aimer et la maudire est tout ce que je puis!

(Il tombe dans un fauteuil.)

SCÈNE V.

BÉATRIX, ALPHONSE.

BÉATRIX, *une lettre à la main.*

D'un hymen qu'il rejette il ne fut jamais digne.
Sassane ! rompre ainsi ! ce procédé m'indigne.
Et quelle lettre encor ! de motifs aussi vains,
De prétextes si faux colorer ses dédains !
   (Apercevant Alphonse.)
Ah ! cher comte, c'est vous ! Dieu ! qu'un ami sincère
Quand on n'est pas heureux nous devient nécessaire !

ALPHONSE, *la regardant sans l'entendre.*

A l'amour qu'on méprise on peut ravir l'espoir ;
Mais un tel traitement se peut-il concevoir ?

BÉATRIX.

N'est-ce pas ? s'abaisser à ce lâche artifice !

ALPHONSE.

Pousser à cet excès la ruse et le caprice !

BÉATRIX.

Dieu ! que vous êtes bon ! vraiment, il n'est que lui
Pour entrer à ce point dans les chagrins d'autrui !
Mais par qui saviez-vous ?..

ALPHONSE.

Eh quoi ?

BÉATRIX.

Qu'on m'abandonne.

ALPHONSE.

Vous! mais la trahison n'a plus rien qui m'étonne;
Je ne vois plus qu'orgueil, intérêt, fausseté;
Et des mœurs de la cour je suis épouvanté.

BÉATRIX.

Seriez-vous donc trahi!

ALPHONSE.

Moi, trahi! moi, comtesse,
Comme vous, plus que vous, avec tant de finesse,
De calcul, de froideur, qu'un pareil abandon
Est sans exemple, horrible, indigne de pardon,
Qu'il me rendrait cruel, et que je prends en haine
Et la ville et la cour, et la nature humaine.
Contre qui nous outrage il faut nous réunir.

BÉATRIX.

Oui!

ALPHONSE.

Pour les désoler.

BÉATRIX.

C'est vrai.

ALPHONSE.

Pour les punir.

BÉATRIX.

Vous avez bien raison.

ALPHONSE.

Je le veux, je le jure ;
Remettez-moi le soin de venger votre injure.

BÉATRIX.

Me venger.

ALPHONSE.

Je le puis : consentez.

BÉATRIX.

Mais comment ?
Quel est votre projet ?

ALPHONSE.

Consentez seulement.

BÉATRIX.

D'abord...

ALPHONSE.

Vous m'approuvez : oui ; j'ai votre promesse ,
Et je cours à l'instant...

SCÈNE VI.

LES PRÉCÉDENS ; AURELIE.

AURÉLIE.

Béatrix !

34.

BÉATRIX.

La princesse !

ALPHONSE.

Ne vous effrayez point : c'est moi qui vais parler
Je me fais un plaisir de lui tout révéler.

AURÉLIE, *à Béatrix.*

Eh bien donc, qu'avez-vous ?

ALPHONSE, *à part.*

Que son aspect m'irrite.

BÉATRIX.

Je... j'étais... pardonnez au trouble qui m'agite.

ALPHONSE, *passant au milieu.*

Souffrez que la comtesse emprunte ici ma voix :
A parler en son nom peut-être j'ai des droits.
Si vous le permettez...

AURÉLIE.

Que voulez-vous m'apprendre

ALPHONSE.

L'amour depuis long-temps, et l'amour le plus tendre
Nous enchaîna tous deux par des sermens sacrés.

BÉATRIX, *bas.*

Comte !

ALPHONSE.

Laissez-moi dire... On nous a séparés ;
De changer dans l'absence on nous croyait capables.

Mais peut-on désunir deux amans véritables ?

BÉATRIX , *bas.*

Quoi !

ALPHONSE.

  (Bas.)   (Haut.)

Laissez-moi parler... Non ; toujours plus constans,
Nos feux ont triomphé de l'absence et du temps.
Que des cœurs éprouvés par tant de sacrifices
Soient au pied de l'autel unis sous vos auspices.
Vous ne sauriez former un nœud mieux assorti ,
Plus doux , plus heureux...

BÉATRIX.

Mais...

ALPHONSE, *haut à Béatrix.*

Vous avez consenti.

Votre main fut à moi, je la réclame encore
De vous, de son Altesse ; et ce bien que j'implore,
Qu'un autre a mal connu , qu'il n'a pas mérité ,
Doit être enfin le prix de ma fidélité.

  (A Aurélie.)

Madame, accordez-moi la faveur que j'espère,
Et l'obtenir de vous me la rendra plus chère.

AURÉLIE, *à Béatrix.*

Vous donnez votre aveu ?

BÉATRIX.

Mon sort est dans vos mains.
J'attends pour obéir vos ordres souverains.

AURÉLIE.

Mes ordres! quel respect!

BÉATRIX.

Je saurai m'y soumettre.

AURÉLIE.

Le comte, en me quittant, ira vous les transmettre.

(Béatrix sort.)

SCÈNE VII.

AURELIE, ALPHONSE.

AURÉLIE.

Vous l'aimez?

ALPHONSE.

Oui, madame, oui, je l'aime, et je vois
Qu'il ne nous est donné d'aimer bien qu'une fois.
Un premier sentiment, quoi qu'on dise et qu'on fasse,
Gravé dans notre cœur, jamais ne s'en efface.
Trop ému de ma joie, en rentrant dans les nœuds
De celle à qui d'abord j'avais offert mes vœux,   [vie,
Je peins mal mes transports; mais comblez notre en

Madame, et vous ferez le bonheur de ma vie.

AURÉLIE.

Vous l'aimez?

ALPHONSE.

Et... pourquoi... ne l'aimerais-je pas?
Une autre peut encor réunir plus d'appas,
Un charme plus puissant et plus irrésistible;
Mais la comtesse est belle; elle est bonne et sensible,
M'écoute sans dédain, et n'a pas refusé
L'hommage qu'à sa place une autre eût méprisé.

AURÉLIE.

Je ne combattrai point un projet qui m'étonne;
Vous recherchez sa main? Eh bien! je vous la donne.
Mais avant que ces nœuds soient par moi consacrés,
Ecoutez ma demande, et vous y répondrez.
Digne de vos aïeux, dont l'antique vaillance
Vous rapproche du trône autant que la naissance,
Ainsi que de leur rang, vous avez hérité
De leur noble franchise et de leur loyauté.
Au nom de Béatrix dont le sort m'intéresse,
C'est à leur descendant, à vous que je m'adresse:
Alphonse d'Avella, l'aimez-vous?

ALPHONSE.

Mais... je croi...
Je sens... Ah! quel empire avez-vous pris sur moi?

Non, je ne l'aime pas ! je n'aime rien, madame !
Ou plutôt, puisqu'enfin il faut ouvrir mon ame,
Ma folie est au comble, et j'aime une beauté
Que j'inventais sans croire à sa réalité ;
Qui, mobile à l'excès, indulgente ou sévère,
Charme, irrite à la fois, enchante et désespère.
J'aime un objet qu'en vain je voudrais définir ;
J'aime ce que jamais je ne dois obtenir ;
J'aime qui me dédaigne, et se fait une joie
Des fureurs, des tourmens où mon ame est en proie.
J'aime ce que je hais, ce que je dois haïr ;
Vous, vous-même, et je doute en osant me trahir,
Quand je cède à vos pieds au transport qui m'entraîne,
Si je ressens pour vous plus d'amour que de haine.

AURÉLIE.

Qu'avez-vous déclaré? Vous, comte, à mes genoux ?

ALPHONSE.

Je me perds, je le sais, mais j'y reste : il m'est doux ;
C'est un plaisir amer qui va jusqu'à l'ivresse,
D'oser vous répéter l'aveu de ma tendresse,
De vous dire, en dépit du respect, du devoir,
Qu'étouffer cet amour passe votre pouvoir.
Demandez-moi plutôt, vous serez obéie,
D'anéantir mes sens, et mon cœur, et ma vie :
Oui, ce cœur, mieux vaudrait cent fois l'anéantir.

Que de le condamner à ne plus rien sentir.

AURÉLIE.

Alphonse, levez-vous.

ALPHONSE, *en se relevant.*

Alphonse! ô ciel! Alphonse!...
Ah! madame, ce nom que votre voix prononce,
Votre cœur le dément; mais le charme est détruit.
Je repousse l'appât qui long-temps m'a séduit...
Qu'ai-je dit? je me trouble, et crains votre présence,
Je fuis, soyez heureuse; une prompte vengeance
Punira l'insensé qui vient de vous braver,
Et la mort est partout pour qui veut la trouver.

AURÉLIE.

Comte!

ALPHONSE, *revenant.*

Vous me plaindrez; sans doute on vous adore!
Mais avec cette ardeur! ce feu qui me dévore,
Le dévoûment de l'ame, avec cet abandon
De mes vœux, de mon sort, de toute ma raison,
Jamais! d'un peuple entier fût-on idolâtrée,
Deux fois à cet excès on n'est pas adorée.

AURÉLIE.

Avant la fin du jour ne quittez point ces lieux.

ALPHONSE.

Où votre hymen m'apprête un spectacle odieux!

Et vous m'imposeriez ce dernier sacrifice!
Non, c'en est trop, je pars et finis mon supplice.

AURÉLIE.

(A part.)   (A Alphonse.)

Comment le retenir? Osez-vous résister?

ALPHONSE.

Contre un ordre barbare on doit se révolter.

AURÉLIE.

Un sujet le peut-il?

ALPHONSE.

Ah! j'ai cessé de l'être.
Je me suis affranchi : je redeviens mon maître.

AURÉLIE.

Ecoutez-moi, du moins.

ALPHONSE, *qui s'éloigne.*

Vos dangereux accens
Auraient pour m'arrêter des charmes trop puissans

AURÉLIE.

Songez qu'à demeurer j'ai droit de vous contraindre

ALPHONSE.

Vous!

AURÉLIE.

Craignez...

ALPHONSE.

Je vous perds, je n'ai plus rien à craindre
Adieu, madame, Adieu!

(Il s'élance pour sortir.)

AURÉLIE, *appelant.*

Duc de Sorrente! à moi!

(Le duc entre avec des gardes.)

Assurez-vous du comte : obéissez.

ALPHONSE.

Eh quoi!

Vous!... je suis confondu.

AURÉLIE, *au duc.*

Faites ce que j'ordonne.

Le comte est prisonnier : veillez sur sa personne,
Observez tous ses pas ; je le veux, j'ai parlé,
Il suffit.

ALPHONSE.

Je comprends que je sois exilé :
Mais prisonnier d'état! non, cet acte arbitraire
N'est pas digne de vous.

(Il sort avec les gardes.)

AURÉLIE, *souriant.*

Et pourtant comment faire?

Voyez à quels excès on porte un souverain !
Mais s'il tient à partir, il le pourra demain.

FIN DU QUATRIÈME ACTE.

ACTE CINQUIÈME.

(Un trône élevé de quelques degrés est préparé sur un des côtés de la scène. Les courtisans forment des groupes ou se promènent avec agitation.)

SCÈNE I.

LE MARQUIS DE NOCERA, POLICASTRO, LE BARON D'ENNA, LE GRAND-JUGE, COURTISANS.

LE MARQUIS, *à Policastro.*

Dites-nous s'il est vrai que le pouvoir expire ;
On ne voit pas pour rien un régent de l'empire,
Trois fois en un seul jour.

LE BARON.

　　　　　　　Et l'on n'a pas pour rien
Avec sa souveraine un si long entretien.

LE GRAND-JUGE.

Non, vous êtes instruit : n'en faites plus mystère :
Nous sommes tous discrets.

POLICASTRO.

Messieurs, je dois me taire.

LE MARQUIS.

Le comte est arrêté.

LE BARON.

C'est presque un coup d'état.
Mais puisqu'il conspirait.

POLICASTRO.

Lui !

LE BARON.

C'est son attentat
Qu'on jugeait au conseil.

POLICASTRO.

Erreur !

LE BARON.

Dans la séance,
Son oncle en l'apprenant a perdu connaissance.

LE MARQUIS.

Vraiment ?

LE BARON.

Et dans ses bras le comte s'est jeté ;
Tout le conseil pleurait !

POLICASTRO.

Mais...

LE BARON.

Mon autorité

Est un homme influent ; et les détails qu'il donne,
Il les tient d'un ami, qui voit une personne
Qui savait, par quelqu'un.. C'est clair comme le jour !

POLICASTRO, *à part.*

Fiez-vous maintenant aux nouvelles de cour !

(Haut.)

Sa faute, croyez-moi, n'a rien de politique.
Je suis chargé par lui de cette humble supplique
Auprès de son Altesse, et tout peut s'arranger.

LE MARQUIS, *à voix basse.*

Mais le gouvernement, on dit qu'il va changer.

POLICASTRO.

Nous l'ignorons, messieurs,

LE MARQUIS.

Moi, je crains.

LE BARON.

Moi, j'espère

J'attends toujours du bien d'un nouveau ministère.

(A Policastro.)

On prétend qu'aux emplois vous êtes appelé ?

POLICASTRO, *qui se défend à demi.*

Pourquoi ?

LE MARQUIS.

Que le sénat sera renouvelé ?

POLICASTRO.

C'est faux.

LE GRAND-JUGE.

Qu'on doit frapper sur la magistrature?

POLICASTRO.

Frapper! oh! non : quel mot!.. Il se peut qu'on épure,
Et c'est bien différent. Mais, messieurs, par pitié...
Il faut que je remplisse un devoir d'amitié...
Cette lettre... Souffrez...

LE MARQUIS, *en se retirant.*

Vous viendrez à ma fête :
Nous causerons.

LE BARON, *de même.*

Demain, nous dînons tête-à-tête.

LE GRAND-JUGE, *de même.*

A mon concert, docteur, je vous attends ce soir.

(Ils sortent avec les courtisans.)

SCÈNE II.

POLICASTRO, LE MARQUIS DE POLLA.

POLICASTRO.

Ce que c'est qu'un reflet du souverain pouvoir !...
Mais voici le marquis ; sur son front sans couronne
D'un monarque en espoir la majesté rayonne.

(A Polla, qui sort des appartemens d'Aurélie.)

La princesse a, je crois, confirmé mon rapport?

35.

POLLA.

Sans me parler de rien : mais nous sommes d'accord.
En dépit des témoins, les regards, le sourire,
Me disaient hautement ce qu'on n'osait pas dire.

(Regardant autour de lui.)

Tout est prêt?

POLICASTRO.

Vous voyez cet appareil pompeux
Et ce fauteuil royal.

POLLA.

Un seul !

POLICASTRO.

Et demain deux.

Nous verrons votre Altesse...

POLLA, *se retournant.*

Hein ?

POLICASTRO.

J'ai dit votre Altesse,
Mais pardon...

POLLA.

Non, docteur, de vous rien ne me blesse,

(S'appuyant sur l'épaule de Policastro.)

Parlez encor, mon cher, sur le ton familier ;
C'est un dernier moment où je peux m'oublier.
Vous êtes bien heureux, vous autres : votre sphère
Aux lois de l'étiquette est du moins étrangère.

POLICASTRO.

Tout n'est pas du bonheur dans votre auguste rang.

POLLA.

A la longue, on s'y fait; mais un malheur plus grand
C'est de dire à des gens gonflés de leur mérite,
Et par qui cependant tout ici périclite,
A des gens qu'on aimait malgré leur nullité :
« Votre pouvoir passait votre capacité,
» Allez-vous-en !.. » Voilà le malheur véritable ;
Mais pour bien gouverner il faut être équitable :
Ils s'en iront; c'est triste.

POLICASTRO.

                    Evènement fatal,
Qui fera, monseigneur, un plaisir général.

POLLA, *avec hauteur*.

Il m'importe fort peu qu'on m'approuve ou me blâme?
Un soldat couronné dit ce qu'il a dans l'ame.

POLICASTRO.

Noble orgueil! loin de vous les détours imposteurs !
Le talent sur le trône est l'effroi des flatteurs.

POLLA.

Je vous nomme baron.

POLICASTRO.

                    Et j'accepte d'avance.

(A part.)

Ce titre fera bien au bas d'une ordonnance.

POLLA.

Soyez toujours sincère et franc comme aujourd'hui,
Et votre souverain vous promet son appui.

(Il sort.)

SCÈNE III.

POLICASTRO , *seul.*

La majesté me gagne, et je commande à peine
A l'orgueil qui... Pourtant cette lettre me gêne.
La disgrâce est parfois un mal contagieux;
Mais Alphonse est aimable, et, pour tromper nos yeux,
Si par hasard... oh ! non !... qui sait?... non !... c'est
[possible,
Et pour être princesse on n'est pas insensible.
Obligeons tout le monde, et courons de ce pas...

SCÈNE VI.

AURELIE, POLICASTRO.

POLICASTRO.

Madame !

AURÉLIE.

Auprès de moi ne vous rendiez-vous pas?
Docteur, j'attends quelqu'un.

POLICASTRO.

Permettez que j'arrête
Vos regards bienveillans sur cette humble requête.

AURÉLIE.

De qui?

POLICASTRO , *avec intention.*

D'un prisonnier sans appui que le mien.

AURÉLIE, *qui s'arrête au moment d'ouvrir la lettre,*
à part.

Il ne l'aurait pas fait s'il ne soupçonnait rien.
(Haut.)
Vous êtes bien hardi !

POLICASTRO.

Qui ? moi !

AURÉLIE.

Bien téméraire,

POLICASTRO.

Moi !

AURÉLIE.

C'est un parti pris, un jeu de me déplaire.

POLICASTRO.

Qu'ai-je fait !

AURÉLIE.

De vous seul j'ai toléré long-temps
Les dures vérités que chaque jour j'entends ;
Mais c'en est trop : du comte embrasser la défense !

POLICASTRO.

Croyez que j'ignorais...

AURÉLIE.

Excuser son offense !

POLICASTRO.

Je vous proteste...

AURÉLIE.

Ainsi, quel qu'en soit le danger,
Votre esprit inflexible est là pour m'assiéger
De conseils importuns, de graves remontrances ;
Pour m'imposer ses lois, ses goûts, ses préférences?

POLICASTRO.

Dieu ! jamais...

AURÉLIE.

Ce matin, sur mon choix consulté,
Vous poussez la raison jusqu'à l'austérité :
Jugeant tout, blâmant tout, frondeur inexorable
De tout ce que l'empire a de plus vénérable.

POLICASTRO.

C'est fait de moi !

AURÉLIE.

Ce soir, au mépris de mes droits,

Contre un de mes arrêts vous élevez la voix.
Sujet audacieux, à la fin je me lasse
De voir que devant vous rien n'ait pu trouver grâce.
La cour ne convient pas à cet orgueil altier ,
A cette ame d'airain qui ne sait pas plier.
C'est ainsi qu'on se perd; sortez !

UN HUISSIER, *annonçant.*

                        Son excellence
Le comte de Sassane.

AURÉLIE, *devant Sassane qui vient d'entrer.*

                        Évitez ma présence ,
Reportez ce placet à qui vous l'a remis :
Dans ses projets d'ailleurs je vous crois compromis.

POLICASTRO.

Je jure...

AURÉLIE.

Allez le joindre , et revenez apprendre
Comme on traite à vos yeux qui vous osez défendre.

POLICASTRO , *à part.*

Le cœur me manque... O ciel! me serais-je attendu
Qu'un jour un trait d'audace à la cour m'eût perdu!

                        (Il sort.)

SCÈNE V.

SASSANE, AURELIE.

SASSANE.

Votre Altesse est émue?

AURÉLIE.

Eh! puis-je ne pas l'être?
J'ai droit de m'étonner, de m'indigner peut-être
Qu'on excuse le comte et qu'il trouve un appui.

SASSANE.

(A part.)

Sans doute on avait tort. Je ne craignais que lui.

AURÉLIE.

Dans peu vous saurez tout. Parlez : votre message
M'a-t-il de leurs grandeurs assuré le suffrage?
L'acte qui par vos soins me rend la liberté,
Est-il prêt?

SASSANE.

J'entrevois quelque difficulté.

AURÉLIE, *vivement.*

Comment !

SASSANE, *à part.*

Ne nous livrons qu'avec des garanties.

AURÉLIE, *avec froideur.*

Je comprends leurs raisons que j'avais pressenties.

(*Sévèrement.*)

J'y cède, et j'attendrai; plus tard je dois régner.

SASSANE.

L'acte est fait.

AURÉLIE.

Eh bien donc!

SASSANE.

Ils ne voudraient signer...

J'en ai le cœur froissé, je souffre à vous le dire,
Mais je me suis rendu, las de les contredire :
Ils ne voudraient signer... C'est bien peu généreux :
Egoïsme tout pur, et j'en rougis pour eux !

AURÉLIE.

Enfin !

SASSANE.

Ils ne voudraient donner leur signature,
Qu'à des conditions dont mon respect murmure.

AURÉLIE, *avec douceur.*

Oui, l'obstacle, je crois, n'est pas venu de vous.

SASSANE.

Madame !

AURÉLIE.

Que veut-on ?

56

SASSANE.

Le nom de votre époux
Doit être au premier rang parmi les noms célèbres.

AURÉLIE.

Celui de vos aïeux se perd dans les ténèbres.

SASSANE.

Hors le nom d'Avella, qu'on ne doit plus citer,
Aucun autre sur lui ne pourrait l'emporter.

AURÉLIE.

C'est accordé : passons.

SASSANE.

En outre l'on désire
Que le nouveau monarque ait servi cet empire,
Soit dans l'armée...

AURÉLIE.

Eh! mais... songez-vous?

SASSANE.

J'ai cédé
A cause du marquis.

AURÉLIE.

C'est adroit; accordé.

SASSANE.

Ou bien...

AURÉLIE.

Parlez sans crainte.

SASSANE.

> Ou bien dans les finances.

AURÉLIE.

Ah ! le duc pense à lui !

SASSANE.

> Vraiment, les convenances
Auraient dû l'arrêter. Mais non : j'en étais sûr ;
Comme je vous l'ai dit, égoïsme tout pur !

AURÉLIE.

Dans ces arrangemens une chose m'étonne :
C'est qu'on n'ait oublié qu'une seule personne.

SASSANE.

Laquelle ?

AURÉLIE.

> Je m'entends ; finances, convient mal :
Administration est un mot général,
Qui vaut mieux.

SASSANE.

> Qu'on peut mettre.

AURÉLIE.

> Un mot qui signifie
Ce qu'on veut : le trésor... et la diplomatie.

SASSANE, *vivement.*

C'est juste !... J'ai tout dit.

AURÉLIE.

> Et j'ai tout accepté.

Que leur aveu par vous nous soit donc présenté,
S'ils veulent à ce prix le donner l'un et l'autre.
Nous croyons superflu de vous parler du vôtre.

SASSANE, transporté.

Ah ! je rends grâce...

AURÉLIE.

Eh ! non ! chacun agit pour soi.
Egoïsme tout pur : comme eux, je pense à moi.

SASSANE.

Vous me comblez !...

AURÉLIE.

On vient, et l'on peut nous entendre.

SCÈNE IV.

LES PRÉCÉDENS ; POLICASTRO, ALPHONSE,
gardes qui entrent dans la galerie du fond.

AURÉLIE, à Alphonse.

Du nouveau souverain votre sort va dépendre.

ALPHONSE.

Libre à lui de m'absoudre ou de me condamner ;
Madame, désormais rien ne peut m'étonner.

AURÉLIE, sortant.

Attendez son arrêt.

SASSANE, *à part.*

J'aurai quelque indulgence :

Un jour d'avènement est un jour de clémence.

(Il sort.)

SCÈNE VII.

ALPHONSE , POLICASTRO.

(Ils se regardent un moment sans parler.)

ALPHONSE.

Qu'en dites-vous , docteur ?

POLICASTRO.

Muet , déconcerté ,

Je suis comme étourdi du coup qu'on m'a porté.

Je ne me sens pas bien.

ALPHONSE.

Je perdais tout pour elle ,

Je ne m'en plaignais pas; mais qu'on traite en rebelle,

Qu'on chasse de la cour, sans égard , sans pitié,

Celui dont j'exposai l'héroïque amitié!

Ah! docteur !

POLICASTRO , *se ranimant.*

C'est ma faute ; après tout qu'importe?

36.

ALPHONSE, *lui serrant la main.*

Noble cœur !

POLICASTRO.

J'aurai dit quelque vérité forte,
Sans m'en apercevoir.

ALPHONSE.

L'ami qui me vengea
Lui devient odieux !

POLICASTRO.

Elle règne, et déjà
L'aspect d'un homme libre importune sa vue.

ALPHONSE.

Hélas ! je l'aimais trop : je l'avais mal connue.

POLICASTRO, *avec mystère.*

Dieu, quel règne effrayant semble se préparer !

ALPHONSE.

Oui ! ce n'est pas sur nous, docteur, qu'il faut pleurer,
C'est sur l'état : les lois, la liberté bannie,
Tous les droits méconnus.

POLICASTRO.

Enfin la tyrannie !
Si d'échapper tous deux nous avons le bonheur,
Car j'en doute, fuyons, en conservant l'honneur...

ALPHONSE.

Cette injuste beauté...

POLICASTRO.

Cette cour mensongère.

ALPHONSE.

Cherchons, pour y mourir, quelque rive étrangère!

POLICASTRO.

Pour y vivre.

ALPHONSE.

Où l'on trouve une ombre d'équité.

POLICASTRO.

Sans doute ; où le pouvoir aime la vérité.

Nous irons loin , très-loin ; mais je dis, je proclame,

(A voix basse)

Ici j'ose en partant crier... que c'est infâme ,

Que c'est une injustice , un despotisme affreux...

Chut ! on vient : taisons-nous !

SCÈNE VIII.

LES PRÉCÉDENS; AURELIE , BEATRIX, SASSANE, ALBANO , POLLA , LE BARON D'ENNA , LE GRAND-JUGE , LE MARQUIS DE NOCERA , LE DUC DE SORRENTE , SÉNATEURS , DAMES D'HONNEUR , COURTISANS, GARDES.

(Aurélie monte sur le trône . Alphonse et Policastro sont à l'une des extrémités du théâtre , et personne ne leur parle.)

POLICASTRO , *à Alphonse.*

Comme on nous fuit tous deux !

Quels hommes !

ALPHONSE.

Que d'attraits ! ma douleur s'en augmente :
Dites-moi si jamais elle fut plus charmante ?

SASSANE.

Tuteurs de son Altesse et régens de l'état,
Devant la majesté du trône et du sénat,
Les chefs de la justice et les grands dignitaires,
Par trois démissions libres et volontaires,
Nous déposons tous trois à l'unanimité
Le fardeau qu'à regret nous avions accepté.
Cet acte, revêtu de la forme prescrite,
Transmet à son Altesse un pouvoir sans limite,
Et le droit absolu d'élire un souverain,
En donnant à son gré la couronne et sa main.

(Il remet l'acte à la princesse.)

Nous jurons au monarque entière obéissance.

AURÉLIE.

Nobles qui m'entourez, promettez-vous d'avance,
Faites-vous le serment de fléchir sous sa loi ?

TOUS LES PERSONNAGES, *excepté Alphonse.*

Oui, nous le jurons tous.

AURÉLIE, *se retournant vers Alphonse.*

Comte, vous êtes roi.

ALPHONSE.

Se peut-il?

BÉATRIX.

Lui !

LES TROIS RÉGENS.

Le comte!

POLICASTRO.

O bonheur!

ALPHONSE, *s'élançant au pied du trône.*

La surprise!...

La joie!... est-il possible?

POLLA, *à Aurélie.*

Excusez ma franchise;

Mais veuillez consulter l'acte signé par nous.

AURÉLIE.

Je le connais.

ALPHONSE.

O ciel !

AURÉLIE.

Que me demandiez-vous?

(A Sassane.)

Pouvez-vous contester l'éclat de sa naissance?

(A Polla.)

N'a-t-il pas dans le camp signalé sa vaillance?

Marquis, votre suffrage est ici d'un grand poids.

Qui plus que vous tantôt m'a vanté ses exploits ?
Le docteur a soigné sa dernière blessure.

POLICASTRO.

Presque mortelle ! ô Dieu ! c'est ma plus belle cure.
(Avec effusion.)
J'ai donc sauvé mon roi !

AURÉLIE, *aux régens.*

Messieurs, le souvenir
D'un dévoûment si beau vivra dans l'avenir.
Et je veux qu'après vous nos annales fidèles
Aux ministres futurs vous citent pour modèles.

SASSANE, *à Aurélie.*

Madame, en vous quittant j'avais tout découvert ;
Forcé de vous tromper, messieurs, j'en ai souffert,
Mais d'un si noble choix l'excuse est sans réplique.
(A Béatrix.)
Comtesse, vous voyez dans quel but politique,
A la feinte avec vous contraint de recourir...

BÉATRIX.

Je n'ai pas, monseigneur, de trône à vous offrir.

ALPHONSE, *tombant aux pieds de la princesse.*

J'en reçois un de vous ; mais vous savez, madame,
Si l'éclat des grandeurs avait séduit mon ame.

AURÉLIE.

Alphonse, levez-vous. Prince, je vous remets

Un sceptre que vous seul porterez désormais.
Prenez : c'est sans regret que je vous l'abandonne ;
Mais laissez-moi vous dire à quel prix je le donne.
Vous allez commander à des sujets nombreux ;
Ne régnez pas pour vous, prince, régnez pour eux.
Cherchez la vérité, fût-elle impitoyable !
Ou faites-vous aimer pour vous la rendre aimable.
Aux lois, reines de tous, soumettez le pouvoir,
Soyez grand, s'il se peut ; juste, c'est un devoir.
Soyez bon : la grandeur y gagne quelque chose.
Régnez donc, et des soins que l'état vous impose,
Quand le bonheur public n'exigera plus rien,
S'il vous reste un moment, vous penserez au mien.

FIN DE LA PRINCESSE AURÉLIE.

TABLE DES MATIÈRES

CONTENUES

DANS CE VOLUME.

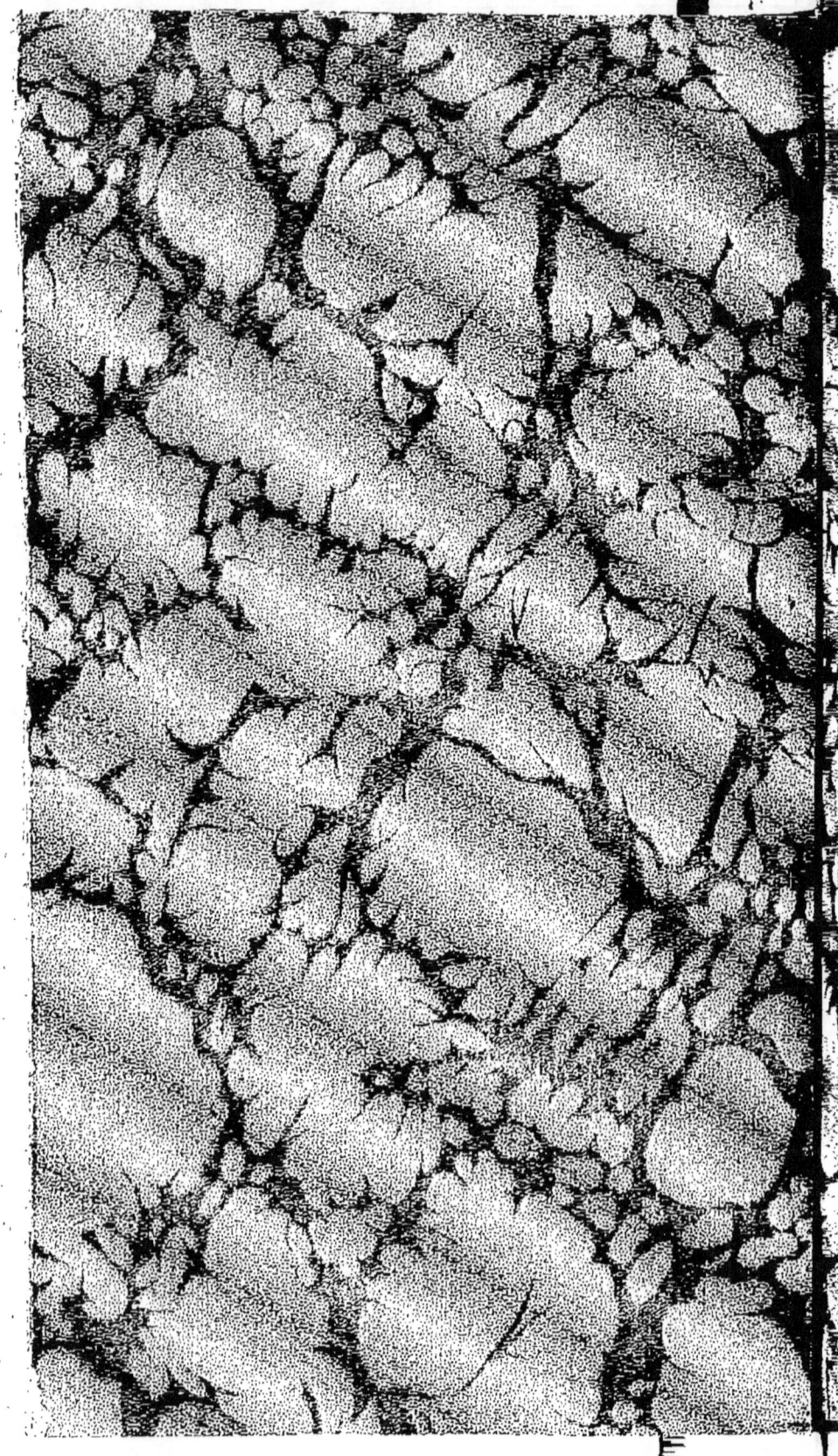

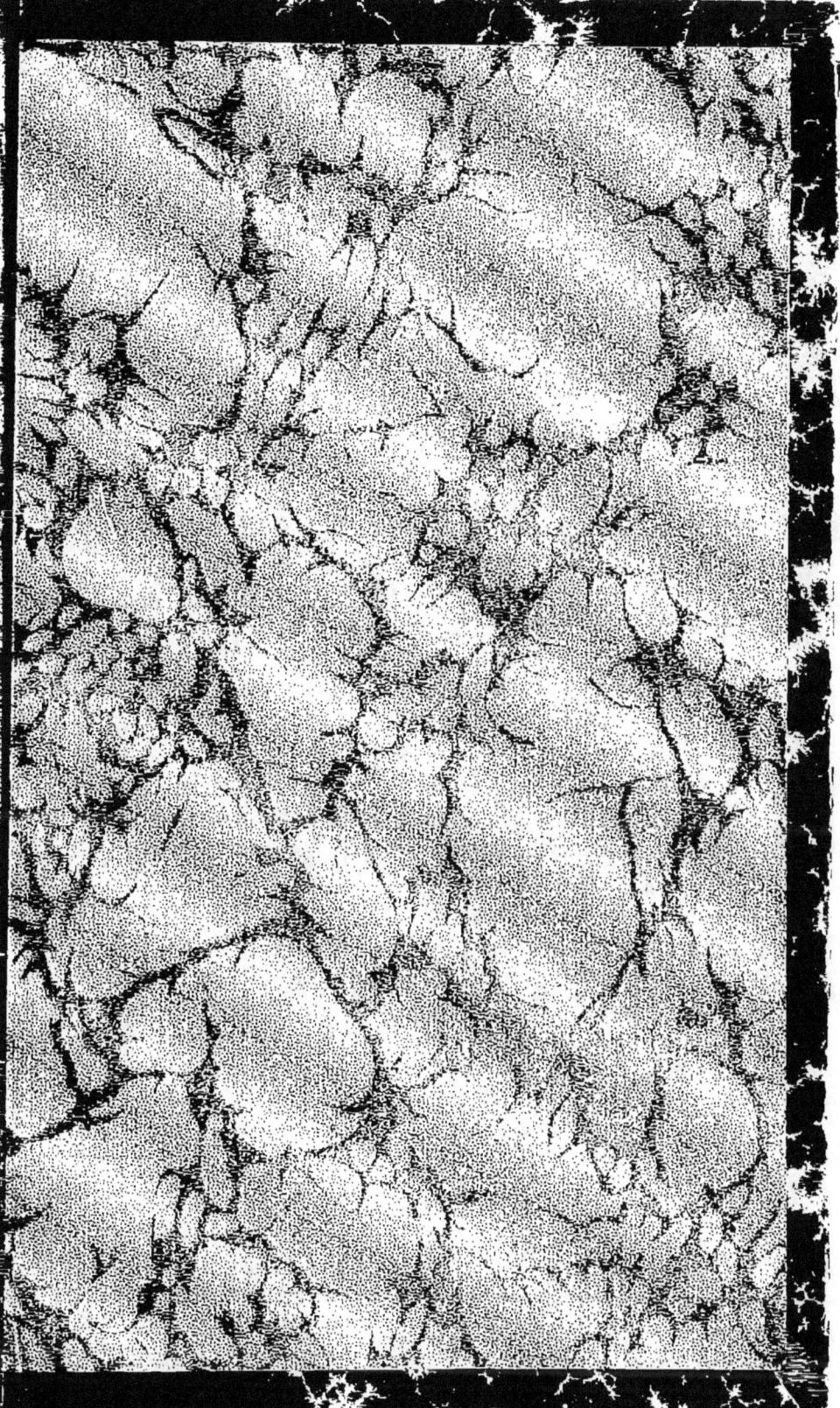

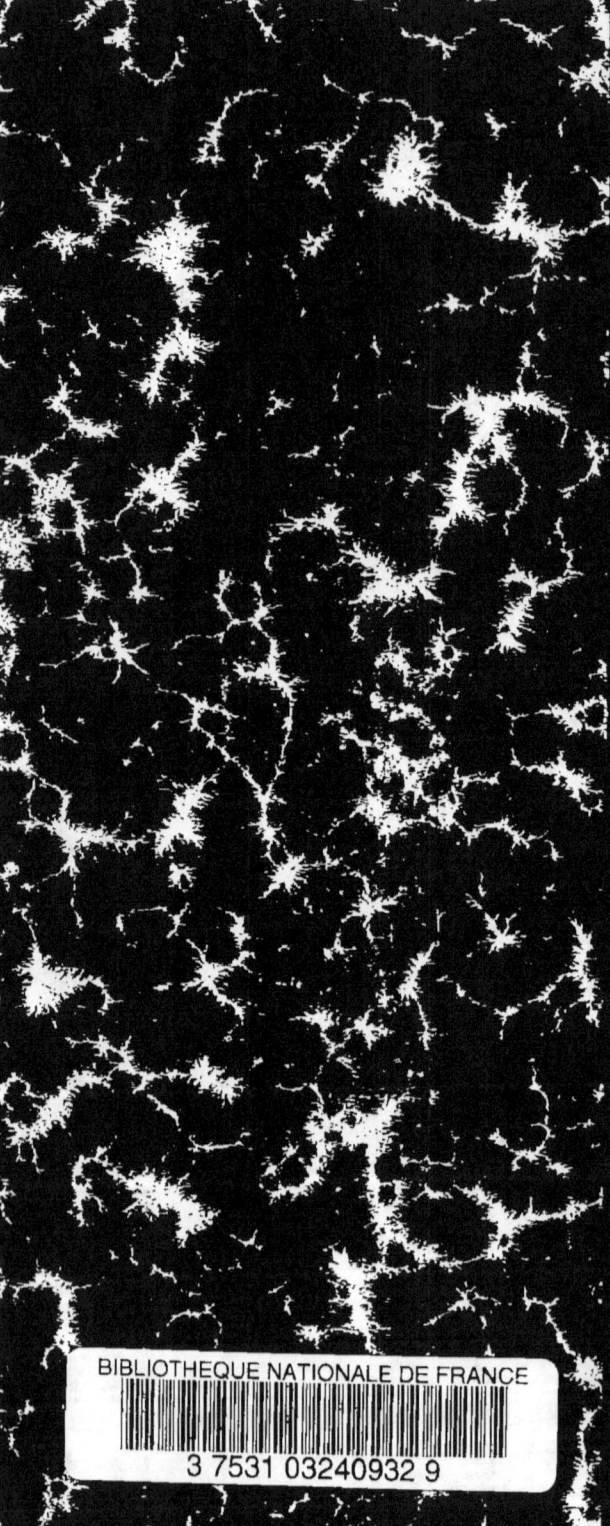

www.ingramcontent.com/pod-product-compliance
Lightning Source LLC
Chambersburg PA
CBHW070758030726
47504CB00003B/608